BASTEI
LÜBBE
TASCHENBUCH

Weitere Titel der Autorin:

Ada und Eva
Die schönen Mütter anderer Töchter
Das Gegenteil von Schokolade
Emmas Story
Jetzt zu dritt

Über die Autorin:

Mirjam Müntefering, geboren 1969, veröffentlichte 1998 ihren ersten Roman. Im Jahr 2000 warf die Filmwissenschaftlerin und Fernsehredakteurin ihre Arbeit fürs Fernsehen hin und gründete ihre eigene Hundeschule. Seitdem lebt sie mit ihrer kleinen Familie und unterstützt von ihren zwei Traumberufen im Ruhrgebiet. *Taktgefühle* ist ihr sechster Roman bei Bastei Lübbe.

Mirjam Müntefering

Taktgefühle

Roman

BASTEI
LÜBBE
TASCHENBUCH

BASTEI LÜBBE TASCHENBUCH
Band 16540

1. Auflage: November 2010

Bastei Lübbe Taschenbuch in der Bastei Lübbe GmbH & Co. KG

Originalausgabe

Lektorat: Anja Lademacher
Titelillustration: getty-images/Image Source
Umschlaggestaltung: Pauline Schimmelpenninck Büro für Gestaltung, Berlin
Illustration, Gestaltung und Satz: Peter Frommann
Gesetzt aus der Adobe Caslon
Druck und Verarbeitung: GGP Media GmbH, Pößneck
Printed in Germany
ISBN 978-3-404-16540-7

Liebe Tanzmädels, Ihr habt mich inspiriert!
Danke für die vielen schönen gemeinsamen Stunden.
Esther und Tanja von der Tanzbar Mona & Lisa *– aller Anfang ist schwer, aber Ihr macht ihn zu etwas Unvergesslichem.*
Bettina, ganz besonders für Dich, weil Tanzen Dir so viel bedeutet.

Prolog

Meine Eltern erzählen, dass sie mit mir auf einer Hochzeit waren, als ich etwa zehn Monate alt war. Ich trug einen hellblauen Strampler, den meine Großtante geschenkt hatte, in der unbeugsamen Hoffnung, ich möge mich doch noch als Junge herausstellen.

Hübsch zurechtgemacht für das unvergessliche Fest ihrer Freunde, trugen meine Eltern ihren ersten Sprössling stolz mit sich herum. Sie standen auch mit mir an der Tanzfläche.

Mein Vater hielt mich, ich lag bäuchlings auf seinem starken Unterarm. Der Erzählung zufolge reckte ich den Kopf und sah mich mit meinen Babyaugen höchst interessiert um.

Vor uns auf der Tanzfläche rockte die Hochzeitsgesellschaft. Es war Anfang der Siebziger. Das früher übliche Standardgeschiebe war total out. Solitärtanz mit Headbanging war noch nicht in. Also schwoften und twisteten ihre Freunde in Paaren, aber ohne Anfassen. Leider wissen Mama und Papa beide nicht mehr, welches Stück gerade gespielt wurde. Sie sind sich aber einiglich sicher, dass es etwas von Elvis, den Beatles oder Catarina Valente war.

Da spürte mein Vater plötzlich, dass seine kleine Tochter unruhig wurde. So wie er es heute erzählt, klingt es, als sei ich kurz davor gewesen, von seinem Arm zu springen, um einen Flickflack hinzulegen. Ich neige eher dazu, meiner Mutter zu glauben, die stets selig lächelnd erklärt, ich hätte mit meinen kleinen Füßchen in dem hellblauen Strampelanzügchen gewippt – und zwar genau im Takt der Musik.

»Sie tanzt!«, freute sich mein Vater.

»Oh mein Gott! Genau wie Elsa!«, rief meine Mutter.

Und die beiden sahen sich an.

Mit Elsa war die fast zehn Jahre ältere Schwester meiner Mutter gemeint. Eine begnadete Tänzerin. Eine von der Sorte, die schon als Kleinkind der Star im Ballettunterricht ist und mit sechzehn Mitglied in einer Formationstanztruppe wird, mit der sie durch ganz Deutschland tourt. In ihrem Beruf lernte Elsa auch ihren späteren Mann Harald kennen, der ebenfalls Tänzer war. Mit ihm zusammen gewann sie viele nationale und internationale Wettbewerbe im Standard- und Lateinamerikanischen Tanz. Elsa hatte Rhythmus im Blut. Elsa war ein Naturtalent. Elsa war eine Göttin im Tanzen.

Außerdem war sie die Lieblingsschwester meiner Mutter. Ein Jahr, bevor ich geboren wurde, kam Elsa zusammen mit ihrem Mann bei einem Autounfall ums Leben.

1

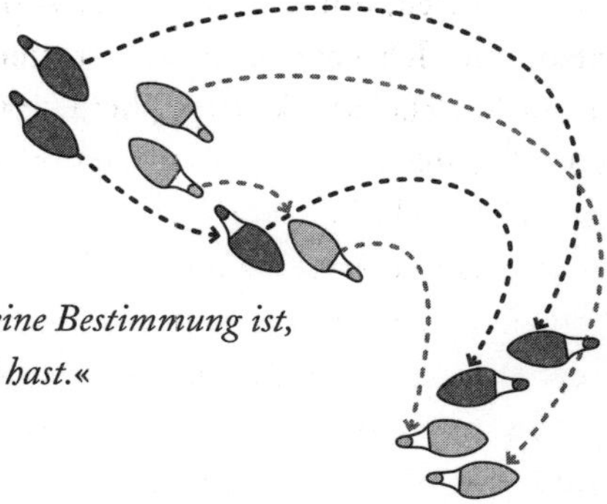

»Du weißt nicht, was deine Bestimmung ist,
solange du nicht getanzt hast.«
(Feeling the Music)

Ich glaube an die große Liebe.

Diese Art von Liebe, die einen eiskalt und schwer erwischt und dann nie, nie, nie wieder loslässt. Elektrisierte Körper. Qualitativ hochwertiger Austausch für den Geist. Harmonierende Seelen. Hundert Prozent eben.

Das ist das eine, was man über mich wissen sollte.

Das andere ist: Ich trage gerne Boots.

Diese festen Schuhe, in denen man sich vorkommt, als könne nichts einen wirklich umhauen, solange man diese Dinger an den Füßen hat. Meine Mutter behauptet, mein klobiges Schuhwerk sei gefährlich für meine Haltung. Und für meine Sexualität. Denn sie findet meine Schuhe extrem unsexy und hält sie für den Kern des Übels meiner Beziehungslosigkeit. Außerdem hat sie neulich irgendwo gelesen, dass High Heels gut für den Beckenboden sind. Das hat sie natürlich mächtig angestachelt, sodass sie mal wieder mit mir Schuhe kaufen gehen wollte. Ich konnte sie nur davon abhalten, mir Zehn-Zentimeter-Absatz-Mörderteile zu schenken, indem ich sie darauf hinwies, dass ich doch erst sechsunddreißig sei. Und deswegen wirklich noch eine ganze

Weile entfernt von möglicherweise auftretender Inkontinenz im Alter, und außerdem seien Pumps nun wirklich nicht geeignet für dieses Wetter.

Ich beobachte, wie die dicken Sohlen meiner Boots sicher wie ein Eisbrecher Haftung auf dem Schneematsch finden. Um mich herum rudert alles Weibliche auf dünnen Ledersöhlchen hilflos über glitschigen Untergrund. Ich aber gehe unbehelligt meines Weges. Und meine Haltung leidet kein Stück darunter. Ob meine Sexualität darunter leidet, kann ich nicht wirklich beurteilen. Ich habe ja keine Vergleichsmöglichkeit. Wer weiß denn schon, wie quantitativ und qualitativ hochwertig das Sexleben der Damenschühchen-Trägerinnen ist?

Kurz bevor ich das beeindruckende, gläserne Firmengebäude meines Arbeitsgebers erreiche, fährt ein kleiner knallroter Minicooper hupend an mir vorbei und spritzt mit seinen Allwetterrädern den Schneematsch bis über den Bordstein. Das ist Toni.

Sie kurvt geschickt mit ihrem kleinen Auto über den Angestelltenparkplatz und quetscht sich in die Lücke zwischen einem Mercedes und einem BMW. Ihr kleiner Roter mit den silbernen Sternchen sieht neben den riesigen Schlitten aus wie eine verirrte Christbaumkugel.

»Juhu!«, winkt Toni. Wir treffen uns vor dem Haupteingang. »Na, wie war dein Wochenende?«

»Super«, strahle ich. »Ich hab mir ein paar neue Filme ausgeliehen. Zwei habe ich noch nicht mal im Kino gesehen. Hab also viel auf dem Sofa rumgekuschelt. Dann gab's noch Kaffeeschnack bei Mama und Papa. Lesen im Bett. Und eben viel Sofa und supercoole Filme. Kennst du diesen britischen über die Beerdigung des Familienpatriarchen, bei der dieser eine Typ aus Versehen LSD einwirft und irgendwann nackt auf dem Dach sitzt? Aber seine Freundin liebt ihn trotzdem. Sie liebt ihn so sehr, dass sie ihn gegen ihren herrischen Vater, den Bruder des Toten, verteidigt.

Wirklich süß, wie diese Beziehung beleuchtet wird. Du musst dir vorstellen, sie haben …«

»Du hast meine SMS am Samstag ignoriert«, grinst Toni und knufft mich in die Seite. Meine beste Freundin hat durchaus nichts gegen einen gemütlichen DVD-Abend bei mir einzuwenden. Doch alles hat seine Grenzen. Und leider ist meine ausufernde Filmbegeisterung für sie das, was meine Boots für meine Mutter sind. Toni glaubt, ich kriege keine Frau ab, weil ich ständig nur im Kino oder auf meinem Sofa hocke und mir Movies reinziehe, in denen es um die große und einzige Liebe geht.

»Welche SMS?«, frage ich unschuldig und muss ihrer Faust ausweichen, die noch mal ordentlich ausholt. Gut, dass ich Boots trage. Mit jedem anderen Schuh wäre ich bei diesem Herumtänzeln auf dem Salz-Schneegemisch vor dem Eingang rettungslos verloren.

»Du weißt, welche ich meine. Die, in der ich dir geschrieben habe, dass du deinen süßen Hintern gefälligst zum Schwof bewegen sollst, um mich dort zu treffen. Es war dann aber übrigens auch ohne dich ein voll cooler Abend«, setzt sie lässig hinzu.

»Echt?«

»Sag das nicht so!«

Wir treten in die große Drehtür des Hauptgebäudes und latschen gesittet hindurch, bis wir im Foyer gelandet sind und unser festes Schuhwerk auf der gewaltigen Schmutzfangmatte abtreten können, so wie es etliche Kolleginnen und Kollegen um uns herum auch tun.

»Wie sag ich das denn?«, grinse ich.

»So, als ob ich den totalen Oberstuss erzählen würde, sobald ich auch nur anzudeuten wage, dass ein Schwof-Abend wirklich nett gewesen ist.«

Wir schreiten nebeneinander den Gang zu unserem Büro hinunter.

Toni trägt Herrenschuhe.

Die Sorte, die allen Lesben, die zierlich und feminin sind und deswegen zu kleine Füße für Herrengrößen haben, Tränen in die Augen treibt.

»Du hast aber nicht gesagt, dass der Abend ›wirklich nett‹ war. Du hast gesagt, er war ›voll cool‹«, korrigiere ich sie.

Jörg Bromhöfer kommt uns entgegen. Er ist unser gemeinsamer Chef und drückt jedes Mal, wenn er mir auf dem Gang begegnet, derartig den Rücken durch, als habe er sich am Morgen beim Erstkontakt mit dem Schreibtischstuhl versehentlich auf ein senkrecht stehendes Lineal gesetzt.

»Guten Morgen, ihr zwei«, lächelt er. Soll wahrscheinlich lässig klingen, ist dafür aber viel zu oberkorrekt.

»Morgen«, raunzt Toni. Sie findet, Jörg ist ein Weichei. Was sie bei Lesben kaum, bei Männern aber gar nicht zu dulden bereit ist.

»Guten Morgen«, flöte ich.

Jörg errötet leicht und biegt am Ende des Ganges nach rechts ab. Wahrscheinlich, um auf der Herrentoilette nach dem vermissten Lineal zu forschen.

»Der Abend war auch cool«, erklärt Toni mit Überzeugung. »Ich war mit Natascha und Anke unterwegs. Du weißt ja, was für Partykracher die beiden sind. Anke hat an dem Abend vier verschiedene Frauen angesprochen. Ich glaube, sie hat von allen die Telefonnummer bekommen. Natascha hat auch eine gefunden. Aber du kennst das ja. Sie hat sie den ganzen Abend angeschmachtet, traute sich aber nicht näher als vier Meter ran.«

Ich weiß schon, wieso ich die Flirtkanone Anke und die ewig anhimmelnde Natascha nur hin und wieder genießen kann. Die beiden sind unentwegt damit beschäftigt, sich nach angeblich rasend interessanten Frauen die Augen aus dem Kopf zu glotzen. Ich halte das für einen fragwürdigen Lebensinhalt.

»Klingt nach einem voll coolen Abend!«, pflichte ich Toni ironisch bei und nicke unseren Kolleginnen und Kollegen im Großraumbüro zu. Einige grüßen zurück. Andere sind bereits in die Arbeit auf ihren Bildschirmen vertieft.

Toni lässt sich mir gegenüber auf ihren Schreibtischstuhl fallen und pellt sich aus ihrer Daunenjacke, die sie einfach über die Stuhllehne gleiten lässt. Alles was sie tut, sieht aus, als sei sie die kleine Schwester von James Dean in … *denn sie wissen nicht, was sie tun* – sogar ihre Frisur.

»Das Beste war, als wir im Café saßen und überlegt haben, wie wir unser Single-Desaster überwinden können.«

»Psst«, zische ich und schaue mich um.

Wir arbeiten beide in einer der mächtigsten Firmen des Ruhrgebietes in diesem Großraumbüro im IT-Bereich. Die anderen Mitarbeiterinnen und Mitarbeiter sind eigentlich alle ganz o. k. Aber man spricht hier nicht viel über sein Privatleben. Und erst recht erwähnt man nicht, dass man das eigene Single-Dasein als ›Desaster‹ empfindet.

Ich entledige mich auch meiner Jacke, hänge sie ordentlich an den Garderobenständer hinter meinem Schreibtisch. Wir melden uns beide im Betriebssystem an. Ich öffne den E-Mail-Eingang und checke die Nachrichten, die den Bereich des Systems betreffen, für den ich verantwortlich bin. Dann lehne ich mich ein Stückchen vor und flüstere über die niedrige Trennwand zwischen den Schreibtischen hinweg: »Ihr seid doch nicht etwa wirklich auf eine Idee gekommen?«

Toni kichert. »Ich wusste, dass du gleich fragen würdest. Na klar sind wir das. Und ich finde, du solltest unbedingt mitmachen. Es geht gar nicht anders. Denn ich brauche dich dabei ganz dringend.«

Sie braucht mich? Toni braucht mich, ihre gute Freundin Tiffy, um ihr Single-Desaster zu überwinden? Jetzt bin ich aber neugierig. Zwischen den Bildschirmen hindurch kann ich sehen, wie Toni sich zu ihrem Rucksack hinunterbeugt und darin kramt. Dann reicht sie mir durch die schmale Lücke ein Stück Papier.

Ich nehme es.

Es handelt sich um einen Flyer. Diese typischen Dinger. Ein zweimal gefalztes DIN-A4-Blatt, das zu Werbezwecken genutzt wird. Einen Augenblick starre ich verständnislos auf das Bild der beiden Damen, die im Zwanzigerjahre-Look die Wangen aneinanderschmiegen. Dann lese ich ein bisschen. Und dann erst beginnt mein Hirn langsam zu arbeiten.

»Auf keinen Fall!«, schmettere ich.

Ein paar Kollegen im näheren Umkreis sehen von ihrer Arbeit auf. Ich lächele ihnen zu und deute auf den Bildschirm. »Ich mache doch keine Freigabe auf Zuruf! Benötige schon die richtigen Anträge der Abteilung!«, sage ich großspurig und tue so, als würde ich mich erneut auf den Monitor vor mir konzentrieren. Über die kleine Trennwand hinweg knurre ich Toni zu: »Auf keinen Fall mache ich bei einem Tanzkurs mit!«

Tonis braune Cockerspaniel-Augen erscheinen kurz über der Trennwand und gucken sehr traurig.

»Aber wieso denn nicht?«, flüstert sie.

»Wieso nicht? Wiiiesooo nicht?« Ich schaue mich rasch um, ob ich schon wieder zu laut geworden bin. Ich werfe noch mal einen Blick auf den provokanten Flyer vor mir. Dann antworte ich leise: »Toni, also jetzt mal ganz ehrlich. Du kennst mein Tanztrauma doch wohl ganz genau, das meine lieben Eltern mir beschert haben. Du kennst die Geschichte doch.«

Toni legt den Kopf schief und lässt jetzt nur noch ein Auge sehen, wie ein neugieriger Spatz.

»Aber kannst du das denn nicht voneinander trennen? Das mit deiner Tante ist doch so irre lange her. Du musst ja auch nicht gleich Turniere tanzen. Nur deiner lieben, einsamen Freundin beistehen, die eine neue Hoffnung gefasst hat …«

»Ich soll dir beistehen? Du meinst, ich soll deine Tanzpartnerin sein?«

»Yep.«

»Toni, das geht echt nicht. Ich wehre mich doch nicht seit fünfundzwanzig Jahren dagegen, in die Rolle des Tanztalents gedrängt zu werden, um dann ausgerechnet bei so einem Kurs schwach zu werden«, argumentiere ich. Das muss sie doch verstehen.

»Ausgerechnet bei so einem Kurs?«, wiederholt Toni dumpf. »Das klingt sehr abfällig.«

»Tut mir leid. Ist nicht so gemeint«, sage ich zerknirscht.

Doch Toni hört mich offenbar gar nicht. »Abfällig und diskriminierend«, brummt sie. »Ich leide sowieso schon genug darunter, allein zu sein. Da brauche ich solche abfälligen Bemerkungen nicht auch noch.«

Jetzt treibt sie es aber zu weit.

»Moment mal! Ich bin auch Single«, stelle ich fest. »Von Diskriminierung kann echt nicht …«

»Tiffy!«, jammert sie leise und schaut mich kläglich bittend an.

»Toni!«, erwidere ich und blicke streng zurück.

Sie sagt nichts, sondern sieht mich nur an – soweit das bei den eingeschränkten Sichtverhältnissen an unseren Arbeitsplätzen möglich ist.

»Toni …«, beginne ich schließlich, ohne den Satz zu beenden.

»Tiffy …«, säuselt sie leise.

Ich schüttele den Kopf.

»So geht das nicht.«

»Wir sollten uns andere Spitznamen ausdenken, falls wir solche Gespräche öfter führen wollen«, stimmt sie mir zu.

»Wollen wir das denn?«, frage ich rasch. »Öfter solche Gespräche führen?«

»Nein. Ich jedenfalls nicht. Du?«, antwortet sie.

»Unsinn.«

»Ich kann's nicht leiden, wenn wir nicht gleicher Meinung sind«, gesteht Toni. »Wozu hat man schließlich eine beste Freundin. Doch um sich einig zu sein, oder?«

Da hat sie nun allerdings recht.

Wir grinsen uns an.

»Na klar«, lächele ich.

»Heißt das, du bist dabei?«, freut sich Toni.

Ich öffne den Mund, um ruhig und gelassen zu widersprechen, an ihren Verstand zu appellieren. Doch in diesem Augenblick wird die Glastür zum Büro geöffnet, und Jörg Bromhöfer erscheint auf der Bildfläche. So wie er geht, war das mit dem Lineal wohl nicht erfolgreich.

»Wir können ja später alles Nähere besprechen«, raunt Toni mir zu.

»Auf keinen Fall!«, erwidere ich und höre selbst, dass ich wieder viel zu laut bin.

Der Kollege hinter mir beugt sich zu seinem Nachbarn hinüber, und ich höre ihn flüstern: »Also, ich mache auch nie einfach so Freigaben. Du etwa?«

Ich bemühe mich, meine Stimme etwas zu senken. »Auf keinen Fall. Hörst du? Ich mache bei dieser Sache auf keinen Fall mit. Da bringen mich keine zehn Pferde hin. Damit das klar ist!«

2

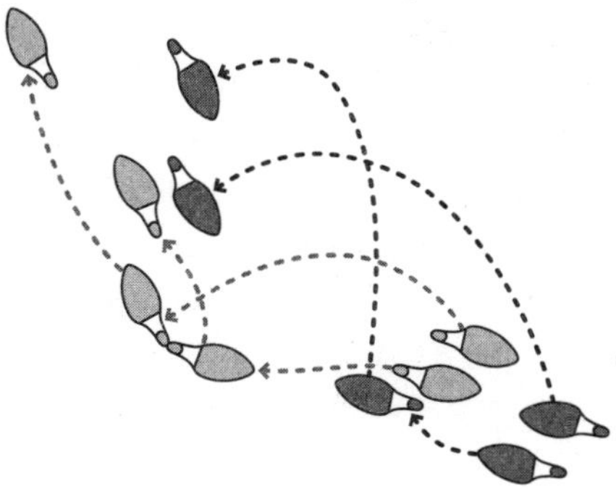

»Ich habe eine Wassermelone getragen.«
(Dirty Dancing)

Ich heiße euch herzlich willkommen zum Anfängerinnenkurs«, strahlt die sympathische Frau vor uns. »Ich bin Mona, eine der beiden Chefinnen hier. Ich werde euch also einführen in die Welt des Langsamen und des Wiener Walzers, vom Foxtrott über Tango, Jive und Cha-Cha-Cha bis zur Samba. Uh, sagt ihr jetzt bestimmt, das ist aber ganz schön viel Zeug! Aber keine Bange, wir werden uns gemeinsam langsam rantasten an die Standard- und die Lateinamerikanischen Tänze.«

Auf allen neun Gesichtern am Tisch erscheint ein erleichtertes Lächeln.

Auf meinem nicht.

Ich vermute, ich werde heute gar nicht mehr lächeln. Vielleicht auch nie wieder.

Es ist Sonntagabend.

Ich sollte gemütlich auf meinem Sofa sitzen. Mit einem Tee. Etwas restlichem Spritzgebäck vom fast leer genaschten Weihnachtsteller, den meine Mutter uns Kindern immer noch jedes Jahr zusammenstellt. Ich könnte meine reichhaltige DVD-Sammlung durchforsten und aus Entscheidungsnot gleich zwei Filme schauen. Oder der Roman, den ich gerade lese, könnte superspannend werden. Ich sollte in meinem ganz normalen Leben sein, wie an allen anderen bisherigen Sonntagabenden.

Stattdessen sitze ich hier neben Toni in der Ecke dieses großen Saals. Nein, großer Saal ist eigentlich nicht der richtige Ausdruck. Riesiger Saal würde es wahrscheinlich besser treffen. Und am besten wäre er beschrieben mit ›riesiger, verspiegelter Saal‹, denn an zwei Seiten, einer Längst- und einer Querseite ist die Wand vom Boden bis zu einer Höhe von etwa zwei Meter zehn komplett verspiegelt. Wenn ich rüberlunze, kann ich mich sogar sehen, wie ich inmitten der Schar dieser verschreckten Lesben hier hocke und meinem Schicksal entgegenhadere.

Nach einer erfrischend kurzen Vorstellungsrunde, in der ich den Ehrgeiz entwickele, mir alle fremden Namen zu merken, erklärt Mona uns kurz den Ablauf des jeweils neunzig Minuten dauernden Trainings, wann es Pausen gibt und so.

Sie wirkt freundlich und heiter. Gar nicht so verbissen ehrgeizig wie Tanzlehrerinnen sonst. Außerdem trägt sie ihre schulterlangen Haare offen und nicht zu einem strengen, faltenreduzierenden Extremzopf zurückgebunden. Sie ist auch kaum geschminkt. Dabei hat mir meine bisherige Erfahrung gezeigt, dass Tanzlehrerinnen mindestens einen knallroten, angsteinflößenden Lippenstift tragen, der Angelina Jolie schmallippig aussehen lässt. Zudem vermerke ich auf der überraschend langen Positivliste, dass Mona bisher nicht ein einziges Mal erwähnt hat, dass es sich bei diesem Kurs um einen »Tanzkurs für Singlefrauen« handelt.

Das muss sie aber wahrscheinlich auch gar nicht. Selbst ein blinder, orthodoxer Muslim würde mitbekommen, dass hier ein Haufen paarungsbereiter Frauen in den Dreißigern aufeinanderhockt und in kollektiver Schreckstarre darauf wartet, was geschehen wird.

Mona geht über das verlegene Räuspern und alle Übersprungsam-Kopf-Kratzen-Handlungen souverän hinweg und fordert uns zunächst auf, ihr aufs Parkett zu folgen.

Der Saal streckt sich vor mir aus wie ein zugefrorener See.

»Wie ich sehe, haben sich die meisten von Euch mit der Wahl des Schuhwerks schon aufs Tanzen eingestellt«, sagt Mona, während sie uns ›untenrum‹ genau in Augenschein nimmt.

Tonis lederne Männerslipper scheinen bei ihr problemlos durchzukommen. Doch bei mir bleiben ihre Augen kleben. Sie sieht an mir herauf, mir ins Gesicht, und lächelt.

»Stefanie, richtig?«, sagt sie.

»Tiffy«, sage ich möglichst heiter.

»O. k., Tiffy. Also, dich würde ich bitten, zur nächsten Stunde andere Schuhe zu wählen. Boots sind nicht wirklich geeignet zum Tanzen. Das Gleiche gilt für Chucks (netter Blick zu der Hübschesten im Kurs, Michaela) und Sportschuhe (ebenfalls netter Blick zu der lässig Burschikosen, ich glaube Kati). Zum Tanzen brauchen wir leichte Schuhe mit Sohlen, die nicht zu sehr stoppen, aber auch nicht zu glatt und rutschig sind. Gummisohlen verhindern, dass der Fuß sich auf dem Parkett drehen kann. Sie wirken wie ein Gummistopper. Und schwere Schuhe haben in etwa den gleichen Effekt. Außerdem sind sie besonders ungeeignet für Anfängerinnen. Denn erfahrungsgemäß landet doch mal der eine oder andere Fuß da, wo er nicht landen sollte … auf dem Fuß eurer Tanzpartnerin.«

Alle außer mir lachen.

»So, dann kommen wir mal zum spannendsten Teil des heutigen Abends: der Einteilung der Gruppe in Tanzpaare. Wie ihr ja alle wisst, gibt es beim Paartanz immer eine, die die Führung übernimmt. Bei gemischten Paaren ist das der Mann. Keine einfache Rolle, denn dieser Part muss immer im Auge behalten, wo sich die anderen Paare im Saal befinden, damit es nicht zu einer Kollision kommt …« Allgemeines Gekicher. Nur ich gebe keinen

Ton von mir. »Außerdem muss die Führende entscheiden, welche Figuren getanzt werden und so weiter. Sie hat also die Rolle derer, die entscheiden muss, welche Figuren getanzt werden.« Mona hält kurz inne und schaut sich in der Runde um. Ich drücke ein wenig die Schultern durch und versuche, extrem aktiv auszusehen. »Obwohl die Geführte natürlich auch aktiv die eigenen Schritte tanzen muss, hat sie es etwas einfacher, sie tanzt, was ihre Partnerin ihr vorgibt. Dann jedoch hat die Geführte meist etwas schwierigere Schritte zu tanzen. Sie kennt mehr Drehungen und kompliziertere Schrittabfolgen …«

»Nicht zu vergessen die Hebefiguren!«, wirft Kati mit den Sportturnschuhen ein und erntet Gelächter, auch von Mona. Nur nicht von mir. Hebefiguren finde ich echt nicht lustig.

»Also«, fährt Mona fort. »Vielleicht habt ihr euch ja auch im Vorfeld schon entschieden: Wer möchte führen?« Sie deutet auf ihre rechte Seite. »Und wer möchte geführt werden?« Diesmal zeigt sie nach links.

Es gibt ein kleines Geschiebe und Gerangel. Ich befürchte schon Allerschlimmstes. Ich meine, welche Lesbe stellt sich bei so einer Fragestellung schon links hin? Geführt werden. Passiv sein. Einfach etwas über sich ergehen lassen. Doch am Ende bin ich bass erstaunt, dass es einigermaßen hinzukommen scheint.

Die hübsche, brünette Michaela, die nun auf der rechten Seite steht, grinst zur anderen Seite hinüber und fragt die blonde, etwas spröde wirkende Heike: »Bevor mir eine zuvorkommt: Magst du mit mir tanzen?«

Boah, das geht hier ja zu wie beim Völkerball damals in den Schulpausen.

Wer wird als Erste in eine Mannschaft gewählt?

Heike strahlt und nickt eifrig. Um allen ganz klarzumachen, dass sie bereits vergeben sind, treten die beiden etwas zur Seite und bleiben dort verlegen grinsend nebeneinander stehen.

»Na, wir wissen ja schon, dass wir miteinander tanzen wollen«, sage ich laut zu Toni.

Die nickt zaghaft und schaut verlegen auf ihre Schuhspitzen.

»Was ist denn?«, frage ich.

»Fällt dir nichts auf?«, will Anke wissen.

Ich sehe sie verwundert an.

»Ihr steht beide auf der gleichen Seite«, erklärt Natascha, die auch bei uns rumlümmelt. Und im gleichen Moment tut sie einen kleinen Satz hinüber zu denen, die geführt werden wollen und schnappt sich Anke. Na, die beiden sind eh Busenfreundinnen, war ja klar.

Ehe Toni und ich uns versehen, haben sich die anderen Paare auch gefunden.

Kati mit den Turnschuhen steht neben einer kleinen, sehr blassen und schüchtern wirkenden Rothaarigen, die sich als Jutta vorgestellt hat. Und die recht forsch wirkende Kerstin neben der zierlichen Sandra.

Toni und ich schauen uns an.

Mona runzelt die Stirn.

»Ich bin größer als du«, stellt Toni fest. »Ich denke, es wäre besser, wenn ich führe.«

Ich öffne den Mund, um zu protestieren. Aber natürlich ist Mona Vollprofi und sagt: »Für diese Stunde können wir das so machen. Aber nächste Stunde probieren wir es mal andersrum. Dann werden wir ja sehen, in welcher Rolle ihr euch am wohlsten fühlt. Manche Paare machen es auch so, dass die eine den Walzer führt und die andere den Foxtrott und so weiter.«

Wir beginnen mit dem Langsamen Walzer.

Wie beim Aerobictraining stellt Mona sich mit uns vor den Spiegel und zeigt erst den Führenden, dann den Geführten ihre Schritte. Eins, zwei, drei. Eins, zwei, drei.

Das reicht eigentlich schon.

Mein Körper erinnert sich.

Es ist irre lange her. Ich war zwölf, als ich zuletzt getanzt habe. Doch meine Füße wissen sofort wieder Bescheid. Jede, die mal getanzt hat, kann den Langsamen Walzer auch nach Jahrzehnten noch im Schlaf.

Dann sollen wir in Sicherheitsabstandshaltung gehen. Das heißt, wir stehen unserer Tanzpartnerin zwar schon recht nah gegenüber, halten uns dabei aber erst mal an den Händen wie beim Ringelreihen. Lächerlich. Die paar Schrittchen werden doch wohl alle hinbekommen, ohne größere Kollisionen zu fabrizieren.

Doch Monas System scheint seine Berechtigung zu haben, stelle ich fest.

Denn als wir schließlich zum ersten Mal zur Musik unsere eins, zwei, drei Schrittchen wagen, wäre die eine oder andere bestimmt auf dem Fuß der jeweiligen Tanzpartnerin gelandet, würden wir alle schon in der üblichen Haltung tanzen. Dass bei uns alles glattläuft, begeistert Toni derart, dass sie ganz euphorisch wird. Ich verdrehe heimlich die Augen.

Als das Eins-Zwei-Drei mit Sicherheitsabstand funktioniert, zeigt uns Mona die korrekte Tanzhaltung.

»Die Führende hält die rechte Hand der Geführten in ihrer linken, ungefähr auf dieser Höhe. Ihre rechte Hand liegt unter dem linken Schulterblatt der Geführten, hier. Die linke Hand der Geführten liegt sacht auf der Schulter der Tanzpartnerin. Beide haben ihren eigenen Tanzbereich, nämlich links. Beide Tanzpartnerinnen schauen nach links, beide orientieren sich nach links – allerdings nur mit dem Kopf. Becken und Schultern bleiben der Partnerin zugewandt«, erklärt sie.

Ich schiebe Toni an die richtige Stelle, korrigiere rasch ihren schlappen Arm, der wie ein Fragezeichen in der Luft hängt, und dann bleibt massig Zeit, um den anderen bei ihren redlichen Bemühungen zuzusehen, Monas schlichte Worte umzusetzen.

Mona zieht unverdrossen im Saal ihre Runden, legt dort eine Hand etwas höher, wendet hier eine Schulter, dreht an anderer Stelle einen Kopf. Toni und mich betrachtet sie nur kurz und kritisch, lächelt uns dann an und geht weiter. Toni strahlt mich an. Ich atme langsam aus. Himmel, schenk mir Geduld und ein Übermaß an Liebe zu meiner besten Freundin!

»Was ist denn mit dem Tanzabstand?«, fragt piepsig die rothaarige, schüchtern wirkende Jutta, der ihre toughe Tanzpartnerin Kati offenbar zu nah auf die Pelle rücken will. Hier geht's ja richtig heiß zur Sache!

Mona leiht sich mal eben Kati aus, die prompt eine knallrote Birne bekommt, und macht es mit ihr vor.

»So muss es aussehen, seht ihr? Der Oberkörper der Geführten lehnt sich zurück. Der untere Bereich jedoch (meine Mit-Kursteilnehmerinnen, inklusive Toni, registrieren, dass sie damit den Unterkörper meint und erstarren vor Schreck) tanzt in den Standardtänzen sehr eng. Blinddarmnarbe an Blinddarmnarbe.«

Mona entlässt Kati wieder, und ich beobachte, wie die dezent ihre Hand an der Jeans trockenreibt. Fast hätte ich zum ersten Mal an diesem Abend gegrinst. Aber nur fast. Als wir selbst uns nun derartig formieren sollen, versinkt der Großteil der Belegschaft in bodenloser Peinlichkeit.

»Bin ich froh, dass ich mit dir tanze«, flüstert Toni mir zu, denn als beste Freundinnen haben wir keine Berührungsängste. Wir wissen seit Langem, dass unsere Blinddarmnarben nichts voneinander wollen.

Die anderen versuchen krampfhaft, möglichst natürlich auszusehen, während sie sich ›oben zurücklehnen‹ und ›unten Kontakt halten‹. Ist eigentlich irgendeine schräge Filmemacherin schon mal auf den Gedanken gekommen, eine Dokumentation über einen Lesben-Single-Tanzkurs zu machen? Das Publikum würde sich in den Sitzen biegen.

Außer bei Toni und mir fällt Mona bei jedem Paar immer noch irgendwas auf, was nicht richtig ist. Für einen Augenblick überkommt mich eine Welle der Erleichterung. Wenigstens hat Toni sich für ihren Kampf gegen das Singledasein eine Sportart ausgesucht, bei der ich durch meine Erfahrung nicht blöd aussehen muss. Blöd auszusehen, ist nichts für mich. Auf dem Prüfstand zu stehen noch weniger. Nachdem ich mein Diplom als Fachinformatikerin gemacht und alle zusätzlichen Prüfungen bestanden hatte, die ich für meinen Job brauche, bin ich Situationen wie dieser ausgewichen. Es erinnert mich einfach zu sehr an damals. An die Zeit meiner Kindheit bis zu meinem zwölften Lebensjahr. Die Zeit, in der ich alles mitmachte, was meine Mutter sich für mich ausdachte. Die Zeit, in der die strenge Musterung durch eine stark geschminkte, durch ein eng gewickeltes Kopftuch geliftete Tanzlehrerin in den Fünfzigern zu meinem Alltag gehörte.

»Lächel doch mal«, flüstert Toni mir zu.

Ich schnaube. Eins, zwei, drei, eins, zwei, drei.

»Ich werde den ganzen Abend nicht ein einziges Mal lächeln«, teile ich ihr mit, wobei ich sie stoisch einfach geradeaus anschaue. »Ich glaub das nämlich nicht! Erst lass ich mich zu einem bekloppten Tanzkurs überreden. Und dann muss ich auch noch die Geführte geben. Nicht zu fassen!«

Von da an versucht Toni nicht noch mal, mich aufzumuntern, sondern konzentriert sich voll auf die Schritte, die Mona uns zeigt. Für mich ist es selbstverständlich und natürlich, die Unversehrtheit der Füße der Partnerin gewährleisten zu können. Für die anderen – einschließlich Toni – gilt das noch lange nicht.

Zur Pause sind alle ziemlich aufgedreht, stellen sich gegenseitig interessierte Fragen zu Berufen und (ich hab's geahnt!) Sternzeichen und nippen an ihren Getränken.

Nach der Pause lernen die anderen die ersten Schritte des Cha-Cha-Cha. Ich tue so, als müsste ich sie mir auch einprägen. Dabei könnte ich doch problemlos ein ganzes Musikstück durchtanzen. Toni und ihre bekloppten Ideen!

Was ich allerdings feststelle, ist: Die neunzig Minuten dieser ersten Kursstunde gehen schneller rum als befürchtet. Zugegebenermaßen gibt es für mich jede Menge Interessantes und Lustiges zu beobachten. Es ist, wie durchs Programm zu zappen, wenn mal kein gescheiter Spielfilm greifbar ist, es ist unterhaltsam.

Als wir am Ende gemeinsam aus dem Tanzsaal ins Foyer der Tanzschule schlendern, sehen die anderen ziemlich geschafft aus. Was mich wundert. Schließlich sind sie alle freiwillig hier.

Die Mädels verabschieden sich winkend und mit einem »Bis nächste Woche!«. Wovon ich aber nur die Hälfte mitbekomme, denn ich muss noch mal dringend für ›Kleine Geführte‹.

Als ich das Örtchen wieder verlasse, sind die anderen Kursteilnehmerinnen alle aus dem Foyer verschwunden. Auch Natascha und Anke sind nicht mehr da. Das erleichtert mich ein bisschen. Bestimmt werden die beiden erst mal alle verfügbaren Kandidatinnen aus dem Kurs durchhecheln, um auszuloten, ob eine dabei ist, die für sie infrage käme. Darauf habe ich wirklich keine Lust. Mir erklärt sich nie, was das Tolle an solchen Gesprächen sein soll. Um Liebe geht es dabei jedenfalls nicht, das ist ja wohl klar. Aber dazu habe ich wohl sowieso eine eher antiquierte Meinung, die sogar meine Mutter einmal als »lebensfeindlich« beschrieben hat. Nur, weil ich keine Lust habe, mich auf eine einzulassen, von der ich weiß, dass sie nicht meine Hundertprozent ist. Wenn ich mit den anderen darüber rede, behauptet Anke zum Beispiel immer, dass sie durchaus schon Hundertprozent gehabt hat – wenn sie alle ihre Freundinnen und Affären zusammenzählt. Also bin ich froh, dass nur noch Toni an dem Ständer für kostenlose Postkarten steht und sehr versunken in die Auswahl zu sein scheint.

»Also«, sage ich. »Gehen wir nächste Woche tatsächlich wieder hierhin?«

Toni sieht mich kurz verwundert an. »Wieso denn nicht?«

Ich grunze ungehalten. »Jetzt sag mir doch bitte mal, wieso wir diesen Kurs weiterhin belegen sollten. Du und Natascha und Anke, ihr seid doch auf diesen Schwachsinn gekommen, weil ihr euer Singledasein beenden wollt. Aber davon abgesehen, dass wir vier schon fast die Hälfte des Kurses stellen und schon vor Jahren geklärt haben, dass wir alle untereinander nix voneinander wollen … also davon mal ganz abgesehen, gibt es doch unter den anderen keine Einzige, die für so ein Unternehmen infrage käme. Also können wir doch auch gleich …« Ich sehe meiner Freundin ins Gesicht. Und verstumme.

»Toni?«, sage ich.

»Hm?«, macht sie und schaut total harmlos von dem Postkartenständer auf.

»Toni, du sagst ja gar nichts.«

»Was soll ich denn sagen?«, fragt sie.

»Na, zum Beispiel: ›Natürlich kommt keine von den anderen infrage!‹ oder: ›Tss, wo denkst du denn hin?!‹ oder so was halt.«

Toni zieht eine Postkarte aus dem Ständer und hält sie mir hin. »Wie findest du die hier?«

»Toni …«, mache ich und lege den Kopf schief. »Du willst doch nicht etwa sagen, dass irgendeine von den anderen Kursteilnehmerinnen dir so richtig gut gefällt? Ich meine, so richtig gut. Vielleicht sogar hundertprozentgut. So gut eben, dass du wegen ihr diesen bekloppten Kurs weitermachen wollen würdest?«

Toni schaut mich kleinlaut an.

Die Eingangstür wird aufgerissen und ein paar Frauen stürmen herein. Sofort ist das Foyer erfüllt mit ihren Stimmen und ihrem Gelächter. Zwei von ihnen haben einen Kinderwagen dabei.

Ich trete näher an Toni heran.

»Welche ist es?«, will ich wissen.

Toni guckt peinlich berührt.

Sie hebt den Kopf, um den vorbeieilenden Frauen grüßend zuzunicken.

Die Eingangstür wird wieder geöffnet.

Verdammt, das geht hier ja zu wie im Taubenschlag.

Ich sehe automatisch auf.

Und vergesse von einer Sekunde auf die andere, was ich Toni gerade gefragt habe. Denn ich traue meinen eigenen Augen nicht.

Auf uns zu kommt so etwas wie ein engelsgleiches Wesen.

Sie ist schlank. Sportlich. Obwohl sie in eine dicke Winterjacke eingemummelt ist, ist mir sofort klar, dass sie den perfekten Körper besitzt. Ihre langen dunklen Haare hat sie lässig in einen Knoten am Hinterkopf geschlungen. Ihre von der Kälte blassen Lippen sind leicht geöffnet. Und ihre Augen. Wow. Ich kann ihre Farbe nicht genau erkennen. Aber sie sind heller, als ich es bei diesen dunklen Haaren erwartet hätte. Voller Lebendigkeit. Voller Feuer.

Sie unterhält sich mit zwei Frauen, die händchenhaltend neben ihr gehen. Besser gesagt, sie hört einer der beiden Frauen zu, die sturzbachartig irgendetwas erzählt.

Als sie an uns vorbeigehen, dreht die dunkelhaarige Schönheit für drei Sekunden den Kopf.

Es sind ganz sicher drei Sekunden, nicht nur zwei oder gar nur eine.

Denn eine Sekunde braucht man schon, um zu registrieren, dass da jemand am Postkartenständer steht.

Noch eine Sekunde geht dabei drauf, genauer hinzuschauen.

Und die dritte Sekunde dann, die dritte Sekunde ist dafür da, um ganz zart, einer Andeutung gleich, zu lächeln.

Ich bin nicht mehr ich. Bin nicht mehr hier. Ich fühle mich wie dieser riesige Gong in der Kinderspielzeugwerbung, die es früher kurz vor Weihnachten immer gab. Dieser Gong, der von dem kleinen Jungen volle Kanne einen verbraten bekommt und dann nachhallt, als müsse er alle Mönche Tibets zum Abendessen rufen. Ich starre diesem überirdischen Wesen hinterher, das gerade durch die Tür in Richtung Tanzsaal entschwebt.

Toni neben mir kichert leise.

»Was ist?«, blaffe ich sie an.

»Du hast gelächelt!«, triumphiert meine beste Freundin. »Obwohl du vorhin gesagt hast, dass das heute Abend nicht drin ist. Ich hab's aber gesehen! Du hast gelächelt.«

Tatsache. Wahrscheinlich hat sie sogar recht.

3

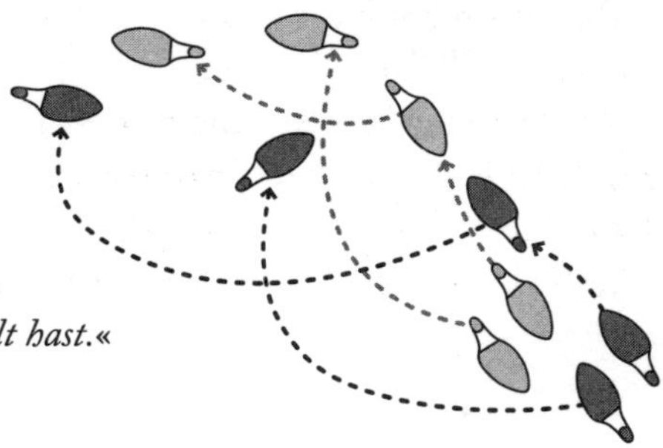

»Tu keinen Schritt,
bevor du ihn gefühlt hast.«
(Darf ich bitten)

Meine Mutter hat ganz sicher einen kleinen Schlag schräg sitzen.

Nicht besorgniserregend. Auch wurde sie wegen ihrer minimal lockeren Schraube nie von jemandem zu einer Therapie geschickt. Die Einzige, die unter ihrem Spleen hat leiden müssen, war ja schließlich ich.

Seit dem Erlebnis auf der Hochzeit ihrer Freunde war meine Mutter nämlich davon überzeugt, dass in mich eine Art reinkarniertes Tanztalent ihrer Schwester Elsa gefahren sein müsse.

Deswegen machte sie für mich den damals einzigen Kurs in musikalischer Früherziehung aus, der im Umkreis von hundert Kilometern zu finden war.

In diesem Kurs lernte ich zig Instrumente kennen, von den Schlaginstrumenten über die Bläser zu den Streichern und den Tasten. Meine Mutter behauptet heute noch, ich hätte eine besondere Affinität zu Saxofon, Cello und Klavier besessen. Was mich nicht wundert, denn das sind eindeutig die lesbischsten Instrumente. Das Saxofon wird äußerst reizvoll aus dem Unterbauch heraus gespielt. Das Klavier bedarf einiger Fingerfertigkeit von geschickten Händen. Und das Cello … also, wenn ein derartig tailliertes Instrument zwischen den eigenen Schenkeln gehalten werden muss, um ihm solch schöne Töne zu entlocken, muss ich da noch mehr zu sagen?

Sobald ich etwas wackelig auf meinen dicken Babybeinen stehen konnte, ging es los mit dem Tanzen. Meine Mutter tanzte mit mir abends vor dem Fernseher, wenn über den Bildschirm das inspirierende ZDF-Fernsehballett tobte. Sie tanzte mit mir morgens zu den Schlagern auf WDR 4. Sie tanzte mit mir zum Leierkastenmann auf dem Weihnachtsmarkt. Mit vier Jahren wurde ich in die örtliche Ballettschule aufgenommen, was mir ein lebenslanges Trauma und neurotische Störungen im Hinblick auf bodentiefe Spiegel und stark geschminkte, streng dreinblickende Lehrerinnen einbrachte.

Außerdem schien Ballett nicht das Richtige für mich zu sein. Mein Talent war weniger das grazile, sich selbst auf Spitzenschuhen geißelnde. Es war eher das Talent des Rhythmus, der Geschwindigkeit, der Beweglichkeit.

Und so wechselte ich nach einem Jahr in die Jazzdance-Klasse. Jazz-Dance machte mir Spaß. Wir Mädchen lernten Schrittfolgen, durften dabei mit bunten Bändern herumwedeln und unseren eigenen Ausdruck entwickeln. (Sofern man dazu mit fünf bis sechs Jahren in der Lage ist.) Doch den dortigen Ansprüchen war ich in den Augen meiner Mutter bald schon entwachsen.

»Sie hat so viel Taktgefühl«, hörte ich sie oft zu Nachbarinnen, Kindergärtnerinnen, Freundinnen und Verwandten sagen. »Offenbar liegt das also doch in unserer Familie. Auch wenn ich selbst es nicht geerbt habe. Sie sollte so bald wie möglich mit dem Formationstanz beginnen.«

So bald wie möglich bedeutete konkret die Vollendung meines neunten Lebensjahres.

Und Formationstanz bedeutete, mit einem zwei Jahre älteren, obercoolen Jungen Hand in Hand, Hand auf Schulter und Hand auf Rücken tanzen zu müssen. So was nennt man wohl frühkindliche Anti-Prägung. Ich kann meiner Mutter nur zugutehalten, dass sie sich (und mir) ein Mitspracherecht bei der Auswahl des Tanzpartners einräumte. So blieben mir zumindest die kleinen Machos und eingebildeten Piefkes erspart. Und es war tatsächlich so, dass das Tanzen an sich mir nach wie vor Spaß machte. Ich mochte die Lieder, die Melodien und das Gefühl, wenn mein Körper sich dazu harmonisch bewegte. Meine Mutter war selig, da sich alles in ihrem Sinne entwickelte.

Doch als ich elf Jahre alt war, veränderte sich schlagartig meine Interessenslage. Vielleicht begann ich auch nur, eigene Interessen zu entwickeln und nicht mehr nur das zu tun, was meine Mutter für mich aussuchte. Ich entdeckte Fußball. Es begann ganz harmlos mit einem Spiel im Sportunterricht. Der Ball, die Geschwindigkeit, Tore schießen. Das alles machte auf mich solchen Eindruck, dass ich meiner Mutter in der schonungslosen Ehrlichkeit, die Kinder oft so an sich haben, mitteilte, dass ich nicht mehr Tänzerin werden wollte. Ich wollte Fußballspielerin werden.

Meine Mutter traf fast der Schlag. Eine Weile erlaubte sie mir dieses ›unsägliche Hinter-dem-Ball-her-Gerenne‹, da sie der Meinung war, dass sich mein Interesse daran schon bald verflüchtigt haben würde. Und sie vermutete sehr richtig, dass ein Verbot diese Sportart für mich nur umso spannender gemacht hätte. Doch meine Begeisterung für das runde Leder ließ nicht nach. Im Gegenteil. Und so gab es immer öfter Terminkonflikte, weil ich lieber mit meinen Kumpels auf dem Bolzplatz unserer kleinen Siedlung herumkicken wollte, statt zum Tanzunterricht zu fahren. Es gab Tränen. Es gab Füßestampfen. Es gab scharfe Worte. Bis mein Vater, der sich bisher wohlweislich aus dem ganzen Tanzdrama herausgehalten hatte, schließlich ein Machtwort sprach.

Und das lautete so: »Hanne, wir erziehen unsere Kinder zu einem freien Geist und freier Entfaltung!« (Mein Vater war Lehrer für Deutsch und Bio an der Oberstufe eines heftig alternativ angehauchten Gymnasiums.) »Stefanie kann selbst entscheiden, worauf sie Lust hat.« (Ich stand daneben und nickte eifrig.) »Und sie ist nicht Elsa!«

Bei den letzten Worten knickte meine Mutter in sich zusammen und weinte haltlos. Mein Vater hielt sie im Arm, strich ihr tröstend über den Rücken und machte zu mir gewandt mit dem Kopf ein Zeichen, dass ich mich verkrümeln solle. Das tat ich nur zu gern. Schnappte den schwarzweißen Ball und war verschwunden. Seitdem habe ich nie wieder einen Fuß in einen Tanzschuh gepresst.

Das klärende Gespräch zwischen meinen Eltern war in mein Hirn gebrannt. Und je älter ich wurde, desto mehr verstand ich, worum es darin eigentlich gegangen war. Daher tanzte ich einfach nicht mehr. Ich meine, klar tanze ich auf Partys, auf dem Frauen-Schwof oder auch mal, wenn irgendwo privat ein Fest steigt. Ich gehe mit allen anderen zusammen auf die Tanzfläche und rocke richtig ab. Immer wieder wird mir dann gesagt, dass ich Rhythmus im Blut habe, mich gut bewege und dass frau mir gerne zusieht. Sehr schmeichelhafte Dinge, die mir gesagt werden über etwas, das mir zusätzlich auch noch sehr viel Spaß macht. Aber auf keinen Fall lasse ich mich zu so was wie Walzer auf die Tanzfläche locken. Niemand, der mich zu Standard- oder Lateintänzen aufforderte, hatte je Erfolg. Auf Familienfesten, Geburtstagen von Onkeln, Tanten oder sonstigen Jubiläen verteilte ich Körbe, dass es nur so rappelte.

Alle wussten, dass ich mich als Dreikäsehoch schon mächtig begabt gezeigt hatte. Alle waren der Meinung, ich müsse nur das Parkett betreten und schon würden alle Zuschauer am Rande der Tanzfläche in »Aaahs« und »Ooohs« ausbrechen. Aber genau das wollte ich nicht. Ich wollte nicht ihre Erwartungen erfüllen. Und ich wollte nicht, dass sie hinter meinem jivenden Rücken flüstern würden: »Genau wie Elsa, findest du nicht? Ach, genau wie Elsa.« Deswegen blieb ich standhaft. Ich blieb bei diesen Gelegenheiten sitzen.

Wie oft meine Mutter mich in meinen mittlerweile sechsunddreißig Jahren wehmütig angesehen und mich mit zarten Hinweisen zu meinem verschwendeten Tanztalent bedacht hat, kann ich nicht zählen. Deswegen ist der Freundschaftsbeweis gar nicht hoch genug zu bewerten, den ich Toni damit erbringe, indem ich sie tatsächlich auch zur zweiten Tanzstunde begleite. Die ganze Woche über haben wir nicht ein einziges Wort über den vergangenen Sonntagabend verloren. Wir trafen uns auf der Arbeit. Nahmen gemeinsam das Mittagessen in der Kantine ein. Wir zwinkerten uns über die Trennwand zwischen unseren Computerbildschirmen verschwörerisch zu, wenn Jörg Bromhöfer mit seinem Lineal vorüberging. Doch keine von uns erwähnte auch nur mit einer Silbe den Tanzkurs. Toni wich dem offenbar aus, um zu vermeiden, dass ich die Gelegenheit nutzen würde, sie doch noch auszuquetschen, welche der Tanzmädels sie denn derart betörend findet, dass sie sie dringend wiedersehen will.

Und ich.

Tja, ich bin immer noch irritiert.

Ich könnte auch sagen: ratz von den Socken.

Meine Erinnerung verklärt wohl zusätzlich noch, was im Moment dieser ersten Begegnung schon umwerfend war. Ihre Haare. Ihr weicher Gang. Die schlanke Gestalt. Die Augen. Der Gong. Eine Frau, die ich noch nie gesehen habe. Auf keiner Frauenkulturveranstaltung. Auf keinem Schwof. An dieses Gesicht hätte ich mich auf alle Fälle erinnert. Dieses Gesicht und alles, was dazugehört, ist der einzige Grund, warum ich hier und jetzt, am Sonntagabend, wieder neben Toni in ihrem kleinen roten Flitzer sitze, um mit ihr zur Tanzschule zu fahren. Toni gegenüber würde ich das natürlich nie zugeben. Auch vor mir selbst versuche ich es zu verheimlichen. Denn die Vorstellung, dass es sich einfach nur um einen unglaublich hoch zu bewertenden Freundschaftsbeweis und Achtung gebietende Selbstaufopferung handelt, ist einfach zu heldinnenhaft schön. Diese Vorstellung kann ich nicht mit dem Eingeständnis des egoistischen Wunsches, eine gewisse Frau wiederzusehen, schwächen.

Außerdem bin ich doch standhaft der unverrückbaren Meinung, dass Hundertprozent nicht einfach so passieren, indem eine an mir vorbeischwebt. Zu der Gewissheit, meine Hundertprozent gefunden zu haben, gehören lange Spaziergänge, am besten im Regen, ausschweifende Gespräche über Gott und die Welt, gegenseitige Traumdeutung und über die Zeit immer intensiver werdender Blickaustausch, bei dem es mir wohlig warm den Rücken runterrieselt. Deswegen ist es totaler Nonsens, auf eine ähnlich umwerfende Wiederbegegnung mit dem tibetischen Gong zu hoffen.

Als wir ankommen, sind die anderen Mädels aus unserem Kurs schon fast alle im Foyer versammelt. Es fehlen nur noch Kerstin und Heike. Michaela reckt nach ihrer Tanzpartnerin Heike den Hals und späht ungefähr siebenundzeunzig Mal zur Eingangstür.

»Die wird dich doch wohl nicht sitzen lassen?«, kommentiert Kati feinfühlig. Die scheint trotz ihrer extrem sympathischen Ausstrahlung insgesamt ein bisschen gröber gestrickt zu sein. Zumindest hat sie ein dickes Fell, was kritische Bemerkungen der Tanzlehrerin zum Schuhwerk angeht. Sie trägt heute wieder Sportschuhe.

»Ich hab nur Turnschuh«, sagt sie achselzuckend, als Anke sie dezent darauf hinweist. »So hopplahopp legt man sich doch keine neuen zu. Schließlich muss ich erst mal abwarten, ob sich die Investition in ein neues Paar Schuhe für diesen Kurs lohnt.« Dazu lacht sie in die Runde.

Toni sieht mich betreten an. Recht hat sie. Plumper kann man kaum darauf hinweisen, dass es sich hier um einen Single-Kurs handelt.

»Vielleicht hab ich ihr letztes Mal einfach zu oft auf die Füße getreten?«, jammert Michaela. Doch in diesem Moment öffnet sich die Eingangstür und Heike erscheint.

Alle johlen, als sei beim Elfmeter der Ball reingemacht worden.

Michaela strahlt.

Durch genau diese Eingangstür ist letzten Sonntag auch jene gewisse Fremde hereingekommen. Ob sie wohl heute auch …?

»Wollen wir nicht reingehen?«, schlage ich rasch vor, weil ich den Gedanken nicht beenden will.

Fehlt mir gerade noch. Mich in einer Tanzschule oberflächlich und mit höchstens zwanzig Prozent in eine Unbekannte zu verknallen. Ausgerechnet in eine Tänzerin.

Wir schreiten also möglichst elastisch in den Tanzsaal, von wo gerade eine andere Gruppe aufbricht.

Rasch versuche ich, die Lage zu überblicken. Es sind mehr Paare als in unserem Kurs und zu einem großen Teil Männer.

Trotzdem sehen sie nach einer ganz ähnlichen Mischung aus Aufgeregtheit und Erschöpfung aus, die wir letzte Woche nach unserer ersten Stunde auch verströmt haben.

»Der andere Anfängerkurs«, erklärt Mona uns denn auch, mütterlich lächelnd.

Wir setzen uns. Mir fällt auf, dass wir original wieder die gleichen Stühle belegen wie beim letzten Mal. Der Mensch ist doch wirklich ein Gewohnheitstier. Und offenbar gibt uns die Tatsache, wieder auf dem gleichen Stuhl zu sitzen, Sicherheit. So fällt aber auch ziemlich krass auf, dass eine in unserer Stuhlreihe fehlt.

»Ja, leider«, sagt Mona und bedenkt den leeren Platz mit einem betrübten Blick, »musste Kerstin den Kurs kurzfristig absagen. Offenbar gibt es Terminschwierigkeiten …«

»Oder ihr gefällt hier keine«, wispere ich Toni zu.

»Eine Beleidigung, oder?«, raunt Toni zurück.

»Nun haben wir hier plötzlich eine Führende zu wenig«, fährt Mona fort und sieht Sandra an, die nun tatsächlich führerinnenlos ist und recht ratlos dreinschaut.

»Im Grunde haben wir eher eine Geführte zu wenig«, schalte ich mich ein. »Toni und ich wollen doch beide führen. Deswegen wäre es doch logisch, wenn eine von uns bei Sandra einspringt?«

Und die andere nach Hause springt – nämlich ich, denke ich.

Mona lächelt mich erfreut an.

»Tolle Idee, Stefanie …«

»Tiffy«, korrigiere ich freundlich.

»Tiffy«, grinst Mona. »Echt tolle Idee. Die ist mir auch gekommen. Deswegen habe ich eine der fortgeschrittenen Tänzerinnen aus einem anderen Kurs gebeten, hier auszuhelfen, bis wir einen Ersatz gefunden haben. Sie tanzt die Geführte, und daher würde das super passen.«

Ups. Dann war das wohl nichts mit dem vorzeitigen Heimweg.

Toni meldet sich von der anderen Seite: »Tiffy hat von früher ja schon etliche Vorkenntnisse. Ich denke, es ist besser, wenn sie die fortgeschrittene Tänzerin bekommt.« Für die Bemerkung zu den Vorkenntnissen würde ich sie unterm Tisch gern gegen das Scheinbein treten. Doch ich habe Angst, versehentlich eine der anderen zu treffen.

Ich will schon den Mund öffnen, um zu protestieren. Doch da fällt mir ein, dass es ja womöglich Sandra sein könnte, auf die Toni ein Auge geworfen hat.

Die wäre tatsächlich ihr Typ. Mit dem witzigen Pagenkopf und den runden Augen.

Das wäre ja jetzt nicht sehr fein von mir, ihr da so reinzugrätschen.

Außerdem ist es so auch viel einfacher für mich, zur nächsten Stunde die Flatter zu machen. Die ausgeliehene fortgeschrittene Geführte wird sich bestimmt nicht darum reißen, von mir durch den Saal gestümpert zu werden, und erleichtert sein, wenn sie diese Bürde wieder los ist.

Also nicke ich ergeben.

»Prima«, freut sich Mona und klopft mit den Handflächen dynamisch auf den Tisch. »Dann hätten wir das ja gelöst. Juliane müsste auch gleich hier sein. Wollen wir dann schon mal anfangen? Heute kommt als neuer Tanz die Rumba hinzu. Aber erst wiederholen wir natürlich den Langsamen Walzer und Cha-Cha-Cha vom letzten Mal und lernen auch noch ein paar neue Schritte. Alle Führenden bitte einmal hinter mir aufstellen!«

Na, wenigstens gehöre ich heute auch zu den Führenden. Gehorsam reihen wir uns hinter Mona auf, mit dem Gesicht frontal zur Spiegelwand.

»Denkt daran, bei allen Tänzen, die laut ausgesprochen hinten mit einem ›a‹ enden, beginnen die Führenden mit dem rechten Fuß. Ihr legt also mit rechts los. Eins, zwei, drei …«

Gemeinsam mit Mona führen wir die ersten Walzerschritte aus, die wir in der letzten Stunde gelernt haben. Und dann geht es weiter mit einer neuen Schrittkombination. Im Hintergrund läuft leise die Musik.

Zum ersten Mal spüre ich etwas.

Zuerst bin ich darüber so verwirrt, dass ich prompt den nächsten Schritt vergesse und Toni mir in die Hacken latscht. Doch als ich den Takt wiedergefunden habe, fühle ich es immer noch. Diese leise, stille Freude über die Bewegung zur Musik. Kombiniert mit einem fröhlichen Eifer, alles richtig zu machen. Denn dies hier ist auch für mich anders. Nicht fremd und auch nicht schwierig. Aber ich habe früher nie die Schritte der Führenden getanzt. Das Umdenken fordert Konzentration. Und das macht tatsächlich …

ich traue mich kaum, es zu denken, aber es ist wirklich so: es macht Spaß!

Und weil es so viel Spaß macht, lasse ich mich hinreißen. Meine Füße, die offenbar ein ganz eigenes Erinnerungsvermögen an die unzähligen Tanzstunden meiner Kindheit besitzen, tun plötzlich mehr Schritte, als Mona uns bisher gezeigt hat. Es geschieht einfach so, ohne mein willentliches Zutun. Aber wegen der bodentiefen Spiegelwand leider vor den Augen aller.

»Hey«, macht Kati und applaudiert kurz. »Das sah cool aus. Oder, Mona? Das war doch schon richtig gut?!«

Mona nickt erfreut.

Und Toni entblödet sich herauszuschmettern: »Tiffy sollte auch früher mal Tanzprofi werden. Sie hat ihre Karriere dann aber hingeschmissen.«

»Was?«, quietscht Sandra. »Und dann machst du hier einen Anfängerinnenkurs?«

»Ehrlich jetzt?«, macht Heike beeindruckt.

Natascha und Anke nicken beifällig.

»Ja«, sage ich. Weil alle mich ansehen. »Ich hab meine Tanzkarriere hingeschmissen. Mit zwölf.«

Die anderen brüllen los vor Lachen. Kati muss sich so schütteln, dass ihr wortwörtlich Tränen aus den Augen spritzen.

»Ich pinkel mir gleich in die Turnschuhe«, gackert sie.

Ich grinse ein bisschen.

Vielleicht ist die Truppe gar nicht so übel.

»So, dann versuchen wir das Ganze mal im Paar«, sagt Mona schließlich, als sich alle wieder beruhigt haben.

Die anderen stellen sich zu zweit auf. Nur ich schaue ratlos.

In diesem Augenblick öffnet sich die Tür zum Saal, und Mona sagt: »Ach, da ist sie ja. Juliane, du kommst genau im richtigen Moment!«

Alle sehen auf und meiner Aushilfs-Tanzpartnerin entgegen.

Gott sei Dank tun sie das, denn so bekommt keine mit, dass mir die Gesichtszüge entgleiten. Durch die Weite des riesigen Tanzsaales kommt nämlich ebenjene engelsgleiche Gestalt auf uns zu, die ich letzte Woche draußen im Foyer zum ersten Mal gesehen habe.

Das ist Juliane?

Die fortgeschrittene Geführte?

Die mit mir tanzen soll?

Die ich führen soll?

Beim Walzer und Cha-Cha-Cha?

Ich starre ihr entgegen wie das Kaninchen der Schlange.

Juliane bekommt natürlich auch mit, dass ihr durch die spiegelnde Fläche des weiten Saales zehn Augenpaare entgegenglotzen. Sie wirkt verlegen und fährt sich mehrmals mit der Hand zur Stirn, um ein paar Haarsträhnen zurückzustreichen, die sich aus ihrem Zopf gelöst haben. Sie scheint erleichtert, als sie endlich bei uns angekommen ist und Mona sie freundlich begrüßt.

»Das hier ist Tiffy, deine Tanzpartnerin, solange wir noch keine Geführte für sie gefunden haben«, stellt Mona mich vor.

Juliane sieht mich an und blinzelt kurz. Sie macht einen angespannten Eindruck. Kann ich verstehen. Mir wäre auch nicht wohl, wenn ich in eine Gruppe von unbekannten Frauen geworfen würde, die sich selbst per unterschriebenem Anmeldebogen als ›lesbische Singles‹ deklariert haben.

Mona nickt ihr auffordernd zu, und Juliane kommt zögernd zu mir herüber.

»Paarhaltung!«, kommandiert Mona freundlich, aber bestimmt. »Und verteilt euch schon mal ein bisschen im Raum, damit es keine Karambolagen gibt.«

Die anderen wuseln los.

Juliane und ich bleiben stehen.

Wir sehen uns an.

Nein, eigentlich sehe ich sie an.

Juliane hat zwar den Kopf gehoben, doch ihr Blick huscht knapp an meinem Gesicht vorbei, so als würde irgendwo hinter mir etwas Interessantes passieren. Irritiert drehe ich mich um. Doch da ist nichts. Als ich mich wieder umwende, sind da ihre Augen. Letzte Woche auf dem Flur hatte ich wegen ihrer strahlenden Helligkeit angenommen, sie seien blau oder grün. Doch jetzt stelle ich fest, dass sie braun sind. Kein dunkles, fast schwarzes Braun. Auch kein Rehbraun. Sondern ein heller honigfarbener Ton, wie ich ihn noch nie gesehen habe. Ich starre einen Moment in diese unglaublichen Augen und dann irritiert auf meine linke Hand, die in der Luft zu hängen scheint.

»Wie heißt du? Tiffy?«, erkundigt sich Juliane leise, während sie die rechte Hand in meine schmiegt und mit ihrer linken Hand vorsichtig meine rechte unter ihrem Schulterblatt platziert. Dann legt sie ihre linke zart auf meine rechte Schulter und wendet den Kopf nach links, also von mir aus rechts. Sie hat ein wirklich edles Profil. Doch auch das kann nicht darüber hinwegtäuschen, dass es unhöflich ist, zuerst eine Frage zu stellen und dann den Blick demonstrativ abzuwenden. Ich weiß, dass das die korrekte Tanzhaltung ist. Trotzdem werde ich den Eindruck nicht los, dass sie es vermeiden will, mich direkt anzusehen.

»Ich heiße eigentlich Stefanie«, sage ich und höre selbst, wie lahm das klingt. Fast wie eine Entschuldigung.

»Oh«, macht Juliane und wippt im Takt sacht mit dem Kopf. Wahrscheinlich, um mir zu zeigen, dass ich endlich mal loslegen soll. Schließlich bin ich hier die Führungskraft und muss entscheiden, wann wir beginnen.

Das tue ich auch.

Aber leider mit dem falschen Fuß.

Natürlich weiß mein Kopf, dass ich als Führende beim Walzer mit dem rechten Fuß beginne, doch mein Körper erinnert sich an die jahrelange Erfahrung als Geführte. Er wählt also den linken Fuß, und ich stehe prompt auf Julianes rechtem.

»Entschuldige«, sagt sie mit einem leisen Räuspern, ohne mich anzusehen.

»Nein, nein, das war doch meine Schuld«, stammele ich. Wieso entschuldigt sie sich? Dadurch fühle ich mich noch mehr wie ein Trampeltier. Wir versuchen es noch mal, und diesmal klappt es.

»Was heißt ›Oh‹?«, erkundige ich mich dann so höflich distanziert, wie es nur geht, wenn deine Gegenüber versucht, ihre Blinddarmnarbe an deine eigene zu pressen.

»Wie bitte?«, fragt Juliane ebenso höflich.

»Ich sagte, ›ich heiße eigentlich Stefanie‹. Und darauf sagtest du ›oh‹«, helfe ich ihr auf die Sprünge.

»Oh tja … aus dem Namen kann man ja auch nicht viel machen«, antwortet Juliane.

Ich denke wirklich nicht darüber nach. Aber weil wir zeitgleich mit ihrer unverschämten Erklärung in der Saalecke angekommen sind, drehe ich sie einfach rechtsherum hindurch. Sie bewahrt linksseitige Haltung und wirft mir nur rasch aus dem Augenwinkel einen kurzen Blick zu.

»Ich dachte, ihr seid erst in der zweiten Stunde«, sagt sie.

»Sind wir auch«, erwidere ich. *Aus dem Namen kann man ja auch nicht viel machen.* Reizend.

»Woher kannst du dann diese Drehung?«, will sie wissen.

»Von früher«, höre ich mich wie in einem dieser gewissen Albträume sagen, in denen man keinen Einfluss auf das eigene Handeln hat. »Ich sollte mal Tanzprofi werden. Aber ich hab meine Karriere hingeschmissen.«

»Hm«, macht Juliane.

Ich bin so blöd. Ich bin so blöd.

»Wie lange tanzt du?«, frage ich sie.

Das kann doch nicht sein, dass ich hier mit einer so unglaublich bezaubernden Frau über das Parkett walze und einen peinlich hölzernen Dialog führe. Sie ist schüchtern, sage ich mir selbst. Deswegen hat sie sich wohl gerade auch ein bisschen im Ton vergriffen. Ich bin natürlich bereit, ihr das sofort zu verzeihen.

»Zwei Jahre«, antwortet sie einsilbig auf meine Frage. Sie ist schüchtern, eindeutig. Wie sie permanent versucht, den Blickkontakt zu mir zu vermeiden. Ich kann nichts dagegen tun, aber ihre Scheu berührt mich mehr als es jede vor Charme sprühende Unterhaltung täte. Trotzdem bin ich entschlossen, das Eis zu brechen und ihr zu zeigen, dass sie mir gegenüber ihre vorsichtige Zurückhaltung ruhig fahren lassen kann: »Jedenfalls ist es unheimlich nett von dir, dass du einfach so einspringst.«

»Ich war Mona noch einen Gefallen schuldig«, murmelt sie.

Ich schlucke.

Sie möchte kein Lob für ihre selbstlose Tat. Das ist klar. Doch es fühlt sich nicht besonders schmeichelhaft an, dass sie nur deshalb mit mir tanzt, weil sie jemand anderem damit einen Gefallen tun will.

Ob sie mich nicht mag? Sympathie beruht ja nicht immer auf Gegenseitigkeit. Ich habe auch schon Filme gesehen, in denen ganz klar war, dass sich die Luft nur in die eine Richtung elektrisch auflud. Jemand war vom ersten Augenblick an heiß entbrannt – doch das Gegenüber spürte nichts in dieser Art.

Ach, du meine Güte. Bin ich heiß entbrannt?

Und hat sie es gemerkt?

Vielleicht will sie mir einfach nur sagen, dass ich aufhören soll, in ihrer Gegenwart rascher zu atmen. Und mir fällt nichts ein, was ich sagen könnte, um die Situation etwas zu entspannen.

»Na, dann scheinst du ja in den zwei Jahren schon ganz schön was gelernt zu haben«, lobe ich sie. »Ich meine, wenn Mona dich bittet, hier auszuhelfen, musst du was draufhaben. Sie würde doch bestimmt nicht jede fragen.«

Ich sehe sie an. Die Lebendigkeit ihrer Augen wird durch die dunkle Dichte ihrer Wimpern noch unterstrichen. Ihre Wangen sind leicht gerötet. Ihre Augenbraue zuckt ein wenig.

»Es wäre besser, wenn du den Kopf nach links nimmst«, sagt Juliane mit leiser Stimme.

Ich nehme den Kopf nach links.

Blinddarmnarbe an Blinddarmnarbe.

Ich fürchte, meine Hände werden langsam schwitzig.

»Tiffy, toll machst du das!«, höre ich plötzlich. Mona geht neben uns her. »Deine Haltung ist sensationell. Ja, nimm ruhig die Spitzen der Schulterblätter noch etwas zusammen. Super. Das merkt man wirklich, dass du früher schon getanzt hast. Klasse durch die Ecke gekommen grad. Weiter so!«

Sie geht weiter zu Toni und Sandra, die vor uns tanzen, und nimmt die beiden zur Seite, um sanft Tonis Haltung zu korrigieren und noch einmal die neuen Schritte durchzugehen.

Bei mir hatte sie nichts zu verbessern.

Ich mach das super, hat sie gesagt. Nein, *sensationell* hat sie gesagt.

Ich spüre, wie ich ganz gegen meinen Willen langsam, aber sicher anschwelle wie ein Ochsenfrosch.

Eins, zwei, drei, eins, zwei, drei. Mit Juliane zu tanzen ist leicht. Ich konzentriere mich aufs ruhige Atmen. Tief ein. Tief aus. Tief ein … Und da ist er plötzlich. Ohne dass ich bewusst daran gedacht hätte, fällt er mir plötzlich auf. Ihr Duft.

»Mona ist eine tolle Tanzlehrerin, oder?«, platze ich heraus, weil ich unser Schweigen einfach nicht mehr aushalte.

Sie riecht so gut. Fruchtig. Wie nach Grapefruit. Aber gemischt mit noch etwas anderem. Vielleicht frisch gemähtes Gras.

Daran sollte ich nicht denken. Aber woran sonst?

»Ich meine, sie hat bestimmt eine irre Menschenkenntnis bei den vielen Schülerinnen und Schülern, die sie so zu sehen bekommt«, plappere ich weiter. »Man muss sich ja auch auf jeden Kurs wieder neu einstellen. Erst mal abchecken, wer wie tickt und so. Finde ich schon eine reife Leistung, wenn man das so entspannt hinbekommt. Sie wirkt dabei so gelassen.«

Mehr kann ich unmöglich am Stück reden, sonst verliere ich den Takt.

»Ja, sie ist toll«, sagt Juliane da tatsächlich. »Sie erkennt immer das schwächste Glied in der Kette und versteht, es zu stärken.«

Betreten schaue ich über Julianes linke Schulter.

Ich bin mir ziemlich sicher, dass das nicht das war, was ich hören wollte.

4

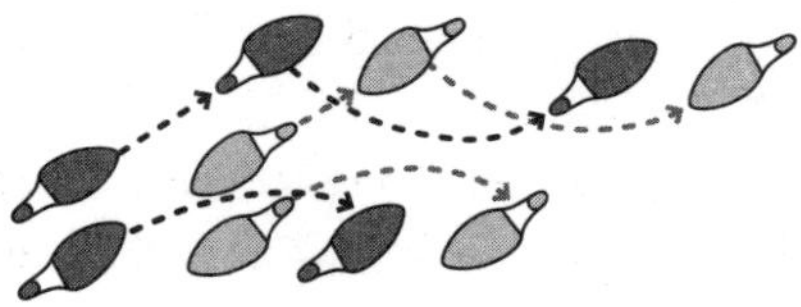

»Du willst mit mir übers Tanzen reden? Versuchst du etwa auch Musik zu schmecken? Oder ein Gedicht zu riechen?«
(Die Tango-Gang)

Pssst«, macht es zwischen meinen Computerbildschirmen hindurch.

Ich schaue von meiner Arbeit auf und sehe eines von Tonis Augen durch den Spalt lunzen.

»Willst du schon in die Mittagspause?«, frage ich.

Sie schüttelt den Kopf und reicht mir etwas umständlich ihr Handy über die niedrige Trennwand.

Verwundert schaue ich aufs Display. Dort steht: »huhu toni, wir treffen uns heute abend um 8 im virginia. kommt ihr auch? wär cool! lg sandra«

Ich beuge mich vor und zische an meinem Bildschirm vorbei: »Treffen im Virginia? Und wer ist wir? Und wieso hat Sandra deine Handynummer?«

»Wir haben doch nach der letzten Stunde die Nummern ausgetauscht«, wispert Toni zurück. Tatsächlich? Habe ich gar nicht mitbekommen. Offenbar stand ich unter dem sogenannten Juliane-Schock. Aber dass Sandra Toni schreibt, unterstützt meine These bezüglich der sich entwickelnden Sache zwischen den beiden. »Ich denke mal, dass mit dem ›wir‹ die anderen aus unserem Kurs gemeint sind.«

»Alle?«, flüstere ich.

»Soll ich sie fragen?« Toni hebt die eine Braue, die ich sehen kann.

»Nein, nein«, murmele ich. Wahrscheinlich wird die einsilbige Juliane sowieso nicht zu diesem Treffen kommen. Sie wüsste gar nichts zu sagen bei so einem Gruppenevent. Und außerdem gehört sie offiziell gar nicht wirklich zu unserem Kurs.

»Kommst du mit?«, will Toni wissen und verlangt nach ihrem Handy, um eine Antwort loszuschicken.

»Ach, ich weiß nicht«, ziere ich mich und reiche ihr das Handy zurück.

Was ist, wenn sie doch kommt?

»Komm schon!«, fordert Toni.

»Wann sagst du mir, welche es ist?«, schlag ich unerwartet zu.

Toni senkt den Blick auf ihr Handy und beginnt zu tippen. »Weiß nicht, was du meinst«, murmelt sie.

»Wenn du es mir nicht sagen willst, muss ich mir schließlich selbst ein Bild von der Lage machen. Außerdem werden wir heute ja nicht tanzen. Klar komme ich mit«, beschließe ich.

* * *

Das Ruhrgebiet ist eine tolle Sache. Weil hier etliche Städte so nah beieinanderliegen, dass es vor Theatern, Kinos, Museen und sonstigen Kulturangeboten nur so wimmelt.

Außerdem lassen sich die Grenzen zwischen den Städten mit einem Netz von Öffis und Autobahnen mühelos überwinden. Wenn du also eine Frau aus einer anderen Ruhrgebietsstadt kennenlernst, steht der sich anbahnenden Beziehung auch dann nichts im Wege.

Nicht, dass ich wahnsinnig viel Erfahrung mit Liebe über Städtegrenzen hinweg hätte. Ehrlich gesagt, hatte ich in meinem Leben erst drei Beziehungen, die man wirklich so nennen kann. Meine erste große Liebe, Jenni, habe ich damals auf dem Schwof kennengelernt. Da waren wir beide süße neunzehn und echte Szenefrischlinge.

Jenni war das komplette Programm. Ganz sicher Hundertprozent. War schon klasse, das eigene Coming-out mit so einer tollen Frau an der Seite zu erleben, die mit mir durch dick und dünn gehen wollte. Leider versprach sie nach knapp zwei Jahren genau das Gleiche auch noch einer anderen. Aufgrund dieses Interessenkonfliktes trennten wir uns schließlich, und ich war wieder Single.

Eine Weile war ich verzweifelt, denn meinem Glauben an die Hundertprozent hatte das keinen Abbruch getan. Dass Jenni nicht die große und einzige Liebe meines Lebens sein sollte, verstörte mich. Auch wenn meine Freundinnen und (zu meinem Entsetzen) auch meine Mutter beteuerten, dass es doch normal sei, in jungen Jahren ein bisschen »rumzuprobieren«.

Ich wollte aber nicht rumprobieren.

Ich wollte finden. Die Eine. Die Einzige. Die Hundertprozent halt.

Dann lernte ich während des Studiums Melanie kennen, die sich im Hörsaal neben mich setzte. Obwohl sie nach einer halben Stunde merkte, dass sie in der falschen Vorlesung war, trafen wir uns später in der Mensa wieder, und über ihr vegetarisches Mittagessen hinweg verschoss sie sich total in mich. Ich fand sie niedlich, weil ich noch nicht wusste, dass Sichverlaufen in einen fremden Hörsaal zu ihrem täglichen Standardprogramm gehörte.

Doch ich leckte ja immer noch meine Jenni-Wunden und war in Sachen Gefühlsentwicklung extrem langsam unterwegs. Noch mal sollte mir so ein hochprozentiger Reinfall nicht passieren. Aber Melanie ließ nicht locker. Sie latschte mit mir stundenlang durch den Regen, redete über Gott und die Welt und fragte mich morgens, was ich nachts geträumt hatte. Schließlich hatte sie mich doch am Wickel, und die Beziehung hielt tatsächlich dreieinhalb Jahre – und das obwohl wir uns schon nach einem Jahr eine gemeinsame Wohnung nahmen und nach zwei Jahren keinen Sex mehr hatten.

Letztendlich purzelten diesmal bei mir die Prozente. Ich ertrug es einfach nicht mehr, ständig meinen Kram – von der Uni-Mappe über meine Unterhose bis hin zur Zahnbürste – irgendwo in der Wohnung suchen zu müssen. Ganz zu schweigen davon, dass es beinahe unmöglich war, sich mit Melanie fest zu verabreden, da sie fortwährend Dates vergaß, im falschen Café auf mich wartete oder eben zu Hause, während ich im Café saß. Danach hatte ich erst mal für eine ganze Weile die Schnauze voll von der Suche nach der einen Einzigen.

Das war die Zeit, in der ich durchaus aufgeschlossen war für das Gefasel meiner Freundinnen (und meiner Mutter) und ausprobieren wollte, wovon alle so schwärmen. Jungsein. Wildsein. Alles mitnehmen, was kommt. Ich genehmigte mir zwei One-Night-Stands. Das fand ich aber zu anstrengend. Sex wird doch erst wirklich interessant, wenn man sich näher kennt. Kaum etwas von der nackten Frau unter meiner Bettdecke zu wissen, törnt mich nicht besonders an. Und dann kann ich mir das fragende Gesicht am nächsten Morgen am Frühstückstisch auch gleich sparen.

Ich kehrte also zurück zu meiner Hundertprozent-Weltanschauung, mittlerweile jedoch leise zweifelnd, ob es diese eine Meine denn überhaupt geben kann. Mein letzter Beziehungsversuch liegt nun etwa zwei Jahre zurück und dauerte nur knapp elf Monate.

Von meiner Seite aus war er durchaus ernst gemeint. Unsere Basis war ideal. Ich war sehr verliebt. Aber Olga fand meinen Anspruch, sie mehr als einmal die Woche zu sehen, übertrieben. Wir waren doch schließlich erst Anfang dreißig. Sie brauchte noch ihre Freiheit. Als ich sie verließ, bemerkte sie das drei Wochen lang gar nicht.

Das war derart desillusionierend, dass ich, ehrlich gesagt, ein bisschen die Hoffnung verloren habe, in diesem Leben einer Frau zu begegnen, mit der ich eine stinknormale, glückliche Beziehung führen kann.

Vielleicht liegt das auch an meiner sich seltsam gebärdenden Libido. Immer wieder behaupten Frauen, dass ich mit meinen kurzen hellblonden Locken und den großen braunen Augen einfach toll aussehe. Sie umschwärmen mich, sind charmant und aufmerksam. Aber bei mir regt sich einfach nichts.

»Du bist eben ein bisschen schwerer entflammbar. Ist doch nicht weiter tragisch!«, behauptet Toni immer.

Dass meine Schwerentflammbarkeit jedoch bedeutet, dass ich nur alle paar Jahre mal einer begegne, die mich wirklich fesselt, scheint sie nicht zu stören. Sie ist ja auch nicht diejenige, die allein zu Hause sitzt, während die beste Freundin (in diesem Falle sie selbst) mal wieder durch die Betten tobt mit einer weiteren Eroberung auf einer Liste, von der sie mittlerweile mühelos zwei Damenfußballmannschaften zusammenstellen könnte, plus Reservebank.

»Guck dir doch die Michaela mal genauer an!«, hatte sie mir schnell noch ins Ohr geflüstert, als wir uns dem Virginia näherten, vor dem bereits drei unserer Tanzkursmädels zitternd in der Februarkälte standen. »Die ist doch voll hübsch. Und sie sieht dich manchmal so an. Ich glaub, da geht was.«

Also gucke ich jetzt Michaela genauer an.

Inzwischen sind tatsächlich alle vom Kurs rund um einen Tisch im hinteren Teil des Virginia versammelt. Natascha, die gute Freundin von Toni, und deren Busenfreundin Anke. Die etwas kerlige Kati, natürlich in Turnschuhen, da hab ich extra drauf geachtet. Deren Tanzpartnerin, die heftig schüchterne und blasshäutige Jutta. Tonis Geführte und höchstwahrscheinlich nächste Beziehungspartnerin, die stupsnasige Pagenkopfträgerin Sandra. Die humorvolle Heike, die ständig Witze reißt. Und die wirklich außergewöhnlich hübsche und elegante Michaela.

Wir quatschen über die Tanzschritte, über Mona und tasten uns langsam vor, indem wir über unseren Arbeitsalltag sprechen und uns gegenseitig auf interessante Hobbys abklopfen.

Ich gucke und gucke.

Aber es tut sich einfach nichts.

Leider gucke ich wohl so intensiv, dass es auffällt. Michaela erwiderte mehrmals meinen Blick. Zunächst verwundert. Dann … erfreut?

Ich glaub, ich höre besser mal auf mit dem Gucken. Hat ja doch keinen Sinn.

»Hat eigentlich irgendjemand Juliane Bescheid gesagt?«, fragt da plötzlich Kati.

Ich zucke etwas zusammen.

»Nö«, sagen Sandra und Jutta gleichzeitig. Alle sehen sich ratlos an.

»Na, so richtig gehört sie ja auch nicht dazu, oder?«, meint Anke schließlich. »Ich meine, sie ist doch nur so eine Art Aushilfe, solange Mona noch keine Anfänger-Geführte für Tiffy gefunden hat. Wahrscheinlich ist sie auch gar nicht daran interessiert, uns näher kennenzulernen. Also, jedenfalls nicht so, wie wir es untereinander sind.« Dabei sieht sie Sandra ziemlich intensiv an.

Ich halte den Atem an. Mir kommt eine ganz dumme Ahnung, die mich ziemlich beunruhigt. Fehlte gerade noch, dass Anke sich auf Tonis Auserwählte stürzt. Schließlich hat sie genug Auswahl an Interessierten, soll sie doch eine von den Telefonnummern ausprobieren, die sie sich neulich auf dem Schwof in ihre Sammelbüchse hat spenden lassen.

»Ja, sag mal, Tiffy«, wendet Natascha sich in diesem Moment an mich. »Wie ist sie denn eigentlich so, die Juliane? Man erzählt sich ja so einiges …«

Ich mag Natascha wirklich gern. Aber es gibt eine Sache an ihr, die mich immer wieder irritiert. Das ist ihr unersättliches Bedürfnis nach Klatsch. Sie ist klatschtechnisch immer super informiert und ergeht sich gern in Andeutungen zu Szenebekanntheiten. Normalerweise juckt mich nicht, was sie über andere brandaktuell zu berichten hat. Ich finde Klatsch nicht nur uninteressant, sondern auch für seine Opfer eine echt miese Sache.

Deswegen ziehe ich etwas pikiert die Brauen hoch und erwidere die interessierten Blicke der gesamten Tischrunde nur zögerlich.

»Wie soll sie sein?«, murmele ich. »Ein bisschen schüchtern, würde ich mal sagen.«

»Schüchtern?«, grinst Natascha und tauscht einen Blick mit Anke.

Ich würde das niemals zugeben, aber dass die zwei sich so süffisant angrinsen, macht mich rasend neugierig. Auf eine beunruhigende Art und Weise.

Ich tue so, als würde mich ihre Meinung ziemlich kaltlassen, und zucke mit den Achseln. »Ja, den Eindruck hatte ich. Zurückhaltend. Aber nett.«

Die anderen in unserer Runde nicken langsam. Natascha presst die Lippen zusammen. Wir kennen die anderen ja noch nicht so gut, und sie hat keine Ahnung, wie die so mit Klatsch umgehen. Sicher möchte sie nicht gleich ihren Ruf als Tratschtante weghaben.

Die Kellnerin bringt unsere bestellten Getränke. Kurz sind alle damit beschäftigt, ihre Gläser und Tassen anzunehmen. Dann ist die Bedienung wieder fort, und Stille breitet sich am Tisch aus. Alle nehmen einen ersten Schluck, beißen in die beiliegenden Kaffeekekse, schauen interessiert aus dem Fenster oder zu den Nachbartischen.

»Tja …«, macht Toni schließlich, und sofort schauen alle zu ihr hin. »Was erzählt man sich denn so von Juliane?«, will sie von Natascha wissen und schafft es, ihre Worte so klingen zu lassen, als habe sie lediglich etwas Smalltalk im Sinn.

War ja klar, dass sie es nicht lassen kann, etwas über meine Tanzpartnerin in Erfahrung zu bringen. Sie sollte lieber aufpassen, dass Anke ihr nicht ihre Sandra wegschnappt.

»Na ja«, sagt Natascha und errötet leicht, weil plötzlich sechzehn gespitzte Öhrchen auf sie gerichtet sind. Nein, vierzehn gespitzte Öhrchen und zwei weitere, die groß wie Kohlblätter werden. Das sind meine. »Ich hab gehört, dass sie eine echte Herzensbrecherin sein soll. Als sie vor zwei Jahren in der Tanzschule ankam, hat sie wohl eine kleine Schneise der Zerstörung gezogen …«

»Woher kommt sie überhaupt?«, fällt Jutta ihr ins Wort.

Ich bin zur Salzsäule erstarrt. *Schneise der Zerstörung?*

»Hamburg«, weiß Heike.

Wieso wissen die alle so viel über Juliane? Die anderen schweigen andächtig.

Das Ruhrgebiet ist zwar klasse.

Aber Hamburg. Ist wirklich cool.

»Wieso denn ›Schneise der Zerstörung‹?«, hake ich noch mal nach und schaue nebenbei gelangweilt in die Dessertkarte, um nicht zu interessiert zu wirken.

Natascha senkt ein bisschen die Stimme, und wir alle neun beugen uns über den beiden aneinandergeschobenen Tischen näher zueinander. »Ich hab gehört, sie hat der Ricarda die Freundin ausgespannt.«

»Nein!«, machen Jutta und Kati gleichzeitig.

Wer ist Ricarda?

»Wer ist Ricarda?«, fragt Sandra. Gott sei Dank bin ich nicht die einzige Unwissende.

»Na, die Aushilfslehrerin bei Mona. Sie gibt in erster Linie Kurse in Tango Argentino«, erklärt Natascha.

»Toller Tanz, der ist so rassig!«, wirft Michaela ein und sieht mich an.

Ich schaue rasch auf die Abbildung von Vanilleeis mit heißen Himbeeren.

»Das von Juliane und Ricardas Freundin hab ich auch gehört«, stimmt Heike zu. Aha, noch eine Klatsch-Else. »Besonders schlimm daran war, dass Juliane selbst es offenbar gar nicht ernst gemeint hat. Sie wollte wohl nur ein bisschen rummachen und hat dann Ricardas Freundin einfach fallen lassen, nachdem die Beziehung wegen ihr geschrottet war.«

Ich starre auf den Preis der Birne Helene. Das darf doch nicht wahr sein. Juliane soll sich derart fies benommen haben? Ich muss schlucken. Weiß nicht recht, ob von der abgebildeten Schokosoße oder dem entsetzlichen Gedanken an so viel Niedertracht in einer wunderschönen Hülle.

»Hast du auch gehört, dass sie angeblich gar nicht wusste, dass Ricarda und ihre Freundin ein Paar waren?«, erkundigt sich Natascha.

Heike winkt ab. »Ich vermute eher, dass Juliane sich ziemlich unwiderstehlich findet. Ich meine, super aussehen tut sie ja …«

Alle am Tisch nicken.

Ich auch.

»Und dann dieses introvertierte Getue«, meint Natascha. »Die schöne, schüchterne Fremde.«

Ich muss mich anstrengen, um nicht unwillig die Stirn zu runzeln. Das ist genau die Art Klatsch, die ich nicht mag. Die ich nicht brauche. Juliane ist schließlich nicht hier, um sich zu verteidigen. Und von uns anderen tut es auch keine.

Obwohl ich gerne den Kopf schütteln und behaupten würde, dass ich sie besser kenne und dass sie nie im Leben bewusst so eine gemeine Tour abziehen würde, tue ich es nicht. Denn vernünftigerweise muss ich vor mir selbst zugeben, dass ich sie eben nicht besser kenne. Ich kenne sie gar nicht. Und ich habe keinen blassen Schimmer, ob an diesen Gerüchten etwas dran ist oder nicht.

»Ja, ich kann mir schon vorstellen, dass sie ganz schön bezaubernd sein kann«, gesteht Anke und bekommt so einen sonderbaren verklärten Gesichtsausdruck. Ich atme tief, tief aus.

Natascha schüttelt den Kopf. »Aber wenn eine sich in Beziehungen drängt ... und dann auch noch ohne ernste Absichten. Was kann das schon für ein Charakter sein?«, fragt sie ihren Bierdeckel.

»Ein niederer«, entscheidet Sandra für uns alle.

Ich könnte noch nicht mal widersprechen. Denn damit hat sie recht. Wenn eine sich wissentlich in eine bestehende Beziehung drängt, lediglich mit dem Ziel, eine Eroberung zu machen, um dann anschließend verbrannte Erde zurückzulassen, das zeugt wirklich von einem niederen Charakter.

Heike nickt anerkennend zu diesem Urteil.

»Ricardas Freundin kann man da nicht mal einen Vorwurf machen«, meint sie. »Jetzt mal ehrlich ...« Sie sieht uns der Reihe nach aufmerksam an. »Dass eine sich in mich verknallt und ich mich davon einwickeln lasse, so was kann auch passieren, ohne dass man es selbst wirklich will, oder? Ich meine, ohne dass man selbst es provoziert hat.«

Die meisten anderen nicken.

Ich studiere den Preis der Crème Brûlée.

»Da bin ich anderer Meinung«, sagt Michaela plötzlich mit fester Stimme. »In einer gut funktionierenden Beziehung passiert so was nicht. Klar kann sich vielleicht eine Außenstehende in eine der beiden Beziehungspartnerinnen verlieben. Aber dass da dann was draus wird, was die Beziehung gefährdet, nein! Das passiert nur, wenn keine wahre Liebe im Spiel ist. Oder nicht mehr. Oder wie auch immer. Einer Beziehung, in der Vertrauen und echte Zuneigung herrschen, kann so was nicht passieren.«

Ich bin beeindruckt von ihrem leidenschaftlichen Plädoyer. Offenbar hat sie da einen ganz klaren Standpunkt.

Ich mag Frauen mit Prinzipien. Vielleicht sollte ich ihr einfach eine Chance geben? Vielleicht muss ich sie nur ein bisschen näher kennenlernen, um zu erkennen, dass sie meine Hundertprozent ist?

Wir haben fast die gleiche Haarfarbe, ein heller Blondton. Aber ihre Haare sind glatt und schulterlang. Das könnte man als Gemeinsamkeit deuten, bei der auch genügend spannende Unterschiede Platz haben.

Vielleicht haben wir aber auch einfach nur die gleiche Haarfarbe und unterschiedliche Frisuren. Es ist nicht einfach, zu erkennen, ob man der Miss Right begegnet ist.

Offenbar hat Michaelas kleine Rede auch die anderen nachdenklich gemacht.

»Wieso fragst du eigentlich, ob jemand Juliane Bescheid gesagt hat?«, wendet sich Heike an Kati und zwinkert ihr süffisant zu. »Du hast doch nicht etwa ein Auge auf die schüchterne Schöne mit dem zweifelhaften Ruf geworfen?«

Kati zieht lässig die Augenbrauen hoch. Hat ein bisschen was von Elvis zu seinen besten Zeiten. Und jetzt fällt mir auch auf, dass sie sich am allgemeinen Klatsch gerade überhaupt nicht beteiligt hat. Sofort ist sie mir noch sympathischer.

»Nö«, sagt sie trocken. »Ich kam nur drauf, weil ich grad gesehen hab, dass sie zur Tür reinkam.«

Sofort schnacken alle Köpfe herum.

Genau im richtigen Moment. Denn soeben nimmt Juliane mit Schwung die drei kleinen Stufen zum hinteren Teil des Etablissements, in dem wir sitzen.

Ihre langen dunklen Haare, die sie beim Tanzen zurückgebunden hatte, trägt sie heute offen. Ein umwerfender Effekt. Irgendwie sieht das duftig aus. Ich kann's nicht anders beschreiben. Duftig. Und sportlich. Denn ihre Bewegungen sind geschmeidig und lässig.

Und ihre Jeans erst. Die sitzt wie in der Levi's-Werbung, die leider schon seit Jahren nicht mehr gezeigt wird – ein Meilenstein des erotischen Films.

»Hallo«, sagt Juliane mit ihrer leisen, ein wenig rauchigen Stimme und bleibt neben unserem Tisch stehen. Um genauer zu sein, neben meinem Stuhl.

Wenn ich ihr nicht von hier unten in ihre unglaublich strahlenden Augen sehen will, muss ich den Blick etwas senken. Doch dann schaue ich auf die beiden verheißungsvollen kleinen Wölbungen unter dem weißen Shirt und der coolen Jeansweste. Schnell den Blick noch weiter senken. Auf die sexy wirkende Gürtelschnalle ihrer verwaschenen Hose.

Offenbar fährt gerade unter uns eine U-Bahn entlang, denn der Boden scheint etwas zu beben.

»Hi«, erwidert Toni und grinst erst Juliane und dann mich an.

Die anderen grüßen meine Tanzpartnerin ebenfalls. Mag sein, dass sie dabei etwas verklemmt und peinlich berührt wirken. Aber wahrscheinlich nicht so verklemmt und peinlich berührt, wie ich mich fühle.

»Macht ihr hier eine kleine Nachbesprechung zur letzten Stunde? So von wegen: wie ging das noch mit dem Startschritt beim Cha-Cha-Cha?«, fragt Juliane schüchtern lächelnd und lässt ihren Blick einmal rasch in die Runde huschen.

Unglaublich. So einen langen Satz hat sie in den gesamten neunzig Minuten unserer Tanzstunde nicht ein einziges Mal zustande gebracht.

»Um ehrlich zu sein, haben wir gerade die ganze Zeit über dich gesprochen«, sagt Kati und lächelt sie freundlich an. Die anderen lachen beschwingt.

Juliane guckt erschrocken, sieht die anderen alle an und schließlich bleibt ihr Blick an mir hängen. In meinem Hals steckt ein Golfball. Mindestens. »Wir hatten deine Handynummer nicht«, bringe ich mühsam an diesem Hindernis vorbei. »Sonst hätten wir dir natürlich auch Bescheid gesagt.«

Juliane erwidert nichts. Stattdessen verengen sich ihre Augen für eine Sekunde, als wolle sie prüfen, ob ich sie verarsche oder ernst meine, was ich sage. Dann wendet sie sich um, bittet die vorbeieilende Kellnerin um Kuli und Block und schreibt vor aller Augen ihre Handynummer auf einen Bestellzettel. Als sie mir das Stück Papier hinlegt, stupst unter dem Tisch ein Schuh gegen mein Schienbein. Ich wette, das ist Toni, kann aber natürlich nicht nachsehen.

»Hier, bitte«, sagt Juliane, ohne mich anzusehen. »Nur für den Fall.«

»Für den Fall«, wiederhole ich, während alle am Tisch an unseren Lippen hängen.

»Bis Sonntag dann!« Damit dreht Juliane sich um, präsentiert uns kurz ihren knackigen Po in dieser unschlagbar sitzenden Jeans und ist verschwunden.

Für welchen Fall eigentlich?

5

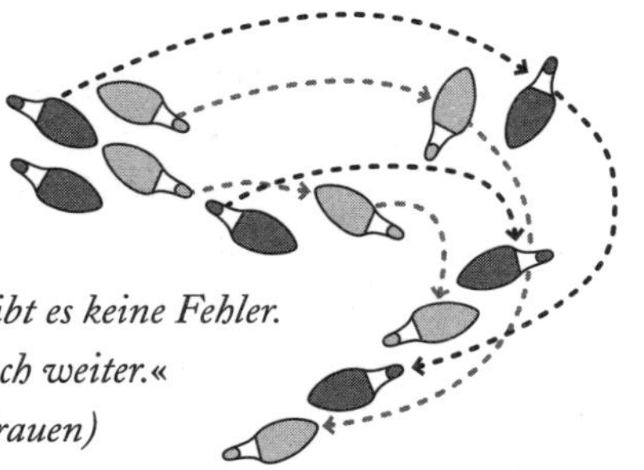

»Beim Tanzen gibt es keine Fehler.
Man tanzt einfach weiter.«
(Der Duft der Frauen)

Du stehst auf sie, gib's doch zu!«, drängelt Anke, als wir am kommenden Sonntag gemeinsam auf dem Weg zur Tanzschule sind.

»Nun hör doch endlich auf damit. Ich hab dir gesagt, dass ich mich auf so ein Gesprächsniveau nicht einlasse. Ende! Aus!«, erwidere ich und biege schleunigst um die letzte Häuserecke.

»Ich könnte wetten, dass du auf sie stehst. Schon allein, wie du sie beschrieben hast. *Schüchtern. Zurückhaltend.* Und dass sie Ricardas Freundin abgezogen hat, wolltest du auch nicht hören. Das hab ich dir doch angesehen. Hast du ihre Nummer auf deinem Handy gespeichert?«, bohrt Anke weiter.

»Das geht dich überhaupt nichts an!«, blocke ich ab. Kann mir vorstellen, was hier los wäre, wenn ich jetzt zugeben würde, dass ich das tatsächlich getan habe. Gestern Abend noch. Und es war ein ziemlich aufregendes Gefühl, als ich Julianes Namen eintippte. Aber das darf Anke auf keinen Fall erfahren. Sie gibt ja jetzt schon keine Ruhe.

Außerdem kann ich ja noch nicht einmal vor mir selbst rechtfertigen, dass ich Julianes Nummer auf meinem Handy gespeichert habe. Anke hat nämlich recht. Die Geschichte von Julianes Einmischung in eine fremde Beziehung wollte ich tatsächlich nicht hören. Nicht, wenn zu dieser Geschichte derart honigfarbene Augen gehören.

»Überhaupt … wenn du selbst kein Interesse hast, wieso willst du mir dann den Zettel mit der Nummer nicht geben?«, will Anke wissen.

»Weil man das einfach nicht macht«, antworte ich entnervt. »Wenn eine Frau mir ihre Telefonnummer auf einen Zettel schreibt, dann reiche ich den nicht weiter. Auch wenn ich selbst nie dort anrufen würde.«

»Würdest du denn Juliane anrufen wollen?«, forscht Natascha bei Anke nach.

»Ich? Unsinn!«, brüskiert Anke sich. »Denkst du, ich will privat irgendwas zu tun haben mit einer, die derart abzieht? Das wäre mir viel zu gefährlich. Am Ende würde sie sich an mich ranmachen, und dann stände ich genauso da wie die arme Freundin von Ricarda. Dann wär ich ja selbst schuld. Immerhin sind wir gewarnt.«

»Wenn du sie nicht anrufen willst, wieso willst du dann unbedingt diesen Zettel?«, wundert sich Natascha.

»Weil sie einen Sammelwahn hat«, mischt Toni sich ein. »Anke sammelt Telefonnummern von attraktiven Frauen.«

»Das ist immer noch besser, als die attraktiven Frauen selbst zu sammeln«, schnappt Anke ein. Autsch, das war eine ziemlich gemeine Retourkutsche in Tonis Richtung, finde ich. Und nicht mal ungerechtfertigt.

»Es ist doch nicht dasselbe, einen Zettel mit einer Telefonnummer zu besitzen, der dir nicht persönlich gegeben wurde. Der gehört doch quasi gar nicht wirklich in diese Sammlung«, versuche ich, Anke zu versöhnen.

»Er wurde mir durchaus zu einem Neuntel übergeben«, meint

Anke. »Du hast gesagt, dass *wir* ihre Nummer nicht hatten, um sie anzurufen. Und dann hat sie ihre Nummer aufgeschrieben.«

»Ja, aber sie hat sie Tiffy gegeben. Nicht dir oder mir oder sonst einer, sondern Tiffy«, erinnert Toni sie. »Das wird schon einen Grund gehabt haben.«

Das stimmt. Da hat sie recht.

Die Frage ist nur: Was ist der Grund dafür, dass Juliane mir ihre Telefonnummer rüberschiebt? Und warum zieht meine beste Freundin mich damit nicht auf? Sie hält sich erstaunlich zurück. Was ein sicheres Zeichen dafür ist, dass sie selbst etwas zu verbergen hat. Vielleicht ihre tiefen, sich langsam entwickelnden Gefühle für Sandra? Offensichtlich will sie nicht, dass ich sie darauf anspreche – womöglich gar vor Telefonnummern-Anke oder Klatschschleuder-Natascha?

Wir betreten die Tanzschule, gehen durchs Foyer und den Flur entlang zu unserem Tanzsaal. Wir sind wohl etwas zu früh, denn von drinnen dringt noch die Musik und Monas Stimme beim Taktzählen zu uns heraus. Der andere Anfängerkurs ist noch im Training. Deswegen stehen wir einen Augenblick ratlos vor der Tür. Erst da höre ich plötzlich leise Musik aus dem Tanzraum nebenan. Schöne Musik. Die anderen werden auch aufmerksam. Wir lauschen andächtig.

»Was ist das?«, flüstert Anke.

Wir anderen drei schütteln ratlos die Köpfe. In diesem Moment nähern sich hinter uns Schritte. Ich schaue zurück und rasch wieder nach vorn.

Juliane.

Die teuflisch attraktive, aber scheue Zugezogene, die mit mir allein zwar kaum Konservation zustande bringt, dafür aber ohne eine Erklärung ihre Telefonnummer verschenkt.

»Hi«, murmelt sie und meint wahrscheinlich uns alle, auch mich. Aber wieso nickt sie dann Toni, Natascha und Anke kurz zu und sieht mich noch nicht einmal an? »Warum geht ihr nicht rein?«

»Der andere Kurs«, antworte ich.

Juliane schaut auf die Uhr an ihrem Handgelenk. Es sieht berauschend grazil aus, wie sie den Ärmel ihres Dufflecoats nach hinten schüttelt.

»Ach, die sind gleich durch. Wir können uns ja schon mal reinschleichen«, schlägt sie leise vor und greift zur Klinke.

Da fasst Anke sie am wollenen Ärmel und deutet auf den Tanzraum neben uns. »Was ist das für eine Musik?«, will sie wissen.

Julianes Gesicht, gerade noch schüchtern, aber freundlich offen, verschließt sich plötzlich wie eine mürrische Auster.

»Tango«, sagt sie schlicht. »Tango Argentino.«

Dann drückt sie die Klinke herunter und betritt uns voran den großen Tanzsaal.

Ich sehe, wie Natascha und Anke sich vielsagende Blicke zuwerfen. Sie versuchen, auch mit mir einen solchen Blick zu tauschen. Doch ich tue so, als müsse ich in meinem Rucksack nach meinen lederbesohlten Tanzschuhen fahnden.

Natürlich weiß ich, was sie mit ihren hochgezogenen Brauen zu sagen versuchen. Wenn Juliane der Tanzlehrerin für Tango Argentino die Freundin ausgespannt hat und es deswegen ein riesen Drama gab, ist es nur logisch, dass sie auf diesen Tanz jetzt nicht mehr so abfährt.

Aber ehrlich gesagt, geht mich das alles nichts an. Ja, wirklich. Es interessiert mich auch gar nicht. Juliane ist doch nur aushilfsweise meine Tanzpartnerin und sonst nichts.

Warum sie aussieht wie ein Holzklotz vorm Axtschlag, wenn sie ›Tango Argentino‹ sagt, geht mich echt nichts an.

Aber wieso hat sie mir ihre Handynummer gegeben?

Nicht, dass ich mit dem Gedanken gespielt hätte, sie anzurufen. Ich hatte ja gar keinen Grund dazu. Es gab keine weiteren konspirativen Treffen der Tanzkursmädels. Und so rein privat? Was hätte ich da sagen sollen? Wo doch schon das von mir mühsam angezettelte Gespräch in der Tanzstunde ständig zum Erliegen kam. Hätte ich sie etwa fragen sollen, wieso sie vor zwei Jahren nicht die Finger von Ricardas Freundin lassen konnte? Oder wie ich es anstellen soll, meinen eingebauten chinesischen Gong staubfrei zu verpacken und sicher auf dem Dachboden zu verstauen, um zu vermeiden, dass er bei der Falschen losgeht?

Wir schleichen uns am Saalrand entlang zu unserem Tisch und versuchen, beim Hinsetzen nicht mit den Stühlen zu poltern. Da ich sehr damit beschäftigt bin, möglichst wenig Krach zu machen, um die andere Gruppe nicht zu stören, kriege ich gar nicht mit, wie es genau passiert. Aber plötzlich sitzt Juliane neben mir. Ich starre sie einen Moment lang verblüfft an. Sie erwidert meinen Blick, lässt auf ihrer Stirn eine anbetungswürdige schmale Falte entstehen und schaut fragend. Und ich wende rasch den Kopf ab. Vielleicht ist das völlig normal, dass wir nebeneinandersitzen. Wo wir doch auch miteinander tanzen. Natascha und Anke sitzen schließlich auch nebeneinander.

Doch als dann die anderen nach und nach hereintröpfeln, fällt mir auf, dass sie sich alle recht wild durcheinander setzen. Keine Spur mehr von der Sitzplatzordnung, an der sich beim letzten Mal alle festgehalten haben. Offenbar hat unser Virginia-Treffen die Gruppe ordentlich durcheinandergerührt.

Kati, die ja eigentlich mit Jutta tanzt, sitzt neben Toni. Die beiden werfen sich hin und wieder Schlagworte zu, als wollten sie sich darin übertreffen, den ulkigsten Witz des Abends rauszuhauen.

Sandra, die doch eigentlich mit Toni tanzt, hat sich neben Heike gesetzt, mit der sie flüsternd über die stümperhaften Walzerversuche eines linkischen Pärchens auf der Tanzfläche frotzelt.

Und auf meiner anderen Seite nimmt die hübsche Michaela Platz. Die mich herzlich anlächelt. Sehr herzlich. Ich verfalle in die typisch lesbische Schöne-Frauen-kesseln-mich-ein-Schreckstarre. Und bekomme deswegen kaum etwas davon mit, dass der andere Tanzkurs das Training beendet und Mona zu uns herüberkommt, um uns zu begrüßen.

»Heute beginnen wir mit dem Foxtrott«, verkündet sie und scheucht uns auf die Tanzfläche.

Dann bittet sie zunächst uns Führende hinter sich, um uns die neuen Schritte zu zeigen.

Wieder habe ich das Gefühl, dass sich mein Körper an etwas erinnert, was mein Geist nicht mehr zu wissen glaubte. Die Schritte gehen locker flockig, und ich verstolpere mich, im Gegensatz zu den anderen, nicht ein einziges Mal.

Dann sind die Geführten dran. Als ich mich umdrehe, um in Warteposition an der Wand zu gehen, ertappe ich Juliane dabei, wie sie rasch fortsieht. Offenbar hat sie mich beim Schritteüben beobachtet. Ich schaue sie fragend an. Doch sie kräuselt nur wieder ihre Stirn und tut so, als fände sie es maßlos spannend, den Geführten bei ihren linkischen Versuchen zuzusehen.

Während die anderen hinter Mona die neuen Schritte üben, bleibt Juliane neben mir stehen. Grundschritte zu üben, hat sie offenbar nicht mehr nötig. Wir stehen dicht beieinander. Ich sehe sie nicht an. Genauso wenig wie sie mich. Aber ich kann ihre Präsenz spüren. Etwas, das sie umgibt wie ihr Duft.

Meine Nervenenden beginnen leicht zu zittern. Ich sage ihnen scharf, dass Juliane eine Herzensbrecherin mit niederem Charakter ist, die mich mit einer zur Schau gestellten Introvertiertheit lockt. Bei so einer brauchen weder irgendwelche Körperteile von mir zu zittern, noch muss mein Hirn sich jetzt schon darüber verrenken, wie ich gleich beim Tanzen eine kleine Unterhaltung in Gang bringen soll. So eine Zerstörerin ist nur dazu da, mir durch die ersten Stunden in einem Single-Anfängertanzkurs zu helfen, den ich sowieso nicht belegen wollte.

Doch meine Nervenenden sind für derartige Argumente nicht aufgeschlossen, stelle ich fest. Im Gegenteil. Sie beben derart, dass ich mir schon einbilde, dass auch Juliane leise zittert. Geht ihr Atem nicht auch ein bisschen schneller, so wie meiner? Meine Nerven stecken außerdem meine Handflächen gleich mit an, die bereits leicht zu schwitzen beginnen.

»Paarhaltung bitte«, freut Mona sich.

Ich wische möglichst unauffällig meine Hände an der Jeans ab. Und weil die anderen es auch so machen, halte ich Juliane galant die Hand hin und führe sie in eine Saalecke.

Ich fange heute nicht an mit dem Gespräch. Damit das mal klar ist. Wir beginnen zunächst ohne Musik und probieren die Schritte in der üblichen Haltung. Klappt auf Anhieb prima. Doch offenbar nur bei uns. Mona muss bei allen anderen korrigieren. Juliane macht dazu keine einzige Bemerkung. Ich presse meine Lippen aufeinander. Heute fange ich nicht an.

Erst als Mona zufrieden ist, lässt sie uns das Ganze auch zu Musik wagen. Siehe da, mit Takt ist es gleich noch viel einfacher. Die Frage ist nur, wie lange ich das Schweigen zwischen uns aushalten kann. Juliane scheint jedenfalls keinerlei Probleme damit zu haben.

Sie nimmt mühelos meine zaghaften Führungsversuche an, hält den Kopf perfekt nach links. Und sagt kein Wort. Mona unterbricht, zeigt uns weitere Schritte, lässt uns üben.

Wieder Musik.

Siehe da, wir kommen schon richtig vom Fleck. Mit den Füßen zumindest. Konversationstechnisch treten wir auf der Stelle. Aber mein Schweigegelübde zahlt sich am Ende doch noch aus. Als wir uns an der Längsseite des Saales befinden, öffnet Juliane plötzlich den Mund und fragt: »Sind das eigentlich Naturlocken?«

Ich sehe sie an. »Was ist das denn für eine Frage?«

Sie erwidert meinen Blick mit hochgezogenen Brauen. »Wieso, was ist verkehrt an der Frage?«

Beide wenden wir wieder unsere Köpfe in die richtige Richtung, also voneinander fort – bevor wir uns von Mona einen Rüffel einfangen können.

»Du hättest zum Beispiel sagen können: ›Hey, deine Locken sehen wirklich süß aus. Das ist Natur, oder?‹«, schlage ich vor.

»Aha«, macht Juliane.

»Wenn du es so gesagt hättest, hätte es sich wesentlich netter angefühlt«, erkläre ich ihr. »Aber ›Sind das eigentlich Naturlocken?‹ klingt eher nach: ›Wenn das schon keine Frisur ist, die du da auf dem Kopf mit dir herumschleppst, sind diese wahnwitzigen Locken dann wenigstens natürlich gewachsen, oder hast du dir etwa eine geschmacklose Dauerwelle machen lassen – was ich dir selbstverständlich auch zutrauen würde?‹«

Nicht einmal ein Zucken. In Julianes Gesicht regt sich überhaupt gar nichts.

Wir tanzen zweimal rund um den Saal. Erst dann öffnet sie wieder den Mund. Ohne den Kopf zu wenden, fragt sie: »Sind es denn nun Naturlocken?«

»Ja«, erwidere ich entnervt. »Ja, es sind Naturlocken.«

Juliane nickt. Image der schüchternen Fremden hin oder her. Ich kann mir mit einem Mal richtig gut vorstellen, dass sie Ricardas Ex das Herz gebrochen hat. Und ich habe plötzlich auch deutlich vor Augen, auf welche Weise.

»Pause!«, ruft Mona, und alle stürzen zum Tisch, um sich mit Wasser und Apfelschorle abzufüllen.

»Kaum zu fassen, dass das so anstrengend ist, oder?«, strahlt Michaela mich an.

»Aber ihr zwei habt euch doch nett unterhalten«, rutscht es mir heraus.

Michaela starrt mich eine Sekunde lang erschrocken an. Dann

sieht sie zu Heike hinüber, die unseren Wortwechsel verfolgt hat.

»Na und?«, sagt Heike trotzig. »Redet ihr vielleicht nicht?«

Wenn die wüsste.

»Ich meinte ja auch, dass das Tanzen anstrengend ist«, ergänzt Michaela rasch.

»Das fand ich jetzt weniger anstrengend«, brumme ich.

»Als angehende Profitänzerin mit abgebrochener Karriere wäre das aber auch verwunderlich«, murmelt Juliane. Eigentlich sagt sie es sehr leise, als wäre es nur für mich bestimmt. Aber dummerweise spricht gerade keine der anderen und es ist totenstill im Saal, sodass es alle zu hören bekommen. Lautes Gelächter brandet auf.

Ich werfe ihr einen verstimmten Blick zu. Erwarte ein hämisches Grinsen. Doch sie überrascht mich mit einem winzigen, zaghaften Lächeln, das eher in ihren Augen liegt und nur einen kleinen Ausläufer zu ihrem schön geschwungenen Mund wagt. Sofort schlägt mein Herz rascher, und ich ärgere mich über meine mangelnde Kontrolle über maßgebliche Organfunktionen.

Doch der zauberhafte Ausdruck auf Julianes Gesicht verflüchtigt sich schlagartig, als die Saaltür geöffnet wird und eine hübsche dunkelhaarige Frau hereinkommt. Auf die Entfernung denke ich zunächst, sie hat sich die kurzen Haare mit Gel an den Kopf geklatscht. Doch als sie näher kommt, sehe ich, dass auch ihr Gesicht vor Schweiß glänzt und sich auf dem T-Shirt deutlich nasse Ränder abzeichnen. Nun könnte man ja meinen, dass eine verschwitzte Frau eher Ablehnung hervorrufen würde. Doch es ist deutlich zu spüren, dass durch die ganze Gruppe ein elektrischer Schlag geht.

Schweiß ist nicht gleich Schweiß. Und dieser Schweiß, das ist an der gertenschlanken, durchtrainierten Figur in der hautengen Trainingshose und den Tanzschuhen zu erkennen, ist guter Schweiß, ehrlich erkämpfter Tango-Argentino-Schweiß.

Ricarda geht an uns vorüber. Sie muss sich gar nicht erst vorstellen. Ich weiß, dass sie es ist, weil Juliane zeitgleich mit Ricardas Auftauchen steif wie ein Brett wird und den Blick stur in die andere Saalecke richtet. Ricarda dagegen wirkt lässig und entspannt. Klar, sie hat ja auch nichts verbockt. Sie wischt sich mit dem Handtuch, das um ihre Schultern hängt, kurz durchs Gesicht, strahlt uns alle an und wendet sich dann an Mona, mit der sie kurz eine Terminfrage zu klären hat.

Ich nutze die Gelegenheit und verdrücke mich fix auf die Toilette. Im Spiegel über dem Waschbecken schaut mir mein erhitztes Gesicht entgegen und fragt vorsichtig: »Was machst du eigentlich hier?«

Und recht hat es.

Ich will doch nicht tanzen. Ich wollte nie wieder tanzen. Und erst recht will ich nicht mit einer Horde lesbischer Singlefrauen tanzen. Und schon überhaupt gar nicht mit einer zwar atemberaubend attraktiven, aber im selben Maße verstockt schüchternen Herzensbrecherin. Wenn ich ehrlich zu mir selbst sein will, muss ich mir leider sagen, dass ich dabei bin, alle Warnungen bezüglich Juliane in den Wind zu schlagen. Mein Herz. Meine Nervenenden. Meine schwitzigen Hände. Das alles deutet darauf hin, dass mein Körper droht, in die bei mir so selten zu beobachtenden Flammen aufzugehen. Und das wäre fatal bei einer, die es am Ende sowieso nicht ernst nimmt. Denn so eine kann unmöglich meine Miss Hundertprozent sein.

Da gibt es nur einen Weg. Ich nicke entschlossen meinem Spiegelbild zu. Ich werde gleich nach der Stunde Mona zur Seite nehmen und ihr die Sache erklären. Dass ich eigentlich nur als Tonis Begleitung mitgekommen bin. Die Begleitung, die sie ja jetzt gar nicht mehr braucht. Dass ich unter meinem Singledasein gar nicht leide. Auf jeden Fall nicht so doll, dass es unbedingt einer fortgeschrittenen Geführten bedarf, die zwar mein Herz zum Stolpern bringt, dann aber nichts Besseres zu tun hat, als sich über meine Locken lustig zu machen. Okay, das mit dem Herzgestolper werde ich nicht erwähnen, aber das Fazit wird sein, dass ich nächste Woche nicht wiederkommen werde. Peng. Aus.

Genauso werde ich das machen.

Ich wende mich um und will auf den Gang hinaustreten, da stoße ich fast mit jemand zusammen. Jemand mit einem um den Nacken geschlungenen Handtuch.

»Hoppla!«, lacht Ricarda und reißt die Arme zur Entschuldigung hoch. »Das hätte mit zwei gebrochenen Nasen enden können.«

»Ich schlage für gewöhnlich nicht so schnell zu«, erwidere ich freundlich.

Sie lacht. Sieht mich weiterhin lächelnd an.

»Du bist Stefanie, oder?«

»Tiffy«, sage ich und füge als kleinen privaten Gag hinzu: »Aus dem Namen kann man ja sonst nicht viel machen.«

Ricarda legt den Kopf schief. »Ich finde Tiffy sehr hübsch. Das klingt so fröhlich. Und beschwingt.«

Ich schaue sie mit großen Augen an. So kann man das also auch sehen.

»Mona hat schon von dir erzählt. Du scheinst ja eine echte Bereicherung zu sein. Hast früher schon mal getanzt, hm?«

»Als Kind«, antworte ich überrumpelt. Mona hat von mir erzählt? Bereicherung? »Aber mit zwölf habe ich aufgehört und lieber Fußball gespielt.«

»Fußball?«, wiederholt Ricarda verblüfft und betrachtet mich von oben bis unten. »Du hast aber keine Fußballerinnenfigur.«

»Ist das ein Kompliment?«, hake ich vorsichtig nach.

Sie grinst. »Unbedingt. Ich finde, du hast die ideale Figur für eine Tänzerin.«

»Das findet meine Mutter auch«, erwidere ich trocken.

»Deine Mutter?«

»Ach, das ist eine lange Geschichte«, winke ich ab und will auf den Flur hinaus.

Ricarda geht in Richtung Umkleidekabinen davon und sagt über die Schulter hinweg: »Kannst du mir ja nächste Woche erzählen. Deine …« Sie hält kurz inne und schaut etwas ratlos, als wisse sie nicht recht, wie sie sich ausdrücken soll. Dann fährt sie fort: »… Tanzpartnerin ist nächsten Sonntag wohl verhindert. Da darf ich einspringen. Und ich muss sagen, jetzt freu ich mich richtig darauf.« Sie winkt mir noch einmal zu und verschwindet hinter einer der Türen.

Aus dem Tanzsaal erklingt wieder Musik. Walzer. Offenbar ist die Pause vorbei.

Ich beeile mich, zu den anderen zu kommen. Juliane wartet bereits auf dem Parkett auf mich.

»War irgendwas?«, fragt sie, als ich mit der linken Hand kühn ihre rechte ergreife und ohne zu zögern die andere unter ihrem Schulterblatt platziere.

»Nö«, sage ich und wende den Kopf nach links.

Ich bin eine Bereicherung. Und sie freut sich darauf, mit mir zu tanzen.

6

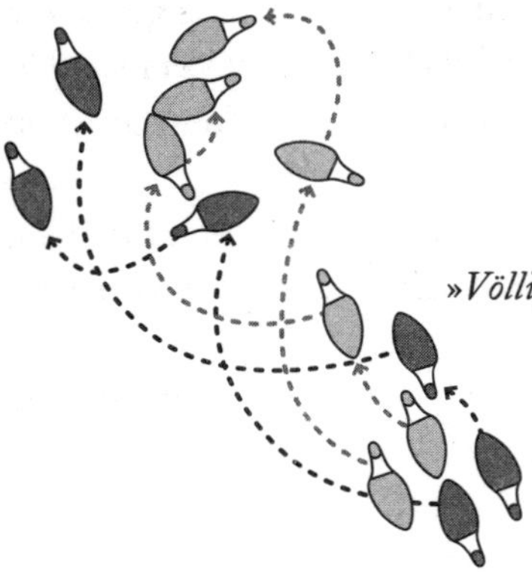

»Völlig normal, wenn du dich zu mir hingezogen fühlst. Das macht der Tango, weißt du?«
(Die Tango-Gang)

Am Mittwochabend ruft Toni aus der Innenstadt an. Natascha und sie waren zusammen shoppen und sind im örtlichen DVD-Verleih gestrandet.

»Ihr wollt was?«, hake ich verblüfft nach.

»Bei dir Filme gucken?«, wiederholt Toni irritiert.

»Na klar! Super gerne!«, freue ich mich. Solche Initiative rund um mein Lieblingshobby bin ich nicht gewohnt. »Guckt am besten in den beiden großen Regalen gleich am Eingang. Die Filme da sind zwar nicht mehr topaktuell, aber dafür qualitativ wirklich erste Sahne. Am besten nehmt ihr …«

»Tiffy?«, unterbricht mich Toni sanft.

»Ja?«

»Wäre es okay, wenn wir die Filme aussuchen?«

Wow! Noch eine Überraschung! Ich bin begeistert.

»Klar. Macht ruhig. Ich meine, ihr wisst ja, dass ich Action und Splatter und so nicht mag. Die Über-Achtzehn-Ecke könnt ihr euch also sparen. Sucht ruhig was Nettes aus. Ich bin gespannt. Bis gleich dann!«

Die Titelmelodie meines aktuellen Lieblings-Liebesfilms summend husche ich in die Küche und bereite ein bisschen was vor. Ein paar Möhren und eine Salatgurke in Streifen geschnitten, aus Sahne, Ketchup, Honig und Senf ein leckeres Dressing gezaubert. Gläser, Apfelschorle und der Rest Schokokekse auf dem Couchtisch drapiert. Ich bin bereit für einen Abend mit Romantik und Happy Endings.

Wir begrüßen uns mit großem Hallo und ich spähe neugierig zu der Plastiktüte hinüber, die Natascha in der behandschuhten Hand hält.

»Darf ich schon mal?«, frage ich, während die beiden aus ihren Schuhen schlüpfen.

»Finger weg«, kommentiert Natascha.

»Du wirst staunen«, verspricht Toni.

Ich grinse sie voller Vorfreude an.

Doch was Natascha aus der Tüte holt und auf dem Wohnzimmerteppich ausbreitet, entspricht ganz und gar nicht meinen Erwartungen.

»Was sind das für Filme?«, frage ich und betrachte die erste Hülle, auf der ein smarter, junger Typ im Kostüm und der Pose eines Stierkämpfers herumbalzt. *Strictly Ballroom.* Auf dem zweiten Cover sind Richard Gere und JLo zu sehen. *Darf ich bitten?*

Das dritte Cover kenne ich. *Dirty Dancing.* Es handelt sich laut Text sogar um die ›Special Edition‹. Das kann nichts Gutes bedeuten. Ich strecke die Hand aus und befühle Tonis Stirn.

»Fieber scheinst du nicht zu haben. Wie also kommst du auf die Idee, mit diesen Storys hier aufzulaufen?«, frage ich ehrlich besorgt.

»Das sind echte Klassiker«, beteuert Natascha. »Alle Leute, die tanzen, gucken die rauf und runter.«

Ich verschränke die Arme und lasse mich aufs Sofa fallen.

»Ich gucke keine Tanzfilme, wie ihr wisst.«

»Du besuchst auch unter keinen Umständen einen Tanzkurs

in einer richtigen Tanzschule«, erwidert Toni lächelnd und öffnet gnadenlos eine der Hüllen.

»Das waren ja auch komplett andere Voraussetzungen«, argumentiere ich, während sie sich drohend mit der DVD meinem Rekorder nähert und Natascha eine der mitgebrachten Chipstüten aufreißt. »Ich habe den Kurs ja nicht angefangen, weil ich tatsächlich Tanzen lernen wollte, sondern weil eine liebe Freundin mich genötigt hat, ihr bei der Suche nach einer weiteren Gespielin zur Seite zu stehen.«

»Dann frage ich mich nur«, schmunzelt Toni und legt die kleine silberne Scheibe in das Gerät ein. »Wieso du dann nicht nach der zweiten Stunde das Ganze abgeblasen hast. Schließlich habe ich ja dann doch eine Geführte gefunden. Rein theoretisch hättest du mir also nicht weiter zur Seite stehen brauchen.«

»Genau«, mischt sich Natascha ein. »Fürs Dranbleiben gibt's nur zwei Erklärungen, entweder gibt es im Kurs eine, die dein Herz schneller schlagen lässt.« Hier schaut auch Toni auf und mustert mich genau. Nataschas Blick hängt sowieso höchst gespannt an meiner Miene. Sie kann es kaum erwarten, dass ich sie in meine Herzensangelegenheiten einweihe. Das wiederum würde mir im Traum nicht einfallen. Ich verziehe das Gesicht und versuche, völlig ungerührt auszusehen.

»Und die andere Erklärung?«, will ich wissen.

Natascha, sichtlich enttäuscht, dass ich nicht gleich mit der Sprache rausrücke, zuckt die Achseln. »Ist doch klar: Dir macht das Tanzen genauso viel Spaß wie uns, und deswegen machst du weiter.«

Die beiden sehen mich erwartungsvoll an.

»Wollt ihr allen Ernstes, dass ich euch sage, was ich von dieser bekloppten Theorie halte?«, frage ich.

Toni und Natascha nicken.

Ich seufze.

Natascha braucht nichts zu wissen vom großen tibetischen Gong. Und bevor Toni mir nicht sagt, was mit ihr und Sandra ist, erfährt sie von meinen wirren Gefühlen auch nichts.

»Natürlich macht mir das Tanzen Spaß«, sage ich dann.

Tonis rechte Augenbraue schnackt in die Höhe. Ein sicheres Zeichen dafür, dass sie mir nicht glaubt.

»Dann kannst du ja auch nichts dagegen haben, wenn wir uns ein paar Tanzfilme ansehen«, sagt sie jedoch schonungslos. »Immerhin steckt da auch jeweils eine Liebesgeschichte drin. Damit dürften wir doch wohl einen Kompromiss gefunden haben.«

Ganz klare Sache. Aus der Nummer komme ich nicht mehr raus.

»Was gucken wir denn zuerst?«, kapituliere ich.

»Ich dachte, wir schauen uns zuerst mal den sexy Latina-Hintern an«, schlägt Natascha vor, die eine Vorliebe für die Lopez hat.

Ich füge mich in mein Schicksal und mache es mir auf meinem Lieblingsplatz auf dem Sofa bequem.

Anderthalb Stunden später haben wir ein paarmal gelacht, Natascha hat ein, zwei Tränchen verdrückt, und im Raum – ausgerechnet in meiner Wohnung! – manifestiert sich die Gewissheit, dass Tanzen das Leben bereichert. Ja, Tanzen bietet sogar die Möglichkeit, das Leben anders und auf eine besondere Art und Weise wahrzunehmen, zu genießen.

Obwohl mich diese tanzschwangere Atmo schon ausreichend verstört, lassen Toni und Natascha nicht locker und wollen unbedingt noch einen der beiden anderen Filme ansehen. Dabei sind sie aber so gnädig, dass ich auswählen darf.

Also schauen wir *Strictly Ballroom*, ein australischer Film, der schrill und originell rüberkommt. Die Geschichte spielt auch in einer Tanzschule, jedoch auf Wettkampfniveau. Dem Star geht seine Partnerin verloren, weil er zu viele ungewöhnliche Schritte in seinen Tanz einbaut und sie deswegen um den ersehnten Preis fürchtet. Eine unscheinbare junge Frau aus der Anfängerklasse bietet ihm an, mit ihm zu tanzen. Sie hat ihn nämlich heimlich beobachtet und findet seine neu erfundenen Schritte megageil. Natürlich ist sie auch heftig in ihn verschossen. Immerhin ist er der Held der Tanzschule. Er sieht in ihr nur die Brillenschlange, peppt sie aber mächtig auf und bringt ihr alle möglichen schicken Schritte bei.

Kurz vorm Wettkampf kommt es jedoch zu einem Missverständnis, und es sieht zuerst so aus, als würden sie nicht miteinander tanzen. Doch dann reißt der junge Typ sich gerade noch rechtzeitig zusammen, tanzt mit seiner Kleinen und natürlich tobt der komplette Saal vor Begeisterung. Alle sind schwer angetan von seinen Schritten. Und das Glück sprüht allen aus den Poren.

Toni und Natascha gackern sich neunzig Minuten durch den Plot. Aber ich bin irgendwie nicht zum Lachen aufgelegt. Vielleicht weil der junge Typ eine Mutter hat, die krank vor Ehrgeiz ist und nichts lieber möchte, als dass er ganz konventionell und mit den üblichen Schritten diesen hirnrissigen Wettkampf gewinnt. Kann sein, dass es das ist, was mich bewegt, und mein Lachen über die schrillen Figuren deshalb immer auf halbem Wege stecken bleibt.

Aber da ist auch noch die Liebesgeschichte. Und die Tatsache, die wir als Zuschauerinnen natürlich sofort rallen, dass der Tanzstar und seine Anfängerin füreinander die Hundertprozent sind. Der Typ kapiert es aber erst mal nicht. Er ist sogar ungehalten gegenüber seiner Hundertprozentigen. Nicht schüchtern. Nicht introvertiert zurückhaltend. Aber bockig. Ungeduldig. So in der Art.

Obwohl ich ja weiß, dass das nur ein Film ist, eine fiktive Geschichte, die sich irgendein am Hungertuch nagender Drehbuchautor aus den Fingern gesogen hat, frage ich mich, ob es so etwas im realen Leben wirklich gibt. Dass einer von beiden erst nicht kapiert, dass es hier um die Hundertprozentgeschichte geht.

Denn wenn es das wirklich geben würde, dann würde ich auch gern wissen, was passiert, wenn die andere sich nicht so reinhängt wie die kleine Anfängerin aus dem Film.

Was, wenn sie einfach den Kopf in den Sand stecken würde und selber so tut, als sei sie an ihrem Gegenüber null interessiert? Was geschieht dann mit der Liebe? Wird es sie einfach nicht geben? Verpassen die beiden sich einfach? Werden sie womöglich nie wissen, dass sie füreinander bestimmt sind?

Ich bin nachdenklich, als der Abspann über meinen riesigen Flachbildschirm läuft.

»Das war ein cooler Abend!«, freut sich Natascha, während die beiden im Flur ihre Jacken anziehen.

»Ja, du hast super Filme ausgesucht!«, grinst Toni.

Ich kneife sie bei der Verabschiedungsumarmung in den Hintern.

»Jetzt freu ich mich voll auf Sonntag«, meint Natascha.

»Ich freu ich immer auf den Sonntag«, sagt Toni und sieht mich auffordernd an.

»Ich auch«, sage ich, um ihr eine Freude zu machen. Aber nur deswegen.

* * *

Ricarda hat gesagt, sie freut sich auf diese Stunde. Natascha freut sich. Toni freut sich.

Und ich habe die Hosen voll. Je näher wir dem Sonntag kommen, und je weiter am besagten Sonntag die Zeiger der Uhr gen Abend wandern, desto mulmiger wird mir zumute. Schließlich hat Mona der Aushilfe meiner Aushilfstanzpartnerin offenbar von meinen Künsten vorgeschwärmt. Sie hat mich als ›Bereicherung‹

bezeichnet. Ich befürchte, irgendetwas Besonderes leisten zu müssen, um diesem Anspruch genügen zu können.

Doch als es schließlich so weit ist und wir erneut auf dem Parkett stehen, stellt sich meine Angst als unbegründet heraus. Ricarda erwartet gar nichts von mir. Und zeigt sich daher jedes Mal ratz von den Socken, wenn sie merkt, dass ich einiges draufhabe. Über meinen Standardwitz über die begonnene und wieder abgebrochene Profikarriere schmeißt sie sich weg vor Lachen. Und während wir heute die ersten Schritte des Standard-Tango lernen, plaudert sie witzig und charmant über alles Mögliche.

So kann eine Trainingsstunde also auch verlaufen.

»Tango gefällt dir, oder?«, stellt Ricarda fest, während wir uns im Wiegeschritt um den Saal bewegen.

»Ich mag den Rhythmus. Ich finde ihn so …« Ich stocke und blicke sie ratlos an.

»Sexy?«, schlägt sie vor.

Schlagartig wird mir bewusst, dass auch sie ihre Blinddarmnarbe an meine presst.

»So was Ähnliches wollte ich sagen, ja«, gestehe ich.

Ricarda grinst verhalten. Wir sehen beide wieder in Richtung unseres Tanzbereiches.

Sie ist etwas kleiner als Juliane. So insgesamt. Nicht nur von der Körpergröße her. Ihre Hände sind kleiner und schmaler. Ihre Füße offenbar auch, denn ich treffe sie nicht halb so oft wie Julianes. Vielleicht liegt das aber auch daran, dass ich bei Ricarda nicht halb so verkrampft bin.

»Ist Tango Argentino auch so?«, will ich wissen, in Erinnerung an die wunderschöne Musik, die letzte Woche aus dem Tanzraum klang.

»Auch sexy, meinst du?« Ricarda legt den Kopf schief. »Auf jeden Fall. Ich finde, noch sehr viel mehr. Er ist weicher. Geschmeidiger. Sinnlicher.« Kann es sein, dass ihre Hand sich plötzlich ein weniger fester um meine schließt? »Dabei haben die beiden Tänze gar nichts miteinander zu tun. Auch wenn beide Tango heißen, sind sie nicht miteinander verwandt.«

»Ach, ehrlich?«, stottere ich. Denn wenn ich mich nicht sehr irre, hat gerade ihr Daumen sanft über das kleine Stückchen Haut meines unteren Zeigefingergliedes gestrichen.

»Mmh«, macht Ricarda und sieht mich kurz an.

Wie der Zufall es will, haben wir gerade in diesem Augenblick aufgeschlossen zu Toni und Sandra, die gemeinsam an der Promenade basteln. Toni wirft mir einen vielsagenden Blick zu. Das Dumme ist nur, dass ich ihn überhaupt nicht zu deuten weiß.

Ich unterziehe Sandra und sie einer kurzen, intensiven Musterung, in der Hoffnung, dadurch einen Anhaltspunkt zu erhalten, und trete deswegen kurzerhand Ricarda auf den Fuß.

»Guten Abend«, lächelt sie mit einem betont schmerzverzerrten Ausdruck im Gesicht. »Ganz reizend.«

»Sorry«, grinse ich. Ihre Reaktion bringt mich zum Lachen. »Kannst du dir vorstellen, dass Juliane sich beim ersten Mal, als ich ihr auf den Fuß gelatscht bin, entschuldigt hat?«

Ricardas rechte Augenbraue schnackt in die Höhe. Oh, oh. Kamikaze Tiffy. Wie blöd kann eine denn sein?

»Sorry«, wiederhole ich. Diesmal aber tatsächlich zerknirscht.

»Wieso jetzt?«, fragt sie, zum ersten Mal an diesem Abend etwas hölzern. Ich druckse herum. Aber da Ricarda einfach nur abwartet, bringe ich schließlich heraus: »Du opferst hier deinen Abend, um als meine Geführte einzuspringen. Und als Dank quatsche ich von der Frau, die dir die Freundin ausgespannt hat. Nicht besonders freundlich von mir.«

Ricarda muss offenbar erst mal verdauen, was ich gesagt habe. Sie antwortet nicht.

Ich muss mich heftig auf die Schritte konzentrieren, sonst gibt's vor lauter Anspannung gleich Zehengulasch.

»Die Hand der Geführten liegt nicht auf dem Oberarm der Führenden, sondern wird geschlossen hinter der Schulter gehalten«, höre ich Monas Korrektur an Heikes Adresse.

»Hab ich dir doch gesagt«, zischelt Michaela, als Mona weitergangen ist.

»Du bist auch gerade mit dem falschen Fuß in die Promenade gestartet«, meckert Heike zurück.

Ricarda feixt. »Wie ein altes Ehepaar.«

Ich schaue zu Michaela und Heike hinüber, die sich gerade in die nächste Promenade wiegen. Tatsächlich sehen sie schon gar nicht mehr wie zwei Frauen aus, die sich gerade erst in einem Single-Kurs kennengelernt haben. Offenbar schweißt Tanzen extrem zusammen. Vielleicht müssen wir sogar aufpassen, dass wir nicht nach und nach genauso aussehen wie unsere jeweilige Tanzpartnerin. Womöglich ist das hier ähnlich wie beim Mimikry und wir neigen dazu, uns in Kleidung, Haarschnitt und Gebaren immer mehr aneinander anzugleichen?

Ich muss leise kichern.

Michaela, die bemerkt, dass ich zu ihnen rüberstarre, erwidert meinen Blick und lächelt mich forsch an. Prompt tritt sie Heike auf den Fuß und fängt sich den nächsten Rüffel ein.

»Du hast recht«, flüstere ich Ricarda zu.

Diesmal kichern wir beide. Dann tanzen wir geordnet weiter.

»Kannst du von früher noch die Linksdrehung mit dem Achterschritt?«, will Ricarda wissen.

Ich überlege.

»Keine Ahnung. Ich mochte Tango schon damals immer besonders gern. Aber ich habe keinen blassen Schimmer mehr, wie die einzelnen Figuren heißen.«

»Die Namen weißt du vielleicht nicht mehr«, sagt Ricarda. »Aber du kannst es bestimmt noch. So was vergisst man nicht, wenn man es mal gelernt hat. Ist wie Fahrradfahren.« Mit diesen Worten greift sie meine Hand etwas fester und verstärkt den Druck ihrer flachen Hand, die an meiner rechten Schulter liegt. Sanft führt sie mich zwei Schritte schräg, dann zwei gerade, zwei rückwärts und zwei zurück in Tanzrichtung drehend.

»Hu, hu, hu!«, grölt Toni irgendwo hinter uns.

»Lasst euch von den Angeberinnen nicht ablenken!«, ruft Mona den anderen zu, die wohl eine Massenkarambolage wegen Erregung öffentlichen Aufsehens befürchtet. »Schnell, schnell, laaaangsam, Promenade, öffnen.«

Während sie bei den anderen mitzählt, nähert sie sich uns und raunt ein: »Toll gemacht. Versuch das auf der nächsten langen Seite noch mal, Stefanie.«

»Tiffy«, sagen Ricarda und ich gleichzeitig.

Mona sieht uns einen Moment forschend an, auf der Stirn eine kleine nachdenkliche Falte. Dann wendet sie sich ab, um bei den anderen nach dem Rechten zu sehen.

Wir probieren noch einmal den Achterschritt. Ricarda hilft wieder sehr. Doch beim übernächsten Mal kann ich ganz alleine führen.

Sie nickt anerkennend.

»Ich bin immer wieder verblüfft, wie schnell sich Sachen herumsprechen«, sagt sie dann. »Wer hat dir von dieser Geschichte mit Juliane erzählt?«

Ich zucke mit den Achseln. »Irgendeine aus dem Kurs wollte wohl ein bisschen klatschen. Du weißt ja, wie Frauen so sind.«

Wir seufzen beide einvernehmlich.

»Diese Tanzschule ist offenbar ganz ähnlich wie die Lesbenszene«, mutmaße ich.

»Schlimmer als die Lesbenszene!«, versichert Ricarda. »Sozusagen eine Szene in der Szene. Du kannst keinen Schritt tun, ohne dass es alle mitbekommen.«

»Und das in einer Tanzschule!«

Wir grinsen uns an.

Sie hat hübsche Augen. Blau, beinahe veilchenfarben. Sie wirken ganz anders als dieses helle, leuchtende Braun. Eher fröhlich, freundlich, aufgeschlossen als verstörend scheu. Moment mal! Hat irgendjemand gesagt, dass ich die Augenfarben meiner beiden Aushilfsgeführten vergleichen soll?

»Pause!«, ruft Mona, und der gesamte Kurs begibt sich schwatzend und lachend zu den Stühlen.

Nach ein paar Minuten, die alle dazu nutzen, sich an den Getränken zu bedienen und über ihre ersten Tango-Erfahrungen zu berichten, setzt Mona sich zu uns, verschränkt die Hände und lächelt uns alle der Reihe nach an.

»Was sagt ihr zum Wetter? Riecht das nicht schon so richtig nach Frühling da draußen? Ich dachte, es sei Zeit, euch von unserem Maifest zu erzählen …«

»Das ist ja noch was hin«, wirft Kati ein. Heute war es noch mal richtig winterlich kalt. Von Monas gerade heraufbeschworenem Frühling kaum eine Spur. Es sei denn, man hält jämmerlich verfrorene Krokusse in den Vorgärten für die erste Schwalbe des Sommers.

»Stimmt. Aber manche Feste werfen ihren Schatten weit voraus. Müssen sie auch. Denn für manche Feste muss man ein bisschen üben …« Mona schmunzelt und sieht uns wieder alle an. »Traditionell richten wir jedes Jahr Ende Mai ein großes Tanzevent aus. In diesem Jahr ist das Fest aber etwas ganz Besonderes. Wir feiern nämlich das zehnjährige Bestehen unserer Tanzschule. Und deswegen veranstalten wir ein Tanzturnier. Wir laden eine befreundete Richterin und zwei Richter ein. Und dann geht's hier richtig zur Sache. Und zwar nicht nur für die Könnerinnen und Könner. Ihr dürft … beziehungsweise sollt auch teilnehmen. Es gibt eine spezielle Anfänger-Klasse. Bestimmt ein Ansporn zum Üben, oder?«

Bei dem Stichwort ›Tanzturnier‹ macht mein Magen dicht, so wie ein zuschnappendes Krokodil, als habe er beschlossen, nie wieder etwas rein- oder rauszulassen. Auch die Spucke, die sich rasant in meinem Mund sammelt und die ich hektisch runterzuschlucken versuche, wird abgewehrt. Ich bin nur heilfroh, dass niemand meine spontane Verspannung mitbekommt, denn alle sind plötzlich aufgeregt wie eine Horde Zirkusflöhe. Ein Tanzturnier. Mit richtigen Leistungsrichtern, die vor uns sitzen, um uns zu bewerten. Das ist schon was.

Augenblicklich steigt der Lärmpegel im Tanzsaal um das Vielfache. Alle beteuern sich gegenseitig, dass sie nie den Mumm haben werden, bei so einem Turnier mitzumachen. Dass sie ja noch viel zu wenig können. Und sich dieser Zustand bis Mai unmöglich geändert haben kann. Das sind ja immerhin nur noch (Toni rechnet es mal schnell an ihren Fingern ab) zehn Wochen! Doch als wir nach der Pause weitermachen, stelle ich fest, dass alle sich besonders viel Mühe geben.

Da wird an der Haltung korrigiert, mit viel Schwung die Saalecken genommen und notfalls leise der Takt mitgezählt. Alle sind infiziert. Der Rest der Stunde vergeht wie im Flug. Ricarda ist ungebrochen charmant zu mir. Sie rennt nach Beendigung des Trainings auch nicht gleich weg, so wie Juliane, sondern bleibt noch bei uns stehen und plaudert mit uns. Toni schaut mich mehrmals bedeutungsvoll an. Ich weiß, was sie damit sagen will. Und sie hat recht. Ricarda ist wirklich eine tolle Frau. Offen. Fröhlich. Entgegenkommend. Talentiert. Sensibel. Sie ertappt mich dabei, wie ich sie heimlich mustere und lächelt mich amüsiert an.

Ich erinnere mich daran, wie wir nach dem ersten Übungsabend alle auseinandergeströmt sind. Das scheint nun niemand mehr im Sinn zu haben. Mona muss uns regelrecht hinauswerfen, als der nächste Kurs komplett versammelt ist und mit dem Training beginnen will. Im Foyer beginnt die große Verabschiedung, und schließlich tröpfeln alle langsam hinaus.

»Mädels, ich würd sagen, dann brechen wir auch mal auf«, verkündet Toni schließlich und meint damit Anke, Natascha und mich. »Wenn du möchtest, können wir dich auch nach Hause bringen?«, bietet sie Ricarda an, die als Einzige noch hier steht.

Die lacht.

»Danke, sehr lieb. Aber für mich sind es nur drei U-Bahn-Stationen. Und ich habe den Verdacht, dass dein kleiner Wagen eine weitere Person nicht verkraften würde.« Sie hatte sich schon bei unserer Ankunft amüsiert, als wir alle aus dem Mini kletterten.

»Übrigens«, sagt Ricarda und sieht mich verschmitzt lächelnd von der Seite an. »Ist dir eigentlich schon was aufgefallen, was deine Teilnahme am Turnier angeht?«

»Meine Teilnahme am … also, ich weiß nicht … ich bin gar nicht sicher, ob ich …«

»In der Anfängerklasse könntest du auch ohne Anfängerin als Tanzpartnerin gar nicht starten. Aber natürlich hat jede Anfängerin die Möglichkeit, mit einer Fortgeschrittenen oder sogar mit einer aus der Profiklasse zu tanzen. Der einzige Knackpunkt daran ist, dass ihr dann nicht bei den Anfänger startet, sondern in der Offenen Klasse. Ist doch fair, oder?«, meint sie.

»Total«, antworte ich.

Ricarda strahlt mich an.

»Denk mal drüber nach«, sagt sie, winkt uns allen zu und springt die Treppe zum Ausgang hinunter.

Als sie verschwunden ist, sehen Toni, Natascha und Anke mich beeindruckt an.

»Wow«, sagt Natascha.

»Hat sie dir ihre Handynummer gegeben?«, will Anke neidisch wissen.

»Und? Machst du's?«, fragt Toni.

»Machen?«, wiederhole ich. »Was denn?«

Natascha haut sich mit der flachen Hand vor die Stirn.

»Hallo? Jemand zu Hause?«, grinst Anke. »Ricarda hat dir gerade durch die Blume angeboten, dass du mit ihr beim Wettbewerb in der Offenen Klasse tanzen kannst.«

»Hat sie nicht«, entgegne ich fest. »Sie hat nur gesagt, dass Anfängerinnen auch mit Fortgeschrittenen oder einer aus der Profiklasse …«

»Tiffy!«, unterbricht mich Anke kopfschüttelnd.

»Jetzt mal ehrlich!«, sagt Natascha.

»Hat sie doch!«, nickt Toni.

Was soll ich da noch sagen? Ich bin überstimmt.

7

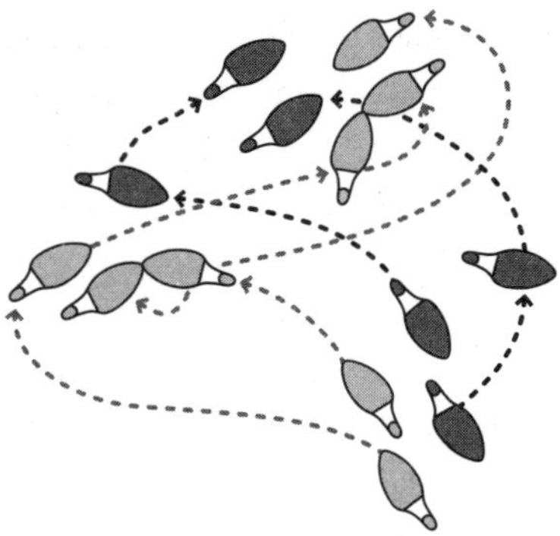

»Geh und spiel mit deinen Puppen, Baby.« (Dirty Dancing)

Kaum zu fassen, aber ich stelle besorgt fest, dass der Rhythmus der Tanzstunden sich in meinem Leben niederschlägt. Toni scheint es auch so zu gehen. Am Montag, Dienstag und Mittwoch erwähnt sie in unserer kleinen mittäglichen Spaziergehpause mehrmals das letzte Training.

Mir fällt auf, dass sie sich eine Menge von den anderen Mädels gemerkt hat. Sie will Kati unbedingt eine bestimmte CD leihen, da sie den gleichen Musikgeschmack zu haben scheinen. Von Heike kann sie berichten, dass die neulich erst eine Knie-OP hatte und deswegen fast nicht am Kurs hätte teilnehmen können. Über Juttas Schüchternheit spekuliert sie auch ein wenig und führt es auf die Kindheit in einem Schweizer Internat zurück. Sandra taucht auffallend oft in diesen Erzählungen auf. Und das finde ich ausgesprochen lobenswert. Was Sandra angeht, habe ich nämlich ein wirklich gutes Gefühl. Sie ist hübsch und peppig und nicht auf den Mund gefallen. Toni berichtet, dass Sandra auch dieses eine spannende Buch gelesen hat und diesen einen bestimmten Film mag, den Toni auch so toll findet. Ich lausche begeistert ihren Ausführungen. Endlich mal lässt meine liebe Freundin sich nicht nur von Oberflächlichkeiten blenden, sondern schaut in die Tiefe. Und das ist doch eine ideale Voraussetzung für eine lang dauernde, ehrliche Partnerschaft, die ich ihr so wünsche.

Donnerstag spricht Toni während des ganzen Mittagessens vom »kommenden Sonntag«. Klar. Sie wird regelrecht ausgehungert sein nach Sandras Gegenwart. Am Freitag sagt Toni bereits hoffnungsvoll »übermorgen«. Ich selbst sage am Samstag »morgen«. Und zwar als ich nach Wochen mal wieder einen Besuch bei meinen Eltern mache.

»Wieso kommst du denn heut schon? Ich wollte doch morgen Abend Seeteufel machen«, wurmt sich meine Mutter und stemmt die Hände in die Hüften, als ich vor der Tür stehe.

»Morgen kann ich nicht«, sage ich da nämlich und drücke mich an ihr vorbei ins Haus. Bert, der alte Boxer meiner Eltern, kommt aus dem Wohnzimmer geschlurft, um mich angemessen – das heißt mit heftig wackelndem Hinterteil und begeisterten Winselgeräuschen – zu begrüßen. »Ist Papa nicht da?«

»Ist zu Thomas und Ina rüber. Wir wussten ja nicht, dass du kommst. Aber wahrscheinlich ist er eh zu den Nachrichten wieder hier.«

Meine Mutter witscht an mir vorbei in die Küche, um blitzschnell in Kühlschrank, Tiefkühlfach und Vorratsschrank nachzusehen, ob sie etwas Extraordinäres aus dem Hut zaubern kann.

»Wie geht's dir denn? Gibt's was Neues?«, will sie wissen und mustert mich forschend.

Meine Mutter hat diese gewissen Antennen, die einem unheimlich sein können. Zumindest bei uns Kindern hat sie die.

Sie weiß genau, wann meine beiden jüngeren Brüder oder ich krank werden, Liebeskummer haben oder Schulden. Ihr können wir einfach nichts verheimlichen.

Ich versuche, extrem tanzkurslos auszusehen.

»Was Neues? Nö. Na ja, Toni hat sich vielleicht verliebt. Ich bin mir noch nicht sicher, weil sie einfach nicht mit der Sprache rauswill«, versuche ich, sie auf die falsche Spur zu locken.

»Ach wie schön!«, freut sich meine Mutter auch prompt. »Dann geht bei ihr ja bald wieder der lustige Ringelreihen los!«

Ich seufze.

Schließlich bin ich diejenige, die unter den Wochen zu leiden haben wird, in denen Toni zunächst ihre komplette Freizeit in die neue Beziehung investiert, um anschließend nach der Trennung zu beteuern, dass Freundschaft einfach viel höher zu schätzen ist als flüchtige Abenteuer und sie mich nie, nie wieder derart vernachlässigen wird.

»Ich hoffe, dass es endlich mal etwas Festes wird«, gestehe ich. »Die Frau ist nicht nur voll ihr Typ. Sie haben auch gemeinsame Interessen, weißt du? Ich wünsche ihr echt, dass es diesmal nicht nur ein paar Monate dauert.«

»Na, wenigstens dauert es ein paar Monate«, erwidert meine Mutter und wirft mir einen vielsagenden Blick zu, bevor sie kopfüber in der Schublade mit den Töpfen verschwindet.

»Manchmal braucht es aber auch eine ganze Zeit, um sich überhaupt erst mal näher beschnuppern zu können. Beispielsweise, wenn man sich nur einmal die Woche sieht. Gut Ding will Weile haben«, gebe ich weise von mir.

Mamas Kopf schießt aus der Versenkung. Ich habe ihre Schwester, meine Tante Elsa, ja nie kennengelernt, aber mir wurde mehr als einmal berichtet, dass sie ungewöhnlich beweglich gewesen sei. Zumindest das hat meine Mutter auch im Blut. Jedenfalls wenn es ums Ausfahren ihrer unfehlbaren Antennen geht.

»Hast du etwa auch jemanden kennengelernt?«, will sie wissen und fixiert mich wie einer dieser knallharten schwarzweißen Hütehunde eine Herde von hundertfünfzig Schafen.

»Naaaain«, sage ich und öffne selbst noch einmal den Kühlschrank, um mich kurz hinter der Tür verstecken zu können.

Meine Mutter taucht wieder ab und mit der beschichteten Pfanne wieder auf.

»Musst du mir ja auch nicht erzählen«, murmelt sie. »Vor allem nicht, wenn es noch nicht spruchreif ist. Weißt du noch? Bei Melanie hast du so lange nichts gesagt, bis ihr euch auf die Suche nach der Wohnung gemacht habt. Dabei war mir längst klar, dass du irgendwas laufen hattest. Plötzlich keine Zeit mehr für deine Alten an den Wochenenden und so …«

Meine Mutter ist Pädagogin wie mein Vater und bedient sich in Gesprächen mit ihren Kindern gern einer, wie sie glaubt, jugendlichen Sprache. Dabei vergisst sie gerne, dass wir alle drei nicht mehr im Ey-cool-ey-Teeniealter sind.

Jetzt zwinkert sie mir zu.

»Und du hast ja auch recht. Wenn Toni demnächst wieder auf Wolke sieben verschwindet, wäre es ja nicht schlecht, wenn du selbst dich auch mal wieder etwas umschaust«, sagt sie munter und deutet auf den Apothekenkalender, der über der Arbeitsfläche hängt. »Hast du schon gemerkt? Zwanzigster März. Heute ist Frühlingsanfang!«

»Mama«, seufze ich. »Ich habe niemanden kennengelernt.«

Sie nickt mir auf eine Weise zu, die ausdrückt, dass ich ruhig reden soll, während sie sich ihre eigene Meinung macht. Dann nimmt sie ein großes Fleischstück aus einem Frischhaltebeutel und beginnt geschickt, es mit einem gewaltigen Messer auf Geschnetzeltes-Niveau zu zerkleinern.

»Mark und Anne waren letzte Woche hier. Wenn du mich fragst, dauert es bestimmt nicht mehr lange«, freut meine Mutter sich dabei.

»Es dauert nicht mehr lange? Bis was?«, forsche ich.

»Bis sie heiraten natürlich«, erklärt sie mit Selbstverständlichkeit. »Oder bis Anne schwanger ist und sie dann heiraten. Meinetwegen auch so rum. Oder schwanger sein und gar nicht heiraten.

Auch egal. Hauptsache einer von euch kümmert sich endlich mal um meine Enkel.«

Ich grinse. »Da bin ich ja froh, dass dieser Druck nicht auf meinen Schultern lastet.«

Meine Mutter sortiert die Gewürze.

»Wieso eigentlich nicht? Du bist doch kinderlieb. Früher hast du immer gesagt, dass du Kinder willst. Mindestens zwei, hast du immer gesagt.«

»Äh …«, mache ich, aber bevor ich ein Wort sagen kann, fährt sie schon fort: »Komm mir jetzt bloß nicht damit, dass man zum Kinderkriegen einen Mann braucht. Das ist doch Schnee von gestern. Es gibt diese tolle Klinik in Dänemark und noch etliche andere Möglichkeiten. Deine Brüder haben so viele nette, gut aussehende Freunde. Die könnten wir doch um eine Spende bitten. Auf alle Fälle solltest du loslegen, bevor deine biologische Uhr zu ticken beginnt, Herzchen.«

»Als Alleinerziehende?«, setze ich ihren Argumenten entgegen.

Sie hebt die Brauen und zuckt elastisch mit den Schultern.

»Ich sag ja, dass es Zeit wird, dass du dich umschaust.«

»Du bist unglaublich«, sage ich und schüttele den Kopf.

Sie grinst und hantiert weiter geschickt mit den Lebensmitteln, die sie aus den Schränken zaubert.

Ich sehe ihr zu, wie sie das Fleisch würzt, Kartoffeln schält und Gemüse zum Dünsten in Töpfe verteilt. So wie Tante Elsa tanzen konnte, kann meine Mutter kochen. Auch wenn sie es nicht beruflich macht oder irgendwelche Preise einheimst. Sie ist trotzdem spitze darin. Schon als Kind habe ich gern bei ihr in der Küche gesessen und ihr dabei zugesehen, wie sie für uns tolle Gerichte zubereitete.

Es hat so eine beruhigende Wirkung.

»Stell dir vor, Isabell will Sven dazu überreden, Steppen zu lernen«, zwitschert meine Mutter plötzlich, während sie Fett in die Pfanne gibt und die Herdplatte anstellt.

»Ach?«, mache ich.

Steppen. Ach ja, richtig. Die Freundin meines jüngsten Bruders Sven macht das schon seit Jahren. Nicht überdurchschnittlich gut, aber mit wahrer Begeisterung.

»Ja. Ich hab gesagt, Gefühl für den musikalischen Takt hat er ja. Das braucht man dazu. Dieses Taktgefühl haben wir ja alle, wenn auch nicht so eine überragend elegante Beweglichkeit, wie du sie hast.«

»Mama«, sage ich.

Heimlich nehme ich mir vor, Sven morgen anzurufen und ihn zusammenzustauchen. Wie kann er bei unserer Mutter auflaufen und erwähnen, dass er irgendeine Tanzrichtung lernen wird? Ihm muss doch klar sein, was das wieder für Konsequenzen – in erster Linie für mich – haben wird. Meine beiden jüngeren Brüder Mark und Sven haben es gut. Sie haben nicht im zarten Alter von zehn Monaten selbstvergessen ahnungslos mit den Füßen gewippt. Und sie sehen auch nicht so aus wie Mamas verstorbene Schwester.

Dass sie lieber Fußball spielen als tanzen wollten, kam meiner Mutter ganz natürlich vor.

»Steppen kann man natürlich nicht vergleichen mit echtem Standardtanz«, fährt meine Mutter fröhlich fort. »Dazu eignet sich keiner deiner Brüder besonders. Weißt du noch, wie sie die Tanzschule absolviert haben? Beide in der achten Klasse. War das grottig, oder?«

»Ich hab's ja nicht gesehen«, erwidere ich klamm.

»Ach ja, du warst ja auch nicht mit bei den Abschlussbällen.«

Nein. War ich nicht. Und muss mir das bis zum heutigen Tag anhören.

Mama schwelgt weiter in Erinnerungen. »Die beiden haben

das doch sowieso nur gemacht, um bei den Mädels anzukommen. Hat nur nicht geholfen.« Sie kichert schadenfroh.

»Sie haben auch ohne Walzer und Cha-Cha-Cha nette Frauen gefunden«, wage ich anzumerken.

Meine Mutter zuckt mit den Schultern, als seien diese Treffer wirklich der pure Zufall gewesen.

Dann werkelt sie eine Weile schweigend weiter.

Ich nestele an ein paar Weintrauben herum, die in der Obstschale auf der Anrichte liegen.

»Was machst du denn morgen Abend?«, fragt sie plötzlich.

Ich lasse vor Schreck eine Traube fallen. »Hm?«, mache ich und lasse mich auf die Knie nieder, um unter der Küchenzeile nach ihr zu forschen.

»Morgen Abend. Du hast gesagt, du hast keine Zeit, um morgen Abend herzukommen.«

»Oh, ich treff mich mit Toni und ein paar anderen«, antworte ich. Dabei werde ich nicht mal rot. Ist ja schließlich die Wahrheit. Trotzdem scheint meine Mutter zu ahnen, dass ich bei dieser Sache irgendetwas verschweige. Sie schaut mich einen Moment lang von dort oben forschend an, dann wendet sie sich wieder der Essenszubereitung zu. Ich kann sehen, wie sie vergnügt in sich hineingrinst. Offenbar rotieren ihre Antennen. Endlich erwische ich die Weintraube und werfe sie in den Mülleimer.

»Ich decke schon mal den Tisch«, sage ich und husche ins Esszimmer.

Während ich Teller und Besteck auf den drei Platzdeckchen verteile, spiele ich mit dem Gedanken, meinen Eltern gleich beim Essen in amüsanter Weise von dem Lesben-Single-Tanzkurs zu erzählen. Mein Vater wird bestimmt freundlich interessiert sein. Er wird mich fragen, wie denn die anderen Teilnehmerinnen so sind. Und er wird wissen wollen, ob die Tanzlehrerin irgendeine pädagogische Ausbildung in Sachen Erwachsenenbildung absolviert hat.

Meine Mutter aber …

Ich versuche, mir vorzustellen, was geschehen wird. Sie wird wahrscheinlich Messer und Gabel fallen lassen. Sie wird aufspringen, um den Tisch herumgelaufen kommen und mir um den Hals fallen. Sie wird ausrasten.

Okay. Ich lass das lieber.

Das Tischdecken ist schnell erledigt. Also schlendere ich rüber ins Wohnzimmer, um Bert ein paar extra Schmuseeinheiten zukommen zu lassen. Seit er älter wird, kann er gar nicht genug vom Knuddeln bekommen.

Als ich ihm zehn Minuten lang die Ohren gezaust habe und er wonnig in sein Körbchen und auf meine Jeans gesabbert hat, höre ich, wie die Haustür zuschlägt. Die sonore Stimme meines Vaters ruft durch den Flur: »Wir haben Besuuuuch! Tiffys Auto steht vor der Tür!« Als hätten meine Mutter und ich noch keinen blassen Schimmer davon, dass ich heute Abend überraschend vorbeigekommen bin. Er poltert den Flur entlang und macht kurz Station in der Küche. Dann fliegt die Wohnzimmertür auf und er kommt herein.

»Große!«, begrüßt er mich strahlend und drückt mich fest an sich.

»Toll siehst du aus! Wow!« Er hält mich an den Armen ein kleines Stückchen auf Abstand und mustert mich eingehend. »Ich muss sagen, man sieht es dir an!«

Ich schaue verdutzt.

»Was denn?«

»Na, dass du frisch verliebt bist. Deine Mutter hat es mir gerade schon erzählt«, sagt er fröhlich.

8

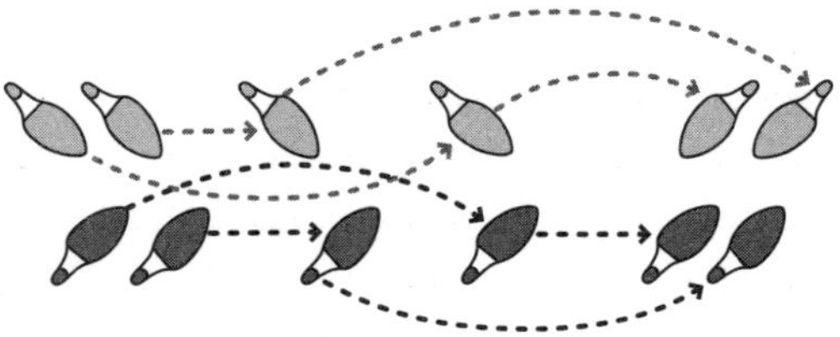

»Hör auf den Rhythmus! Hab keine Angst!«
(Strictly Ballroom)

Heute Nacht habe ich zum ersten Mal vom Tanzen geträumt. Es war auf einem Turnier. Da war Tangomusik. Da war meine Tante Elsa, die uns Tanzende als Richterin beurteilte. Und da war meine Tanzpartnerin. Mit dunklen Haaren, die mal lang, mal kurz zu sein schienen. Mit Augen, die mal veilchenblau, mal honiggolden blitzten. So sehr ich mich anstrengte, ich konnte nicht erkennen, wer sie war. Immer, wenn ich genau hinschauen wollte, war es, als hätte sie eine venezianische Maske aufgesetzt. Doch unsere Blinddarmnarben suchten beständig Kontakt auf eine Art und Weise, die mich unter meiner Daunendecke mächtig schwitzen ließ.

Als ich heute Morgen aufwachte, fühlte ich mich wie nach zwei Wochen Swingerclub-Urlaub. Na ja, zumindest so, wie ich glaube, dass man sich dann fühlt. Um das definitiv sagen zu können, fehlt mir die Erfahrung.

Das kommt alles nur vom emotionalen Geschwafel meiner Mutter.

Während des Essens gestern warf sie meinem Vater mehr als

einmal amüsierte Blicke zu, die er liebevoll lächelnd erwiderte. Unser Vater verlässt sich nämlich voll auf die mütterlichen Antennen seiner Frau. Wenn sie sagt, dass ihre älteste Tochter frisch verliebt ist, dann glaubt er ihr. Egal, was die älteste Tochter selbst dazu sagt.

Und deswegen haben die beiden gestern Abend alles dazu beigetragen, die betroffene Person in den Wahnsinn zu treiben. Als ich spät am Abend heimfuhr, war ich selbst schon nicht mehr sicher, ob ich nicht vielleicht doch mein Herz verloren habe.

Die Frage war nur: an wen?

Ich überlegte allen Ernstes, ob es sein könnte, dass ich mich in der letzten Tanzstunde aufgrund der überwältigend großen Anzahl der für sie sprechenden Punkte in Ricarda verliebt haben könnte.

Immerhin hatte sie mit mir geflirtet. Und, ehrlich gesagt, es könnte sein, dass ich ein wenig zurückgeflirtet habe. Sie war so aufgeschlossen, hatte sich für meine persönliche Tanzgeschichte genauso interessiert wie für den Job, der Toni und mich verbindet. Sie hatte mich mit ihren Veilchenaugen mal verschmitzt, mal nachdenklich angeschaut und mir in ihrem Blick ein Stückchen ihrer verletzlichen Seele offenbart.

Ricarda wäre ein Traum für jede Frau. Anke wollte unbedingt ihre Handynummer haben. Aber wieso kam mir dann auch immer noch Juliane in den Sinn? Nur, weil ich beim ersten Anblick ihres Gesichts ganz, ganz kurz die Fassung verloren hatte? Etwas anderes konnte es ja nicht sein. Denn schließlich zeigte Juliane sich nicht gerade von einer einnehmenden Seite. Sie war scheu, zurückgenommen, und wenn sie nicht schüchtern schwieg, war sie abweisend oder stellte beleidigende Fragen. Trotzdem musste ich an sie denken. Besonders nach dem Abend bei meinen Eltern.

Doch heute, einen Tag und eine Nacht voller wirrer Träume später, bin ich sicher, dass keine von beiden diejenige ist, die meine

Mutter in meinem Leben zu wittern glaubt. Jetzt, wo ich wieder mit beiden Beinen auf dem Parkett stehe und mir vollkommen klar ist, wie ich zu all meinen Geführten stehe.

Natürlich empfinde ich für beide von ihnen eine gewisse Faszination, die schöne und charismatische Frauen in der Regel auslösen, und die daher auch auf mich wirkt. Doch davon abgesehen, bin ich wirklich vollkommen neutral. Das habe ich festgestellt, als Ricarda gerade, als ich ankam, kurz aus ihrem Tanzraum herauslugte und mich für ein paar Worte zu sich heranwinkte.

Ob ich schon über das Turnier nachgedacht hätte. (Nachgedacht nicht, aber geträumt. Habe ich ihr aber nicht gesagt.) Dass sie selbst gleich wieder eine Tango-Argentino-Übungsstunde habe und es schade sei, dass ich dabei nicht zuschauen könne. Ob ich generell mal zuschauen wolle – an einem anderen Termin. Ob ich generell Tango Argentino mal selbst ausprobieren wolle. Dass sie mir viel Spaß beim Tanzen wünsche.

Bei all diesen Worten und den darin enthaltenen Vorschlägen zu einem näheren Kontakt empfand ich freundliches Interesse. Aber nicht mehr. Meine absolute Neutralität habe ich aber auch bestätigt gefunden, als ich in den Tanzsaal ging und Juliane bereits am Tisch sitzen sah. Habe ich in diesem Moment etwa vergessen, wie ich heiße? Wie man einen Fuß vor den anderen setzt? Warum ich hier bin? Nein. Na also. Ich bin ganz und gar neutral. Die Schweiz ist nichts gegen mich.

Klar sieht Juliane gut aus. Teuflisch gut sogar. Aber das sagt ja noch gar nichts. Es gibt auch andere gut aussehende Frauen.

Kati zum Beispiel. Ja, tatsächlich. Ich finde, Kati sieht heute richtig gut aus. Sie ist generell eher der jungenhafte Typ, Marke Elvis-ohne-Hautprobleme-mit-Mitte-zwanzig. Aber heute sieht sie irgendwie verändert aus. Ich glaube, sie hat irgendwas mit ihren Haaren gemacht.

»Was so ein Friseurbesuch und ein bisschen Gel alles ausmacht, nicht wahr?«, grinst Kati, die meine intensive Musterung bemerkt.

Die anderen betrachten sie ebenfalls wohlwollend.

»Schade, dass du keine langen Haare hast«, sinniert Anke.

»Wieso das denn?«, entsetzt sich Toni. »Die würden doch gar nicht zu ihr passen!« Ich finde, da hat sie volle Kanne recht. Kati mit langen Haaren geht nicht.

»Na, Frauen mit kurzen Haaren müssen ja notgedrungen alle naselang zum Friseur. Da muss es nicht unbedingt etwas bedeuten. Wenn aber langhaarige Frauen zum Schnippeln gehen und ihr Styling ändern, dann kann man fast immer davon ausgehen, dass was im Busch ist«, grinst Anke.

»Ich räum stattdessen dann immer meine Wohnung um«, informiert uns Jutta, die ihre Haare auch kurz trägt und über ihre eigene Bemerkung so erschrocken ist, dass sie die Lippen fest aufeinanderpresst.

»Wann hast du das denn zuletzt gemacht?«, fragt Natascha, und die arme Jutta wird rot wie ein Pavianpopo. Bei ihrer ansonsten eher blassen Haut und den Sommersprossen sieht das extrem niedlich aus.

»Kati will uns mit ihrer neuen Frisur doch nur über eine maßgebliche andere Veränderung hinwegtäuschen«, schmunzelt Toni und sieht Kati direkt an. Zwei schicke KV, die sich einvernehmlich amüsiert mit Blicken messen. »Was dürfen wir denn daraus schließen?« Toni deutet auf Katis Füße. Besser gesagt, auf ihre Schuhe. Und jetzt fällt es mir auch auf: Kati trägt braune, sehr coole Lederschuhe, die perfekt zu ihrem Outfit passen. Anke pfeift anerkennend durch die Zähne.

Kati erwidert Tonis Blick ungerührt. »Keine Ahnung, was du meinst«, sagt sie und erinnert mich dabei an Toni selbst, die auch gerne mal die Unschuldige spielt. Siehe ihre offensichtlich sich entwickelnden, aber (zumindest mir gegenüber) totgeschwiegenen Gefühle für Sandra.

Überhaupt, stelle ich gerade verwundert fest, haben Toni und Kati einiges gemeinsam. Nicht nur ihr burschikoses Auftreten und die klassisch kurzen Haare. Sie haben beide eine ganz besondere Art, den Mittelpunkt der Gruppe zu beanspruchen, die nicht aufdringlich wirkt, sondern alle anderen auf lustige Art und Weise mit einbezieht.

»Na, du hast doch neulich gesagt, du musst erst noch ausloten, ob es sich überhaupt rentieren würde, in ein neues Paar Schuhe zu investieren«, weiß Toni noch sehr genau und wippt mit den Brauen.

»Vielleicht meinte ich damit ja, dass ich mir noch nicht sicher war, ob mir das Tanzen wirklich Spaß machen wird?«, schlägt Kati gut gelaunt vor.

Toni hat bereits ihren Füchsinnenblick drauf. Tut aber so, als würde sie auf Katis Ausweichmanöver reinfallen, indem sie betont weise von sich gibt: »Ach so. Da hatte ich dich wohl falsch verstanden?«

Kati grinst in sich hinein. »Dir darüber eine Meinung zu bilden, überlasse ich ganz dir.«

»Oh, meine Meinung habe ich bereits. Ich werde sie dir jetzt aber nicht verraten«, erwidert meine liebe Freundin verschmitzt.

Ich grinse jetzt ebenfalls. Toni ist einfach unschlagbar. Leider ist in all den Jahren, in denen wir jetzt zusammen in der gleichen Firma arbeiten, wo wir uns erst notgedrungen, aber dann voller Überzeugung angefreundet haben, kein einziger Funken ihrer Schlagfertigkeit auf mich übergesprungen.

»Erinnert ihr euch noch, warum ihr hier seid?«, ruft in diesem Moment Mona von der Mitte des Tanzsaales aus. Wir lachen alle. Jedenfalls so gut wie alle. Denn Juliane lacht nicht, sondern steht mit ernster Miene auf. Überhaupt macht sie heute einen verschlossenen Eindruck. Vielleicht hatte sie einen richtig beschissenen Tag, denke ich. So was kenn ich. Hab ich auch manchmal. Und dann bringt mich nichts und niemand zum Lachen.

Wir anderen folgen ihrem Beispiel, stehen auf und begeben uns paarweise aufs Parkett.

Neben Mona steht eine junge Frau in Trainingsanzug und Tanzschuhen. Die kurzen Haare stehen ihr in einer witzigen Zausfrisur wirr vom Kopf ab. Trotzdem sieht sie insgesamt auffallend ordentlich aus. Vielleicht, weil sie komplett geschminkt ist und weil ihre Trainingshose tatsächlich eine Bügelfalte vorzuweisen hat.

»Das ist Lisa«, flüstert Natascha mir zu. »Die zweite Chefin.«

Woher sie das schon wieder weiß, ist mir schleierhaft. Vielleicht zahlt sie monatlich an eine geheime Klatschmafia ihren Obolus und wird von ihnen mit allen möglichen wichtigen Informationen versorgt.

Als Mona ihre sympathische Lebensgefährtin vorstellt, nicken auch alle anderen wissend. Ich scheine die Einzige zu sein, die von dieser gewissen Untergrundorganisation noch nicht angesprochen worden ist. Vielleicht weil ich bisher auch nicht viel Interesse an Klatsch und Tratsch gezeigt habe.

»Wir beginnen heute wieder mit dem Langsamen Walzer. Legt einfach selbst los«, fordert Mona uns auf und lässt entsprechende Musik erklingen.

Ich biete Juliane meine Hand und wir stellen uns schräg nach außen auf.

Heute wippt sie nicht mit dem Kopf. Vielleicht ist sie der Meinung, ich müsse den Takt mittlerweile allein finden. Das schaffe ich selbstverständlich auch und vollziehe gerade ein Drehung an der Längsseite, als ich Mona höre, die offenbar für einige der anderen geduldig erklärt: »Immer daran denken: Bei allen Tänzen, die auf ›a‹ enden, beginnt die Führende mit dem rechten, die Geführte mit dem linken Fuß.«

»Bisher war mir nicht klar, dass man Walzer mit ›a‹ am Ende schreibt«, zischelt neben uns Natascha, die noch mal neu starten muss.

Ich lache leise. Und ich wette, Ricarda hätte jetzt gemeinsam mit mir gekichert. Doch Juliane zuckt nicht mal mit den Wimpern. Sie scheint einen wirklich sehr schlechten Tag gehabt zu haben. Auch wenn man das ihrem Tanzen in keinster Weise anmerkt. Sie macht alles perfekt, wie immer. Wenn mich eine fragen würde, wie es ist, mit ihr zu tanzen, würde ich zugeben müssen, dass es mir Spaß macht. Aber ich habe Glück. Es fragt mich keine.

Als das Stück endet, entsteht eine kleine Pause, in der alle stehen bleiben.

»Das sah schon sehr gut aus!«, lächelt Mona in die Runde. »Aber jetzt versuchen wir es mal richtig. Das heißt, wir nehmen die korrekte Tanzhaltung ein.«

Sie reicht Lisa die Hand, und als die ersten Töne des nächsten Musikstückes erklingen, verschmelzen die beiden quasi zu einem einzigen Wesen.

Wir staunen.

Blinddarmnarbe an Blinddarmnarbe.

Ach, so sieht das aus, wenn zwei es richtig machen.

Faszinierend.

Es gibt keine, der bei dieser Darbietung nicht der Mund offen stehen bleibt. Okay, eine gibt es doch. Juliane sieht diesem Wunder an Eleganz und Sinnlichkeit mit sichtbarer Gelassenheit zu. Sie lässt sich jedoch dazu hinreißen, sich unserem anschließenden Applaus anzuschließen.

»Bitte«, sagt Mona und deutet mit der nach oben gedrehten Hand gen Tanzfläche. »Jetzt seid ihr dran. Aber nicht mit eurer üblichen Tanzpartnerin. Die Führenden gehen in Tanzrichtung mal eine Dame weiter.«

Ehe ich kapiert habe, was Mona gesagt hat, hat Anke mich schon mit langem Arm zu sich hingezogen. Ich blicke zurück zu Juliane, die gerade Michaela anlächelt, welche etwas verlegen auf sie zutritt. Meine eigene Geführte schaut mir also keine Sekunde hinterher.

Anke stellt sich in Position. Ich ergreife ihre Hand, platziere die andere unter ihrem Schulterblatt. Bis alle sortiert sind, dauert es ein bisschen. Anke nutzt die Zeit, um im Flüsterton von dem gerade dargebotenen Tanz zu schwärmen.

»Wie die beiden sich miteinander bewegen! Wahnsinn, nicht? Wie Sex auf dem Parkett.«

Ich bin froh, dass Mona gerade nicht in unserer Nähe steht. Sie ist zwar keine von diesen verkniffenen, stark geschminkten Tanzlehrerinnenteufeln. Trotzdem bringe ich ihr einen undefinierbaren Respekt entgegen, der verbietet, mir Fantasien über ihr Sexleben auf gewachstem Holzfußboden zu gestatten.

»Wahrscheinlich werden sie wahnsinnig viel geübt haben«, mutmaßt Anke weiter. »Denkst du, dass sie anfangs auch so rumgestrauchelt sind wie wir?«

»Vielleicht haben sie sich von Anfang an richtig viel Mühe gegeben und mehr getanzt als gequatscht?«, schlage ich vor. Denn mir ist schon mehrmals aufgefallen, dass Anke und Natascha eher mit Geflüster und Kichern beschäftigt sind als mit ernsthaftem Training.

»Uh«, macht Anke. Den Wink hat sie verstanden. »Du kannst mir ja mal zeigen, wie man sich wirklich bemüht, oder?«

Ich sehe kurz zu Juliane hinüber, die freundlich lächelnd Michaela auf ihren Tanzbereich verweist, dann jedoch kurz die Hand auf deren unteren Rückenbereich legt, um sie näher zu sich heranzuholen.

Rasch schaue ich wieder fort.

»Okay«, sage ich knapp zu Anke und ziehe sie so nah zu mir heran, dass wir uns berühren.

Anke zieht überrascht die Luft ein.

»Holla!«, macht sie dann und sieht mich mit einer Mischung

aus Erstaunen und Bewunderung an. »Mit so was hab ich bei dir ja gar nicht gerechnet, Tiffy!«

»Bild dir bloß nichts ein«, warne ich sie. »Oben musst du dich zurückbeugen. Nein, nicht so weit. Du musst doch noch das Gleichgewicht halten können. Ja, so ist es gut. Bleib unten an mir dran. Dreh den Kopf nach links. Links ist dein Tanzbereich.«

»Bleib unten an mir dran«, wiederholt Anke ehrfürchtig, während sie den Hals nach links verrenkt. »Also, ehrlich, keine, die dich kennt, würde vermuten, dass du in aller Öffentlichkeit so was von dir gibst.«

»Ich geb gleich noch was ganz anderes von mir, wenn du nicht sofort den notwendigen Ernst an den Tag legst«, murre ich.

Zu ihrem Glück startet in diesem Moment die Musik, und ich lege sofort los. Wir kommen allerdings nur bis zur zweiten Drehung, dann setzt Anke einen Fuß falsch und wir sind raus. Beim zweiten Anlauf passiert genau dasselbe.

»Du versuchst zu führen«, weise ich sie dezent auf den Grund unseres Stolperns hin.

»Tu ich nicht«, trotzt sie.

»Dann tu es jetzt noch viel mehr nicht. Dann klappt es auch«, rate ich, und wir probieren es noch mal.

Diesmal klappt es, weil ich an der entsprechenden Stelle sage: »Nein, andere Richtung. So wie ich will.«

Anke räuspert sich laut. Als sie aber merkt, dass es so viel besser funktioniert, meckert sie nicht weiter rum, sondern lässt sich tatsächlich von mir führen.

»Hey«, macht sie schließlich, als die Musik verklingt. »Das war cool mit dir!«

»Danke«, grinse ich.

»Bitte wieder eine Dame weitergehen«, verordnet uns Mona.

Ein Tanzpaar weiter stehen Natascha und Heike. Ich gehe zu

ihnen und klatsche ab. Heike hat einen hochroten Kopf. Ich werfe Natascha noch einen raschen Blick zu. Na, geht da was? Heike hat keine Probleme damit, geführt zu werden. Wir harmonieren direkt sehr gut, und es macht wirklich Spaß mit ihr. Dennoch ertappe ich mich immer wieder dabei, wie ich zu Juliane und ihrer jeweiligen Partnerin hinübersehe.

Mit den anderen scheint sie eine Menge Spaß zu haben. Als sie mit Kati tanzt, scheint sie sogar einen Scherz zu machen, denn Kati lacht einmal laut auf. Und ich höre nicht ein einziges Mal, dass sie sich dafür entschuldigt, wenn die andere ihr auf den Fuß tritt. Ihre super Laune verfliegt aber in dem Augenblick, in dem Mona uns auffordert, zu unserer eigenen Tanzpartnerin zurückzukehren und wir uns wieder in unseren gemeinsamen Schritt finden. Sofort ist Juliane wieder ernst und verschlossen. Nicht das winzigste Lächeln.

»Hattest du keinen guten Tag?«, erkundige ich mich schließlich vorsichtig.

Juliane behält den Kopf brav links, schafft es aber trotzdem, mich irgendwie aus dem Augenwinkel anzusehen. Und zwar auf eine Art und Weise, die meinem Magen einen Faustschlag versetzt.

»Der Tag war prima, danke«, sagt sie. Ich will schon ungläubig, aber höflich nicken, da setzt sie hinzu: »Bis zu dem Zeitpunkt, als ich vorhin hierherkam und erfahren habe, dass du beim Turnier mit einer anderen Tanzpartnerin antreten willst.«

»Äh …«, mache ich. Nein, wirklich, Tonis Talent, auf überraschende Aussagen etwas Witziges zu erwidern, besitze ich wirklich nicht.

»Die offene Klasse ist nicht einfach«, fährt Juliane streng fort. »Ich hätte dir nie und nimmer dazu geraten, wenn du mich gefragt hättest.«

»Aber ich …«, beginne ich.

»Ich weiß, du hast mich nicht gefragt. Ich hab's kapiert«, unterbricht sie mich rüde.

»Moment!«, sage ich und bleibe stehen. Wir taumeln kurz, denn schließlich waren wir gerade im vollen Schwung einer Rechtsdrehung.

Michaela und Heike, die dicht hinter uns getanzt haben, müssen in einem waghalsigen Manöver ausweichen und setzen ihren Weg kichernd fort.

»Moment!«, sage ich noch mal, etwas weniger laut, aber mit ebenso viel Nachdruck. »Ich weiß zwar nicht, woher du diese Info hast ... vielleicht bist du auch Abonnentin bei dieser Klatsch-Mafia ...«

»Bitte?«

Ich winke ab. »Also, ich weiß nicht, welches Vögelchen dir das gezwitschert hat. Aber Tatsache ist, dass ich mich noch gar nicht entschieden habe, ob ich überhaupt am Turnier teilnehme. In der Anfängerinnenklasse kann ich schließlich nicht starten, weil ich keine Anfängerin als Partnerin habe ...«

»Richtig.«

»Aber ob ich in der Offenen Klasse antrete, hab ich auch noch nicht klar. Ich wurde lediglich darauf hingewiesen, dass diese Möglichkeit besteht. Mehr nicht. Fertig.«

Ich fasse ihre Hand etwas fester, lausche kurz auf die Musik und finde sofort den Takt. Wir walzen weiter.

Juliane wendet den Kopf zu mir: »Du tanzt also nicht mit Ricarda?«

»Bisher noch nicht«, erwidere ich knapp.

»Aber wieso geht denn hier schon das Gerücht um, dass ...?«

»Was weiß ich. Vielleicht, weil sie dich letzte Woche als meine Geführte vertreten hat? Mich wundert sowieso, dass hier alle alles zu wissen scheinen. Kaum verzählt sich eine beim Takt, weiß das gleich die ganze Tanzschule«, ereifere ich mich.

»Bleib in deinem Tanzbereich«, sagt Juliane.

»Ach, scheiß Tanzbereich«, brumme ich, rücke aber wieder rüber.

Als ich ihr einen Blick zuwerfe, sehe ich, dass sie verstohlen grinst. Aus irgendeinem Grund scheint es sie zu freuen, dass ich mich noch nicht entschieden habe, tatsächlich mit Ricarda am Turnier teilzunehmen. Wahrscheinlich, weil die beiden sich nach dieser Geschichte damals spinnefeind sind, und sie es einfach zum Kotzen findet, wenn Ricarda mit ihrer wöchentlichen Tanzpartnerin antritt, denke ich. Aber ganz vielleicht ja auch, sagt eine andere, etwas piepsige Stimme in mir, ganz vielleicht möchte sie ja selbst mit dir tanzen, Tiffy. Pfui, hör sofort auf, so was zu denken!, sage ich mir selbst. Schließlich werde ich doch nicht allen Ernstes in Betracht ziehen, Julianes wahren Charakter außer Acht zu lassen und allen gebrochenen Herzen zum Trotz mit ihr beim Turnier anzutreten?

Wieso eigentlich nicht?

Ich meine, will ich etwa über sie und das, was damals passiert ist, richten? Jede hat doch in ihrem Leben irgendwann mal Unsinn gemacht. Und schließlich will ich sie ja nicht heiraten oder mich sonst wie privat an sie binden. Ich würde ja nur mit ihr tanzen. Auf einem einzigen, verschwindend kleinen Turnier.

Ich sollte wirklich mit dem Denken aufhören!

»Weißt du was?«, sage ich da.

»Hm?«, macht Juliane.

»Ich habe gar keine Narbe.«

»Wie?« Sie sieht mich rasch an. Wieso muss sie nur so verstörend honigfarbene Augen haben?

»Mein Blinddarm«, erkläre ich. »Ich bin nicht operiert. Ich hab ihn noch.«

»Ich auch«, antwortet sie verwirrt. »Na und?«

Na und. Das sagt sich so leicht.

»Mona sagt doch immer, wir sollen Blinddarmnarbe an Blinddarmnarbe tanzen …«, argumentiere ich.

Juliane wendet ihr Gesicht komplett mir zu und schaut mich für einen Moment verblüfft an. Dann lacht sie. Ja, wirklich. Sie legt den Kopf in den Nacken und lacht laut heraus. Ein paar von den anderen schauen verdutzt herüber. Mona lächelt überrascht. Ich bin so überrumpelt, dass ich direkt den nächsten Schritt vergesse, wir uns verstolpern und abbrechen müssen.

»Nein, wirklich«, gluckst Juliane, während sie ihre Hand erneut auf meine Schulter legt und ich ihre andere ergreife. »Du bist wirklich eine Sensation.«

Verflucht.

Ich weiß genau, dass ich bis zur nächsten Tanzstunde an genau diesen Satz denken werde. Und mich fragen werde, was sie damit wohl gemeint hat.

9

»Es wird dein ganzes Leben verändern, wenn du es zulässt. Du wirst anders gehen, du wirst anders sprechen, du wirst Menschen neu begegnen. Lass es einfach zu!«
(Paranoid Feet)

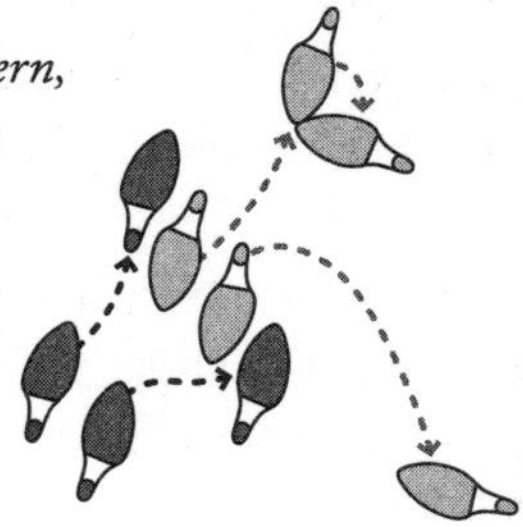

Dienstage sind stinklangweilig.

Montags kann man wenigstens noch über den Wochenbeginn stöhnen, sich mit Arbeitskollegen über die Aktivitäten am vergangenen Wochenende austauschen, von neuen Kinofilmen erfahren, über Erlebnisse auf Partys berichten. Aber Dienstage sind nicht Fisch, nicht Fleisch. Sogar die aufwühlendsten Samstag- und Sonntagmomente sind durch die angebrochene Arbeitswoche bereits verwässert und verschwimmen in der Erinnerung zu einem Einheitsbrei. Die nächste freie Zwei-Tage-Insel ist aber noch längst nicht in Sicht. Wir befinden uns also mittendrin im Alltag, ohne Aussicht auf Erlösung. Das ist der Grund, warum ich dienstags nach der Arbeit oft im örtlichen DVD-Verleih strande. Heute ist es wieder so weit.

Toni hat eine Verabredung mit einer ihrer Exen. Und jemand anderen als Toni will ich nicht sehen. Ich bin nämlich schlecht gelaunt. Nicht nur, weil Dienstag ist, sondern auch weil ich mittlerweile nicht mehr weiß, was ich von mir selbst halten soll. Von mir selbst und einer gewissen anderen Dame.

Nachdem Juliane mich in der letzten Tanzstunde eine ›Sensation‹ nannte, hatte ich eigentlich geglaubt, das Eis sei endgültig gebrochen. Doch im weiteren Verlauf der Stunde war sie dann einfach wie immer. Zwar schwieg sie nicht schlecht gelaunt und verstockt, sie erging sich aber auch nicht in charmantem Geplauder. Wir sprachen ab und zu über so Belangloses wie Tanzschritte oder Drehungen. Wir haben einander bei der allgemeinen Verabschiedung »Tschüss, bis nächsten Sonntag« gesagt. Und dann war sie fort.

Aus den Augen, aus dem Sinn. Sollte man meinen. Doch gerade hat sich die grinsende Toni auf dem Parkplatz unserer Firma mit den folgenden Worten von mir verabschiedet: »Was immer dich die beiden letzten Tage beschäftigt hat, ich hoffe, du wirst auch heute Abend jede Menge Spaß damit haben.«

Das hat mich wachgerüttelt.

Zumindest so weit, dass ich wild entschlossen zum DVD-Verleih gestapft bin, um mir etwas Passendes für den Abend auszusuchen. Etwas Passendes wäre zum Beispiel eine schöne, leidenschaftliche Liebesgeschichte. Der letzte Film mit Kate Winslet wäre genau richtig. Ich hab ihn zwar schon dreimal gesehen, aber ich finde, ein viertes Mal kann nicht schaden. Ich könnte ihn auf Englisch gucken. Das würde eine leichte Variation bedeuten.

Daniel, der heute hinter der Ausgabe steht, winkt mir lässig zu, als ich hereinkomme. Wir kennen uns, seit er vor etwa einem Jahr hier angefangen hat. In seiner ersten Samstagabend-Stoßzeit fiel der Computer aus, und Daniel wäre rettungslos verloren gewesen, hätte ich nicht die Stellung gehalten und ihm beigestanden bei der wilden Hetzjagd kreuz und quer durch den riesigen Laden, auf der Suche nach diversen, von Kunden dringend gewünschten Filmen. Seitdem hebt er mir Neuheiten auf, wenn sie in mein Beuteschema passen. Aber dass ich es heute wieder auf diesen gewissen Film abgesehen habe, hat er nicht wissen können. Am entsprechenden Regal muss ich feststellen, dass alle Exemplare verliehen sind.

Ich seufze.

»Was denn?«, ruft Daniel mir von der Theke beflissen zu. Dabei ist ihm egal, dass die meisten der schätzungsweise zwanzig Kunden, die über den Laden verteilt sind, sich zu ihm umdrehen und anschließend mich mustern.

»Ist schon weg«, gebe ich rasch zurück. »Ich such mir was anderes aus.«

»Was ist mit dem hier?« Daniel deutet auf den neuen Pappaufsteller, der vorn neben der Theke steht.

»He, zu mir haben Sie gerade gesagt, die sind alle raus«, mischt sich eine junge Frau mit Ich-bin-Dressurreiterin-Pferdeschwanz ein.

Daniel starrt sie einen Moment lang an, als trage sie einen Taucheranzug. Dann beschließt er offenbar, sie zu ignorieren und hakt nach: »Was ist also mit dem?«

Um nicht noch mehr Aufsehen zu erregen, gehe ich zu ihm hinüber und raune ihm zu: »Ich glaube, der ist zu yuppy-mäßig für mich.«

Daniel lacht laut auf. »Zu yuppy-mäßig? Na gut, wenn du meinst.« Er greift für den nächsten Kunden nach zwei Hüllen im Regal und ruft zum Pferdeschwanz hinüber: »Ist grad einer reingekommen von dem Yuppy-Film. Wollen Sie ihn mitnehmen?«

Ich verdünnisiere mich lieber.

Das Klassiker-Regal um die Ecke sieht noch nicht so geplündert aus. Hier werde ich bestimmt fündig. *Chinatown.* Ach nee, zu bedrückend. *Im Rausch der Tiefe.* Ist mir heute zu blau. *Die Waffen der Frauen.* Nein, in dieser Stimmung ertrage ich die Achtzigerjahre-Frisuren nicht. *Sinn und Sinnlichkeit.* Oh, meine Kate … Gerade rechtzeitig vorm Zugreifen fällt mir ein, dass ich die DVD selbst in meiner Sammlung habe. Ich ziehe die Hand wieder zurück. Direkt daneben steht *Grüne Tomaten …*

»Alle finden immer die Dunkelhaarige am tollsten. Ich mag die Blonde lieber«, sagt da eine Stimme direkt hinter mir.

Ich fahre zusammen.

»Entschuldige«, sagt Juliane und sieht nach diesem ausgesprochen wagemutigen Start direkt schon wieder verzagt aus. Ich starre sie einen Moment lang an.

»Du magst Mary Stuart Masterson lieber?«, frage ich dann. »Warum?«

Juliane hebt die Schultern. »Keine Ahnung. Ich ... ich denke, sie ist in dieser Rolle irgendwie aktiver. Sie handelt, wenn es sein muss. Würde sich nie von jemandem fertigmachen lassen. Das find ich ... bewundernswert.«

Es ist das erste Mal, dass Juliane etwas zu mir sagt, das nichts mit Tanzen zu tun hat. Etwas Ernsthaftes und Ehrliches, das spannend klingt und auf das ich eine Menge interessanter Sätze erwidern könnte.

Und was sage ich?

»Aber Mary-Louise Parker ist viel schöner.«

Juliane gibt ein Geräusch von sich, das wie ein verirrtes Räuspern klingt und wendet sich rasch dem Regal zu.

»Ich meine, hast du ihre Augen mal genauer angesehen?«, lege ich nach und halte ihr die DVD-Hülle hin. »Sie hat absolut strahlend braune Augen, in denen so ein gewisser Schalk blitzt, trotz der natürlichen Anmut, die sie besitzt. Sie ist elegant, ohne dass man sagen könnte, woran das festzumachen ist. Ganz zu schweigen von ihrer Art zu lächeln. Hast du mal auf ihr Lächeln geachtet? Besonders das, das sie ihrer Freundin Idgie schenkt? Sie ist so warmherzig, so liebevoll, so sexy, so ...«

Mein Handy klingelt.

Da ich nicht anders bin als alle anderen Bekloppten, die sich mittlerweile völlig abhängig von diesen strahlenabsondernden, krebserregenden Nervtötern gemacht haben, greife ich in meine Jackentasche und hole es raus.

Noch während ich die Annahmetaste drücke, lese ich den Namen der eingespeicherten Nummer.

»Hallo, Mama«, sage ich daher und stelle fest, dass es um Julianes Augenwinkel verdächtig zuckt.

»Hallo, Schatz, wo erwische ich dich?«, schallt die Stimme meiner Mutter aus dem Hörer.

»Ehm … ich …«, stammele ich. Doch meine Mutter fährt mit ihrem üblichen Temperament fort: »Ich dachte grad ganz intensiv an dich. Ruf mal an, dachte ich. Schließlich hab ich doch so feine Antennen, was euch Kinder angeht. Vielleicht ist ja was.«

»Hm«, mache ich und grinse Juliane verlegen an, die sich bemüht, ausschließlich die Filmcover vor uns im Regal anzuschauen. Sie bekommt aber trotzdem mit, dass ich sie ansehe, wendet den Kopf und lächelt mitfühlend. Meine Nervenenden beginnen wieder mit dieser Zittergeschichte.

»Was heißt ›hm‹?«, will meine Mutter beunruhigt wissen. »Heißt das, es ist wirklich was?«

»Ich schau dann mal weiter«, murmelt Juliane und nickt mir zu.

»Aber das dauert bestimmt nicht lange …«, sage ich zu ihr, während sie sich bereits umwenden will, und dann in den Hörer: »Mama, kann ich dich später zurückrufen? Ich bin grad unterwegs und …«

»Natürlich, Schätzchen«, flötet meine Mutter, plötzlich sehr aufgeräumt. »Hab schon kapiert. Viel Spaß dann noch!«, und schon legt sie auf.

Ich klappe mein Handy zu und sage: »Meine Mutter.«

Juliane nickt.

»Wir haben ein wirklich gutes Verhältnis«, erkläre ich ihr, obwohl sie nicht gefragt hat. »Das Vertrackte daran ist, dass sie sich einbildet, unheimlich feine Antennen zu haben, was mich und meine Brüder angeht, dass sie spürt, wenn irgendwas mit uns ist oder so. Sie kann dann manchmal ein bisschen nervig sein. Ist aber lieb gemeint.«

Wieder nickt Juliane.

»Du hast mehrere Brüder?«, fragt sie dann.

»Zwei. Beide jünger als ich«, antworte ich.

»Toll«, sagt Juliane mit schief gelegtem Kopf. »Ich wollte immer jüngere Geschwister haben. Hab ich mir schön vorgestellt.«

»Du warst allein?«

Sie nickt.

Und jetzt erst fällt mir auf, dass sie die ganze Zeit ein wenig schräg vor mir steht. Der Eindruck entsteht, weil sie in ihrer rechten Hand eine DVD-Hülle hält, die sie offenbar vor mir zu verbergen versucht.

»Was hast du da?«, frage ich, beuge mich vor und versuche, auf das Cover zu spähen.

»Oh, nichts Besonderes … irgend so ein Schinken halt«, erwidert sie rasch und lässt die Hülle endgültig hinter ihrem Rücken verschwinden. Trotzdem erhasche ich einen kurzen Blick.

Unfassbar! Wenn mich nicht alles täuscht, ist das genau der Film mit Kate Winslet, den ich selbst heute gern sehen wollte! Oh, mein Gott! Was ist, wenn sie Kate auch so toll findet wie ich? Wir könnten uns zusammen all ihre Filme ansehen und bei Titanic Leonardos Rolle mitsprechen …

Tiffy! Laaaangsaaaam!

»Tja, dann …«, sagt Juliane genau in dem Moment, in dem die Vision von uns beiden vor meinem riesigen Flachbildschirm in meinem Kopf Gestalt anzunehmen beginnt. Sie hebt die freie Hand, nickt höflich und wendet sich um.

»Tja, bis dann«, bringe ich noch schnell heraus.

Ich bleibe am Klassiker-Regal kleben. Doch während ich

stumpf auf die DVDs vor mir starre, beobachte ich, wie Juliane weiterschlendert und sogar, igitt, einen Abstecher zu den Actionfilmen macht. Ich versuche zu erkennen, welche Filme sie zur näheren Betrachtung in die Hand nimmt. Und nachdem ich anfangs sehr vorsichtig bin, kapiere ich nach ein paar Minuten, dass Juliane nicht ein einziges Mal zu mir herüberschaut. Deswegen muss ich gar nicht aufpassen, beim Beobachten ertappt zu werden. Also glotze ich unentwegt zu ihr hinüber. Und deswegen sehe ich Jörg Bromhöfer erst, als er direkt vor mir steht.

»Ja, Stefanie, so eine Überraschung«, sagt er und drückt sein Kreuz durch, dass ich für einen Augenblick befürchte, das Lineal kommt gleich oben wieder heraus.

»Hi, Jörg«, erwidere ich angemessen freundlich. Vielleicht ein wenig lauter als notwendig. Doch Juliane sieht trotzdem nicht herüber.

»Du willst dir also auch ein bisschen was zum Entspannen mit nach Hause nehmen?« Jörgs sonore Stimme passt zu seinem Äußeren. Er ist groß, kräftig und auf eine kantige Art und Weise gut aussehend. Wenn man auf kantige Arten und Weisen steht. Ein paar meiner Kolleginnen jedenfalls recken regelmäßig die dünnen Hälse, wenn er vorbeistolziert. »*Grüne Tomaten.* Wow. Ein Wahnsinnsfilm. Gute Wahl. Aber bestimmt kennst du ihn schon?«

Ich blicke verwirrt auf die DVD-Hülle in meiner Hand. Und dann wieder in Jörgs blaue, vor Begeisterung strahlende Augen.

»Ja. Hab ihn schon ein paarmal gesehen«, erwidere ich und kann es nicht lassen, verwundert hinzuzusetzen: »Du etwa auch?«

Jörg lacht leise. »Ich weiß, ich weiß. Alle sagen, das ist ein Frauenfilm und so. Aber was soll ich sagen? Ich find ihn richtig gut. Offenbar versteh ich Frauen besser als andere Männer.«

Von drei Regalen weiter dringt ein spontanes Husten zu uns durch. Doch als ich hinschaue, betrachtet Juliane gerade interessiert ein Cover, auf dem Jean-Claude Van Damme prangt. Offenbar hat sie sich bei diesem Sauwetter erkältet.

»Und welche der beiden Frauen gefällt dir besser in dem Film?«, höre ich mich zu meinem eigenen Entsetzen fragen. Jörg ist mein Chef. Der Abteilungsleiter, der etwa zwanzig Mitarbeiter führt. Und ich habe noch nie mitbekommen, dass er sich mit einem von ihnen über seine Vorliebe bei Frauen unterhalten hätte.

Auch Jörg scheint über meine Frage für einen Moment verblüfft zu sein, denn er fährt sich mit hochgezogenen Brauen erst einmal durchs gut geschnittene Haar.

Doch dann lächelt er: »Die Blonde natürlich.«

Wieso muss er dazu noch seinen Blick derart auffällig über meine eigenen blonden Haare streifen lassen? Ich tippe mit der DVD-Hülle gegen das Regal.

»Also möchtest du den Film heute Abend gern sehen?«, frage ich.

Jörg stutzt. Doch als ich ihm die Hülle hinhalte, hebt er die Hände.

»Nein, nein, Ladys first. Nimm du ihn ruhig.«

Ich deute einen kleinen Knicks an, grinse und schlendere zur Theke hinüber, vor der sich eine kleine Schlange gebildet hat. Juliane ist nirgends zu sehen. Und ich wage es nicht, mich offensiver umzusehen, aus Angst, noch einmal Jörgs Blick zu begegnen. Doch davor muss ich auch gar keine Angst haben, denn als ich nur noch eine junge Frau an der Ausleihe vor mir habe, räuspert sich der kratzige Bariton direkt neben mir.

»Ehm, Stefanie, möglicherweise habe ich dich gerade ja missverstanden? War das etwa der Vorschlag, dass wir den Film zusammen gucken? Ich meine, du hast gefragt, ob ich ihn heute Abend sehen möchte. Und ich würde ihn natürlich sehr gerne noch mal sehen. Wär doch lustig, wenn wir ihn zusammen gucken.«

Oh Hilfe! Wo ist Toni? Ihre schlagfertige Zunge? Ihre Frechheit? Ihre Abteilungsleiter-Verachtung? Ich starre Jörg nur sprachlos an und blinzele ein paarmal.

Jörg, der meine Fassungslosigkeit bestimmt bemerkt, setzt rasch hinzu: »Oder gibt es irgendetwas gegen einen gemeinsamen DVD-Abend einzuwenden? Du hast doch keine Bedenken, weil wir … Kollegen sind, oder?«

»Nein, natürlich nicht«, beeile ich mich zu sagen.

»Tiffy?«, meldet sich hinter der Ausleihe Daniel und streckt die Hand nach dem Film aus.

Ich blicke mit offenem Mund zwischen ihm und dem wartenden Jörg hin und her.

»Der hier kommt noch dazu«, ertönt da plötzlich eine weitere Stimme schräg hinter mir. Ich wende mich um. Juliane sieht mich nicht an, sondern schiebt Daniel die Hülle des Kate-Films hin.

»Beides auf dein Konto?«, erkundigt sich Daniel skeptisch bei mir und mustert sowohl Juliane als auch Jörg eingehend.

Ich nicke stumm.

Juliane stützt sich auf die Theke und sieht mich auffordernd an.

»Oh … Juliane, das hier ist Jörg Bromhöfer, mein Abteilungsleiter«, sage ich hölzern und deute auf Jörg, der wie versteinert neben mir steht. »Jörg, das ist Juliane. Meine …« Ich sehe sie hilflos an.

»Tanzpartnerin«, vollendet Juliane und gibt Jörg förmlich die Hand. »Wie schön, wenn man sich auch mal in der Freizeit trifft, oder?«

»Tja, unverhofft kommt oft«, erwidert Jörg steif und blickt zwischen Juliane und mir hin und her. »Ich wusste gar nicht, dass du tanzt«, setzt er misstrauisch hinzu.

»Ach, in Arbeitszusammenhängen erfährt man ja oft die banalsten Dinge über den anderen nicht«, antwortet Juliane ihm, bevor sich in meinem Hirn auch nur ein Gedanke regen kann. Jörg nickt nachdenklich und mustert mich so unauffällig, dass es sogar Daniel auffällt, der sich mit den DVDs nähert und sich dabei eins grinst.

Jörg hebt die Brauen.

»Also, das mit heute Abend …?«, beginnt er und lässt die Frage über der Ausleihtheke schweben. Ich sehe Juliane an, die die Filme entgegennimmt.

Sie zuckt lässig die Achseln und wendet sich an Jörg: »Mir macht das nichts aus. Sie können ruhig noch dazukommen. Wir können unser geplantes Frauengespräch dann ja ein anderes Mal führen. Tiffy hat ja nicht ständig die Gelegenheit, ihren Chef ein bisschen besser kennenzulernen.«

Jörgs Augen werden für eine Sekunde schmaler. Doch dann entscheidet er sich offenbar zu geordnetem Rückzug und Bewahren der Haltung.

»Unsinn«, sagt er jovial, während wir dem Nächsten in der Schlange Platz machen. »Ich wusste ja nicht, dass ein Frauenabend geplant war. Da würde ich doch nur stören. Dann wünsche ich einfach viel Spaß mit den Filmen. Bis morgen, Stefanie.«

»Bis morgen«, erwidere ich lahm.

Juliane nickt ihm freundlich zu und geht mir voran zum Ausgang. Während ich ihr folge, kann ich Jörgs Blick im Rücken spüren. Juliane und ich treten auf die Straße und bleiben dort nebeneinander stehen. Sie schaut mich nicht an, sondern auf die DVD in ihrer Hand.

»Das war knapp«, sage ich leise. »Danke.«

»Keine Ursache«, antwortet Juliane und will mir meine *Grüne Tomaten* geben. Doch ich schüttele den Kopf.

»Er steht da vorn am Schaufenster und beobachtet uns.«

Juliane schüttelt ihre duftigen, bestimmt herrlich weichen Haare und verschafft sich dabei unauffällig einen Überblick.

»Du hast recht«, murmelt sie dann.

Wir schauen beide auf die andere Straßenseite, wo sich etliche Cafés aneinanderreihen.

»Wir könnten …?« Ich deute hinüber.

»Okay.« Sie geht los und steuert das erstbeste Café an. Von dort können wir ganz sicher auch beobachten, wann Jörg den DVD-Verleih wieder verlässt.

Juliane bleibt direkt hinter der Eingangstür des Cafés unschlüssig stehen und schaut sich zu mir um. Offenbar hat sie mit ihrer coolen Aktion gerade all ihre aktiven Ressourcen verbraucht. Ich wähle einen Tisch an der Fensterfront und bestelle bei der herbeieilenden Bedienung einen Milchkaffee. Juliane schließt sich dem an.

Und jetzt?

»Ich weiß gar nicht, was ich sagen soll«, gebe ich verlegen zu. »Das war supernett von dir gerade. Was hätte ich wohl gemacht, wenn du nicht …?«

»Vermutlich hättest du dir die nächsten Tage auf der Arbeit anhören müssen, dass du deinen Chef zu dir nach Hause eingeladen hast«, erwidert Juliane trocken und greift zur Speisekarte.

Ich schlucke. »Vermutlich hast du recht.«

»Tja …«, macht sie. Was genauso klingt wie: ›Hab ich immer‹.

Eine Weile sagt keine von uns etwas. Juliane sieht hinaus auf die Straße. Ich tue es ihr gleich, überlege aber krampfhaft, welches Thema für ein Gespräch unter diesen Umständen angebracht wäre. Mein Hirn ist eine verdörrte Wüste.

»Was für eine Abteilung ist das?«, fragt Juliane dann plötzlich.

Will sie etwa wissen, was ich arbeite?

Erleichtert darüber, irgendetwas sagen zu können, gebe ich bereitwillig Auskunft. »Ich arbeite bei Ruhr-Systems im Client Support, falls dir das was sagt? Da bin ich für die Benutzerbetreuung von unseren Systemen verantwortlich. Wäre wahrscheinlich jetzt ein bisschen aufwendig, zu erklären, worum es da geht. Ich hab Fachinformatik studiert, aber dann hab ich diese Stelle gefunden und fand es ganz interessant.«

Juliane nickt langsam und wirft einen Blick hinüber zur Tür des DVD-Verleihs.

Ich muss schlucken. Denn schließlich ist es dasselbe, als würde sie betont unauffällig auf die Armbanduhr blicken. Beides beinhaltet nichts anderes als die Frage: ›Wie lange muss ich hier noch ausharren?‹

Da sie offenbar nicht vorhat, noch etwas zu sagen, fahre ich fort: »Ich hab viele unterschiedliche Aufgaben. Natürlich gibt es auch Routine. Aber dagegen habe ich eigentlich gar nichts. Ich mag es sogar ganz gern. Dabei muss man nicht nachdenken. Aber es gibt auch eine Menge Sachen, die wirklich Spaß machen. Auch wenn es vielleicht nicht nach einem wahnsinnig spannenden Job klingt, ich mache ihn gern.«

Juliane verzieht ihre Lippen zu einem kleinen Lächeln. »Schön«, sagt sie schlicht.

Ist das die Frau, die mich gerade durch einen verbal phänomenalen Einsatz vor einem todlangweiligen und wahrscheinlich grottenpeinlichen Date mit meinem Abteilungsleiter und seinem Lineal bewahrt hat?

»Und du?«, frage ich rasch. »Was arbeitest du?«

Juliane rutscht auf ihrem Stuhl herum, als sei ihr das Thema unangenehm. »Texterin in einer kleinen Werbefirma, die für Touristikunternehmen Kataloge und Prospekte herstellt.«

»Wow!«, staune ich. »Du bist in der Werbebranche!«

Doch Juliane winkt ab. »Das ist nichts Besonderes. Ich sitze halt da und denke mir nette Sprüche aus. Das ist alles.«

»Wie, das ist alles? Stelle ich mir extrem schwer vor, so mit Sätzen zu jonglieren. Da ist doch jedes Wort wichtig, oder? Sprache ist doch etwas enorm Kompliziertes. Schon ein einziger vertauschter Buchstabe kann doch so viele falsche Assoziationen auslösen. Das ist kreative Arbeit. Wahnsinn!«, begeistere ich mich.

Doch Juliane schüttelt abwehrend den Kopf. »Das kann jede, die sich ein bisschen mit der Reise, dem Land, dem Hotel beschäftigt. Die Texte müssen einfach nur kurz und knackig sein, ausdrücken, was man von dem Produkt erwartet.«

»Klingt toll«, bekräftige ich noch mal.

»Vielleicht für eine, die jeden Tag nur mit Zahlen auf Bildschirmen herumrechnet«, erwidert Juliane. Das saß.

Unsere Bedienung kommt und stellt die Milchkaffees vor uns ab.

»Können wir direkt zahlen?«, bittet Juliane und kramt in ihrer Jackentasche.

Ich strecke die Hand aus. »Ich lad dich ein! Schließlich sitzt du meinetwegen hier.«

Als die beiden Kaffees bezahlt sind und die Bedienung wieder davoneilt, sagt Juliane, ohne mich anzusehen: »Danke.«

Und ehe ich noch darüber nachdenken kann, ist mir schon herausgerutscht: »Wieso bist du eigentlich so unfreundlich zu mir?«

Ich weiß nicht, ob ich das hätte netter sagen können. Auf eine Art und Weise, die sie nicht dazu veranlasst hätte, mich so betroffen anzustarren.

»Ich hab doch Danke gesagt«, sagt sie mit heiserer Stimme.

»Das meine ich nicht«, schnaube ich. »Ich meine alles andere. Kann ja sein, dass du mich einfach nicht magst. Wieso sonst solltest du dich mir gegenüber derart einsilbig, kaltschnäuzig und manchmal sogar unhöflich verhalten? Du kannst ja auch anders, wie ich selbst sehe. Wenn du mal mit einer anderen tanzt, bist du witzig und locker und quatscht mit ihnen. Nur wenn wir zusammen sind, bist du so furchtbar … ach, ich weiß nicht wie. Also muss es doch an mir liegen, oder? Aber wieso sagst du mir gleichzeitig, ich sei eine ›Sensation‹, oder rettest mich vor Jörg Bromhöfer. Also, was ist der Grund?«

Juliane richtet den Blick aus ihren bernsteinfarbenen Augen auf mich, und darin sehe ich etwas, das mir durch Mark und Bein geht.

»Ich bin doch gar nicht …«, beginnt sie schließlich. Doch ihre Stimme wird immer leiser und bricht schließlich. Sie schaut betreten auf den Keks in ihrer Hand. Wieso komme ich mir eigentlich jetzt so vor, als hätte ich sie absichtlich in eine tiefe matschige Pfütze geschubst?

Ich knabbere an meiner Unterlippe, damit ich nicht aus Versehen noch mehr von mir gebe. Zum Beispiel, dass die sanfte Welle, mit der ihr Haar ihr ins Gesicht fällt, mich rasend macht. Weil ich dringend die Hand heben und es vorsichtig zurückstreichen will. Dass mir komplett egal ist, was vor zwei Jahren mit Ricarda und deren Freundin passiert ist. Vorsichtshalber setze ich mich auf meine rechte Hand, die Juliane am nächsten ist, damit sie sich nicht selbstständig machen kann. Juliane braucht offenbar ein paar Minuten, bis sie sich von meiner Attacke erholt hat. Dann schaut sie mich mit gesenktem Kopf von unten herauf an.

»Ich benehm mich dir gegenüber wirklich schrecklich, oder?«, murmelt sie. Weil ich nicht lügen will, ziehe ich nur eine lustige Grimasse. Sie schüttet Zucker in ihren Milchkaffee, rührt aber nicht um. Und plötzlich geht ein Ruck durch ihren Körper.

»Als ich vor zwei Jahren hierherkam, war die Tanzschule für mich sehr wichtig. Ich bin nicht so ein Partytyp, weißt du. Ich bin … lach jetzt aber nicht … ich bin eher ein bisschen zurückhaltend.«

Da wäre ich ja nie draufgekommen.

In den Tanzstunden spricht sie kaum. Und seit wir hier sitzen, hat sie nur ungefähr zwei Mal in mein Gesicht geschaut. Doch ich verkneife mir einen entsprechenden Kommentar. Um sie nach diesem Geständnis nicht zu verschrecken, nicke ich nur verständnisvoll.

Juliane fährt stockend fort: »Tja, durch die Tanzschule habe ich nach dem Umzug hierher neue Leute kennengelernt. Frauen. Das war eine gute Lösung für mich. Denn sonst wäre ich vor lauter Einsamkeit bestimmt irgendwie verrückt geworden.«

Dass ihre Stimme an dieser Stelle ein bisschen kieksig klingt, ist schon schlimm genug. Aber daran, wie sie dann Luft holt, kann ich noch viel deutlicher erkennen, wie schwer es ihr fällt, mir das alles zu erzählen.

»Leider ist da etwas schiefgelaufen. Mit einer Frau, die ich beim Tanzen kennengelernt habe.« Juliane bricht ab. Schaut nachdenklich in ihre Tasse und nickt. »Ja, ziemlich schief, kann man wohl sagen.« Als sie den Kopf hebt und mich vorsichtig anschaut, krampft sich mein Bauch zusammen. Kann sie das schauspielern? Diese Verletzlichkeit? Diesen Zweifel? Am liebsten würde ich rufen: ›Hör auf! Ich weiß das alles doch schon!‹, aber das kommt natürlich nicht infrage. Also starre ich sie wie hypnotisiert an, und sie fährt fort: »Es war grässlich. Und ich wollte schon alles aufgeben. Aber Mona hat mich überredet, nein, überzeugt, sie hat mich überzeugt, zu bleiben. Nur habe ich mir geschworen, dass ich nie wieder …«

Diesmal versiegt ihre Stimme ganz, und auf ihrem Gesicht steht plötzlich so etwas wie Panik.

»… dass du nie wieder …?«, hake ich nach.

Mittlerweile flattert mein Herz wie ein Vogel in Panik, und auf meinen Handflächen breiten sich spontan Sumpflandschaften aus.

Kann es sein, dass sie mir das sagen will, was ich nun vermute, dass sie es sagen will?

»Dass ich nie wieder etwas mit einer aus der Tanzschule anfangen will«, bringt Juliane rasch heraus, greift zu der großen Tasse und verschwindet beinahe komplett dahinter.

Ich stehe wahrscheinlich unter einer Art Schock. Während sie trinkt, die Tasse wieder abstellt, mich kurz scheu ansieht, wieder zum Fenster hinaus und über die Straße schaut, bringe ich kein einziges Wort heraus. Denn wenn ich das alles richtig deute, dann …

»Du bist unfreundlich zu mir, weil du Angst davor hast, dass du sonst etwas mit mir anfangen würdest?«, fasse ich schließlich ungläubig zusammen.

Julianes Kiefer mahlen. Fast sieht es so aus, als müsse sie ein impulsives kleines Lächeln unterdrücken. So eine Art von Lächeln, für das eine lesbische Singlefrau nackt durch einen brennenden Reifen springen würde. In ihrer Wange zeichnet sich ein kleines Grübchen ab, das ich fasziniert betrachte.

»Vielleicht«, sagt sie langsam. »Vielleicht bin ich manchmal etwas merkwürdig, weil ich Angst davor habe, dass du Freundlichkeit missverstehen würdest.«

Ach, so hat sie das gemeint! Sie hat keine Angst vor ihren eigenen Gefühlen, sondern vor meinen! Und ich bin gleich davon ausgegangen, dass sie … Wie peinlich! Ich muss schon wieder schlucken.

»So ein Unsinn!«, sage ich geordnet und tue so, als hätten wir im Grunde das Gleiche gemeint. Obwohl zwischen dem, was ich gesagt habe, und dem, wie sie es ausgedrückt hat, Welten liegen. »Wieso sollte das irgendjemand missverstehen? Alle sind doch freundlich miteinander. So geht man eben miteinander um.«

Juliane lächelt zweifelnd.

»Und außerdem bist du zu den anderen durchaus freundlich. Und gesprächig. Das könntest du bei mir doch auch sein«, schlage ich vor.

»Meinst du?« Juliane grinst schief.

Sie wirkt plötzlich erleichtert. Als sei ihr mit dieser kurzen Klärung eine große Last von der Brust genommen. Ich würde gern irgendetwas Witziges erwidern. Doch offenbar steckt mir der

Schreck noch zu sehr in den Gliedern. Wie konnte ich nur glauben, dass sie mir sagen will, dass sie deswegen so ein Stockfisch ist, weil sie befürchtet, sich sonst in mich zu verlieben? Jetzt muss sie mich für eine komplette Idiotin halten. Auf der Suche nach irgendeiner angemessen fröhlichen Antwort schaue ich hinaus. Und da sehe ich plötzlich zwei vertraut wirkende Gestalten nebeneinander die Straße entlanggehen.

»Na so was«, rutscht es mir raus.

Juliane folgt meinem Blick und runzelt die Stirn.

»Das sind doch Michaela und Heike«, sagt sie.

Ja, das sind tatsächlich die beiden aus unserem Single-Tanzkurs. Nur dass sie so gar nicht wie zwei Singles wirken.

»Offenbar treffen sich noch andere Tanzpartnerinnen heimlich außerhalb des Kurses«, bemerkt Juliane süffisant.

»Aber …«, sage ich und starre zu den beiden hinüber, die gerade am Schaufenster des Esoterikladens stehen bleiben und einträchtig die Auslage betrachten.

»Aber …«, beginne ich noch mal irritiert. »Sie sehen gar nicht aus, als ob sie sich heimlich treffen würden.« Was ich wirklich meine ist: Heike und Michaela sehen nicht so aus, als würden sie sich nur vom sonntäglichen Tanzkurs kennen. Zwar gehen sie nicht Hand in Hand oder fallen sich knutschend in die Arme, aber zwischen ihnen ist irgendetwas, das mich stutzig macht. Ich beobachte sie genauer. Als sie sich schließlich wieder in Bewegung setzen und weitergehen, weiß ich plötzlich, was es ist.

»Sie sehen sich nicht an«, stelle ich verwundert fest. Genau das ist es. Michaela und Heike gehen nebeneinander die Straße entlang wie zwei, die das schon sehr oft getan haben.

Juliane runzelt die Stirn. Auch sie betrachtet das Pärchen da draußen. Dann wendet sie den Kopf und schaut mich an. Ihr intensiver Blick hat jedes Mal in etwa dieselbe Wirkung wie ein Eimer kaltes Wasser ins Gesicht.

»Du hast recht«, sagt sie. »Man würde erwarten, dass sie sich beim Reden ansehen. Dass sie lächeln. Sie wirken sehr … vertraut miteinander.«

»Könnte es sein, dass die beiden sich schon länger kennen? Vielleicht sind sie ja …?«, überlege ich.

Juliane räuspert sich. »Sie haben sich zu einem Single-Tanzkurs angemeldet«, erinnert sie mich.

Ich verrenke mir fast den Hals, bei dem Versuch unseren beiden Tanzkurskolleginnen hinterherzusehen, bis sie um die nächste Ecke verschwunden sind.

»Dann hatten sie zumindest früher mal was miteinander«, mutmaße ich. »So verhält man sich nicht, wenn man sich trifft, um sich näher kennenzulernen.«

»Vielleicht wollen wir das gar nicht wissen?«, grinst Juliane.

»Natürlich wollen wir …«, beginne ich, unterbreche mich aber selbst, als ich ihr Gesicht sehe. »Du machst dich über mich lustig«, stelle ich empört fest.

»So ganz bist du dem Klatsch wohl doch nicht abgeneigt, wie?«, schmunzelt sie.

»Ich klatsche doch nicht!«, sage ich überzeugt. »Ich stelle nur Vermutungen an zu etwas, das …«

Da Julianes Gesicht Bände spricht, erspare ich mir den Rest meiner kümmerlichen Erklärung. Kein Wunder, dass sie so allergisch auf Klatsch reagiert. Bei ihrer Geschichte ginge mir das ebenso. Also nippen wir beide am Milchschaum und schauen hinüber zum Eingang des DVD-Verleihs.

Was, wenn Jörg Bromhöfer den Hinterausgang benutzt? Ich hab zwar noch nie einen gesehen, aber wahrscheinlich gibt es noch einen weiteren Ausgang. Dann säßen wir hier ziemlich lange fest. Ich will gerade fragen, wie viel Zeit sie denn eigentlich hat, als Juliane sich bei ihrer Kaffeetasse erkundigt: »Was glaubt deine Mutter denn, was gerade bei dir abgeht?«

Das nenne ich einen Angriff aus dem Hinterhalt. Damit habe ich gar nicht gerechnet.

»Bitte?«, mache ich deswegen erst mal nur dümmlich.

»Deine Mutter bildet sich doch ein, feine Antennen zu haben, was dich und deine Brüder angeht, hast du vorhin gesagt?«

Dazu kann ich nur nicken.

»Was glaubt sie denn, was gerade bei dir los ist, dass sie dich auf dem Handy anruft?«

In meinem Kopf überschlagen sich die Gedanken und mögliche Formulierungen für eine Antwort.

›Meine Mutter glaubt, dass ich mich verliebt habe. Sie weiß nur noch nicht, in wen. Und als ich sie abgewürgt habe, war sie bestimmt der Meinung, dass ich mit derjenigen welchen unterwegs bin‹, scheint mir nach Julianes Statement von gerade keine kluge Erklärung.

Also hole ich ein bisschen aus und seufze als Erstes dramatisch.

»Stell dir vor, du bist ein kleines Mädchen und wirst von dem Tag an, an dem du laufen gelernt hast, dazu gedrängt zu tanzen«, beginne ich. Juliane zieht verwundert die Brauen hoch. »Natürlich macht es auch Spaß und ist lustig. Zumindest so lange, wie du noch nicht mit pickligen, zwei Jahre älteren Lackaffen Paartanz absolvieren musst.« Beim Stichwort ›picklige Lackaffen‹ verzieht Juliane angemessen das Gesicht. »Aber wenn du dann zwölf bist, willst du lieber Fußballspielen als Tanzen …«

»Was?«, bricht es aus ihr heraus.

»Du sollst es dir ja nur vorstellen«, schränke ich ein. »Es geht auch nicht nur ums Fußballspielen. Du willst eigentlich überhaupt gar nicht mehr mit diesen …«

»Lackaffen?«

»Richtig! Du willst nicht mehr mit denen tanzen müssen. Deine Mutter dreht aber total am Rad, als du ihr sagst, dass du nicht mehr zum Tanztraining gehen willst. Erst als dein Vater sich einmischt, wird die Sache geklärt, und du darfst endlich tun, was du willst und lassen, was du nicht willst«, ende ich.

An Julianes Stelle würde ich wahrscheinlich ähnlich skeptisch dreinschauen.

»Bist du sicher, dass deine Mutter und du ein gutes Verhältnis haben?«, erkundigt sie sich vorsichtig.

Ich grinse schief. »Das muss für dich klingen, als sei sie eine wahre Kinderschänderin, ich weiß. Aber ich kann sie sogar verstehen. Ihre ältere Schwester Elsa, an der sie sehr gehangen hat, war Tänzerin. Sie kam bei einem Autounfall ums Leben, bevor ich geboren wurde. Das muss … wirklich furchtbar gewesen sein. Sie war ja selbst noch so jung. Und irgendwie war Elsa für meine Mutter wohl noch ein Stückchen lebendig, solange ich getanzt habe.«

Juliane blickt nachdenklich auf ihre Hände, die mit dem Löffel spielen.

»Was sagt sie dazu, dass du jetzt wieder einen Tanzkurs machst?« Erstaunlich. Sie hat den Kern der Geschichte sofort erfasst.

»Das ist es ja. Sie weiß es nicht.«

»Oh.«

»Ja.«

Dann löst sie den Blick von ihrem Löffel und sieht mich an. »Offenbar hat dir deine Tante ein bisschen Talent vererbt.«

Ich bin so verblüfft, dass ich glatt verpasse, etwas zu antworten. Während ich auf die Speisekarte starre, denke ich, dass das eine Bemerkung war, die verdächtig nah an die ›Sensation‹-Betitelung heranreicht. Es klingt wie ein Kompliment. Oder noch besser, als ob sie viel von mir halten würde.

Eins muss ich ihr lassen: Langweilig wird es mit ihr nie. Im einen Moment erklärt sie mir ungefragt, dass sie auf keinen Fall möchte, dass ich mich näher für sie interessiere. Im nächsten schmeichelt sie mir. Wie kann das zusammenpassen?

»Hast du Ricarda eigentlich inzwischen zugesagt wegen der Teilnahme am Turnier?«, fragt Juliane da.

Ich schaue überrascht auf. Sie sieht ertappt zur Seite.

»Nein. Hab ich nicht. Wieso?« Wieder galoppiert mein Herz los, als müsse es jemanden einholen. *Hallo, Herz, hallo! Hast du es denn immer noch nicht kapiert, was sie da vorhin gesagt hat? Hier gibt es nichts zu holen.*

Doch in diesem Moment deutet Juliane mit der Hand sacht zum DVD-Verleih hinüber.

»Da ist er.« Ich kann den Klang ihrer Stimme schlecht einschätzen. Klingt sie erleichtert? Oder enttäuscht? Tatsächlich verlässt Jörg Bromhöfer gerade den Laden und überquert mit einer kleinen Plastiktüte unter dem Arm die Straße, um an der nächsten Straßenecke aus unserem Blickfeld zu verschwinden.

»Tja, dann …« Juliane erhebt sich vom Tisch und schlüpft in ihre Jacke.

»Hey«, sage ich. »Ich dachte, wir hätten das geklärt. Ich weiß, dass du nichts von mir willst und werde bei eventuell auftretenden Freundlichkeiten auch nicht auf falsche Gedanken kommen. Du musst also jetzt nicht losschießen wie ein Galopper aus der Startbox.«

Für einen Augenblick zögert sie. Wie sie mich anschaut. Ach, ich wünschte, irgendjemand wäre als Zeuge dabei. Das kann doch nicht … das kann ich mir doch nicht einbilden …

Sie lächelt zaghaft.

»Besser, ich geh jetzt«, sagt sie leise. »Danke noch mal für den Kaffee.«

»Gerne«, antworte ich lahm.

Sie nickt mir zu und ist schon an der Tür. Ich bin sicher, dass es das jetzt war. Sie hat klar gesagt, was sie nicht will, bevor wir auch nur im Ansatz darüber gesprochen hätten, was wir eigentlich wollen. Was auch völlig überflüssig wäre, denn schließlich sind wir lediglich Tanzpartnerinnen. Und die wollen in der Regel nichts weiter voneinander, als gemeinsam die einstudierten Schritte zu tanzen. Ich bin mir also vollkommen sicher.

Aber dann schaue ich auf den Tisch und stutze. Dort liegen zwei DVDs. *Grüne Tomaten.* Und, obenauf: Kate.

»Juliane!«, rufe ich. Sie hat bereits die Tür geöffnet und schaut zu mir zurück.

Ich halte die Hülle hoch. Doch sie lächelt mich nur an. So einzigartig besonders, dass mein Herz sich schmerzhaft zusammenzieht. Dann öffnet sie die Tür und ist verschwunden.

10

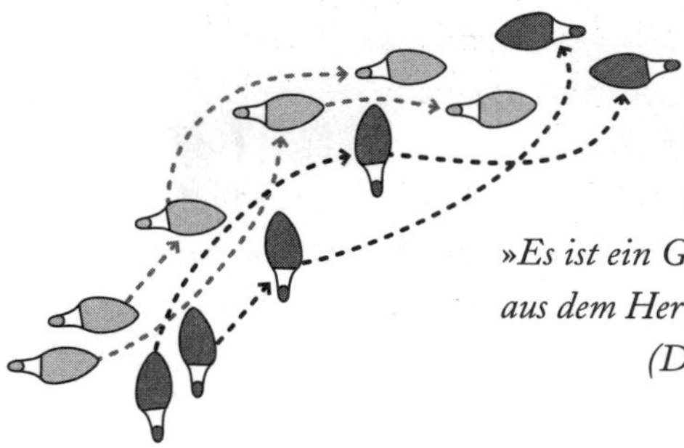

»Es ist ein Gefühl. Es muss aus dem Herzen kommen.«
(Dirty Dancing)

Dass so eine absurde Begegnung ohne Folgen bleibt, ist ein frommer Wunsch, aber natürlich total unrealistisch. Ich habe keine Ahnung, was das unerwartete Treffen im DVD-Verleih und vor allem das klärende Gespräch während des vom Schicksal (oder Jörg Bromhöfer) erzwungenen Cafébesuchs bei Juliane ausgelöst hat. Ich weiß nur, was seitdem bei mir los ist.

Es ist die gleiche Geschichte wie im Beispiel vom rosaroten Nilpferd. Angenommen, jemand verbietet dir, um Mitternacht an ein rosa Nilpferd zu denken. Natürlich wärst du normalerweise auch nie auf diese bekloppte Idee gekommen. Ich meine, wer denkt schon an Nilpferde und dann auch noch an Nilpferde im pinken Design, und das alles um Mitternacht. Aber in dem Augenblick, in dem dir jemand verbietet, genau das zu tun, kannst du einfach nicht anders. Du bemühst dich vehement. Du setzt alles dran, dich abzulenken. Du versuchst, an etwas ganz anderes zu denken. Beispielsweise an einen blauen Elefanten. Oder an die ersten hundert Primzahlen. Oder an die ungeklärte Frage, wieso du bei den wirklich spannenden Ebay-Artikeln immer eine Minute vor Auktionsende überboten wirst. Aber wenn der Uhrzeiger sich der zwölf nähert, wirst du einfach nicht anders können ... das rosarote Nilpferd wird sich auf ungeahnt leichten Zehenspitzen in deine Gedanken schleichen.

Genauso geht es mir seit Dienstagabend. Ich habe versucht, mich mit den beiden frisch entliehenen Filmen abzulenken. Während ich *Grüne Tomaten* schaute, musste ich ununterbrochen daran denken, wie unglaublich grauenerregend schon die Vorstellung ist, diesen eindeutigen Frauenfilm mit meinem Abteilungsleiter anschauen zu müssen und mit ihm darüber zu diskutieren, ob nun die Blonde oder die Dunkle attraktiver ist.

Doch als ich die DVD wechselte und den Vorspann zu Kates neuestem Film zum vierten Mal sah, tauchten ganz andere Ideen in meinem zermürbten Hirn auf. Juliane hatte sich diesen Film zur eigenen Abendgestaltung ausgesucht. Vielleicht hatte sie ihn noch gar nicht gesehen? Oder vielleicht kann sie, genau wie ich, die besonders bewegenden Textstellen mitsprechen?

Ich stellte mir vor, wie Juliane neben mir auf dem Sofa sitzen und den Film kommentieren würde. Oder tief in die Kissen gekuschelt mit großen Augen einfach nur staunen würde. Oder wie sie an dieser einen besonders rührenden Stelle mit ihrem Pulloverärmel verstohlen die Augenwinkel wischen würde. Denn seit sie gesagt hat, dass sie mir auf keinen Fall Hoffnungen machen will, ist sie mein rosarotes Nilpferd. Im übertragenen Sinn natürlich.

Und ich frage mich wirklich, ob das nicht ein geschickter Manipulationsversuch war.

Von Männern ist so ein Verhalten ja bekannt. Es soll sogar welche geben, die sich als schwul ausgeben – und schon können sie sich vor lauter Weibern nicht mehr retten, die alle haben wollen, was unerreichbar scheint. (Hö, hö.) Womöglich steht Juliane auf mich und hat gemerkt, dass sie mich nicht so recht an den Haken bekommt mit ihrer schweigsamen Nummer und den nicht unerheblichen wilden Gerüchten rund um ihre Herzensbrecherinnenvergangenheit. Also sagt sie sehr einfühlsam und vorsichtig, dass sie mir zwar nicht wehtun will, mir aber dennoch unbedingt mitteilen muss, dass sie wirklich nichts von mir will.

Und schon …

Ja, und schon was? Schon denke ich an sie, sobald ich mal einen Moment Hirnkapazität freihabe. Und ich muss sagen, ich bin überwältigt vom Fassungsvermögen meines eigenen Gehirns. Neben zermürbenden Meetings für neue Projekte, Datenanalyse und Auswertungen über die Produktivität unserer eigenen Abteilung, die mich auf der Arbeit beschäftigen. Neben Liedtexten, Radionachrichten, Romanseiten und Tonis Ausführungen zum neuesten Szeneklatsch bleibt verblüffend viel Zeit übrig, um an Juliane zu denken.

Dass Toni neben dem üblichen Schwatzen auch diverse Statements zur letzten Tanzstunde, zur nächsten Tanzstunde und zu ihren Erwartungen an den am Samstag stattfindenden Tanztee von sich gibt, bietet eine interessante Gedanken-Schnittfläche – denn obwohl ich mich eigentlich gar nicht mit Juliane beschäftige, spukt sie sofort in meinem Kopf herum, sobald auch nur von Walzer, Wien oder rechtem Fuß die Rede ist.

Dass ich mit niemandem über diese verrückte Situation reden kann, macht es nicht besser.

Mehr als einmal bin ich millimeterknapp davor, Toni zu erzählen, was am Dienstagabend passiert ist. Doch als am Donnerstag Jörg Bromhöfer in Habachtstellung an meinem Schreibtisch stehen bleibt, um sich zu erkundigen, ob bei mir ›alles gut läuft‹, ist Toni schon davon derart von den Socken, dass ihre Empörung über diese ›billig getarnte Anmache eines Waschlappens‹ den ganzen Tag über anhält. Ich mag mir nicht ausmalen, wie sie reagieren würde, wenn sie erführe, dass ich mit diesem Waschlappen einen kleinen Plausch über ihre heiß geliebten Idgie und Ruth geführt habe.

Außerdem bin ich ein bisschen eingeschnappt, weil Toni mir für ihren Teil auch immer noch nicht anvertraut hat, in welcher Form sich ihre Gefühle für Sandra entwickeln. Bei ihren lustigen kleinen Abenteuern, die sie sonst so pflegt, werde ich meist derart detailliert unterrichtet, dass ein bisschen mehr Diskretion für meine Ohren und mein Seelenheil gesünder wäre.

Offenbar ist es ihr mit Sandra also wirklich richtig ernst. Sie möchte nichts überstürzen, das ist mir klar. Dass sie nicht will, dass Klatschbasen-Natascha von den zarten Gefühlspflänzchen etwas mitbekommt, leuchtet ebenfalls ein. Aber ich bin schließlich ihre beste Freundin. Mir könnte sie doch vertrauen. Bei mir wäre ihr Geheimnis sicher aufgehoben, bis mit Sandra alles offiziell wäre.

Aber sie rückt einfach nicht damit raus.

Immer, wenn ich die Sprache auf Sandra bringe und kleine Andeutungen zu deren Attraktivität wage, stimmt Toni mir zwar durchaus zu, wirft mir dann aber wohlkalkulierte Blicke aus den Augenwinkeln zu, die mir zeigen sollen, dass sie über mein Interesse in dieser Hinsicht mäßig verwundert sei. Wen will sie damit eigentlich verarschen?

Am Samstag, als wir auf dem Weg zum Tanztee sind, starte ich solche Ausquetschversuche nicht mehr. Ich bin selbst viel zu aufgeregt. Juliane und ich haben uns nicht verabredet. Da der Tanztee eine zusätzliche Abendveranstaltung ist, wäre es keineswegs Julianes Pflicht, für ihre Führende zur Verführung … ehm … Verfügung zu stehen. Deswegen geht mir jetzt die Düse. Und eben weil mein Herz so derart nervös herumstolpert, weiß ich gar nicht, was ich mir wünschen soll.

Sollte Juliane da sein, wird sie doch bestimmt merken, dass ich seit Dienstag an das rosa Nilpferd gedacht habe. Sollte sie nicht da sein, werde ich bestimmt derart enttäuscht sein, dass ich mich womöglich selbst in eines verwandele.

»Wenn der Tanztee doch letzten Monat schon stattgefunden

hat, wieso fahren wir dann heute zum ersten Mal hin?«, will Toni von mir wissen, als sie um kurz nach fünf Uhr ihren kleinen Wagen in eine Parklücke vor der Tanzschule presst.

»Zum letzten Tanztee hatten wir doch erst zwei oder drei Stunden Unterricht hinter uns«, sage ich. »Da hätten wir uns doch nur blamiert.«

»Aber wir hätten zumindest etwas glotzen können. Man lernt auch durch Zusehen«, weiß Toni und kontrolliert im Rückspiegel noch mal schnell ihre Frisur.

»Du siehst echt gut aus heute«, lobe ich sie. »Richtig rausgeputzt. Wen willst du beeindrucken?« Okay. Das ist ein wirklich schlecht getarnter Versuch, ihr etwas zu entlocken. Natürlich fällt sie nicht darauf rein, sondern grinst nur: »Wir wissen ja nicht, wer alles erscheint. Schließlich sind beim Tanztee auch alle anderen Kurse vertreten.«

»Ach, komm schon«, sage ich. »Du machst dich nur so zurecht, wenn du es auf eine Bestimmte abgesehen hast. Welche ist es?«

»Guck mal, da vorn sind Jutta und Sandra. Juhu!« Toni hebt den Arm und winkt den beiden zu, als hätte ich gar nichts gesagt. Oder war das vielleicht endlich mal der Ansatz einer Antwort? Sandra …

Die beiden bleiben stehen und warten, bis wir sie eingeholt haben. Sandra strahlt uns an und Jutta lächelt verlegen. Sie ist noch schüchterner als die zurückhaltende Juliane. Falls das möglich ist. Als ich Julianes Namen denke, macht mein Magen einen Salto. Das rosa Nilpferd bolzt gern mal mit ihm herum.

»Wir haben gerade überlegt, wieso diese Veranstaltung eigentlich Tanztee heißt«, berichtet Sandra und sieht Toni mit schief gelegtem Kopf an. Ich wette, da geht was.

Toni lächelt sie gewitzt an. »Tanztee bedeutet, dass keine Einzige von uns Tee trinkt, aber alle es sehr schick finden, dieses Treffen trotzdem so zu nennen.«

Sandra und Jutta lachen. Hach, Toni! Meine kleine Charmebolzen-Freundin.

»Ich bin gespannt, wie die anderen Kurse so sind. Da sind ja auch Männerpaare dabei. Zwei Männer beim Paartanz sind ein cooler Anblick, findet ihr nicht? Vielleicht tanzen ja Mona und Lisa auch noch mal miteinander. Das sah so irre sexy aus, als sie das neulich gemacht haben«, plaudert Sandra. Ich lasse ihr den Platz neben Toni und schlendere mit Jutta hinterdrein.

»Kommen von unserem Kurs heute Abend alle?«, erkundigt sich Jutta bei mir. Ich habe den Eindruck, sie fragt das nur, um irgendetwas zu sagen. Sie gehört bestimmt zu den Menschen, die Schweigepausen nicht ertragen können.

»Ich denke schon. Natascha und Anke sind jedenfalls schon da.« Tatsächlich stehen die beiden im Foyer am Postkartenständer und kichern.

»Was habt ihr?«, will Toni neugierig wissen.

»Wir dachten uns, es sei ’ne gute Idee, ein bisschen hier zu stehen und zu gucken, wer so reinspaziert. Und was soll ich sagen? Es sind hier Frauen vorbeigekommen, die einen aus den Socken hauen, Mädels«, teilt Natascha uns mit weit aufgerissenen Augen mit.

»Wenn ich mir vorstelle, denen gleich beim Tanzen zusehen zu dürfen, wird mir klar, dass es einen Gott gibt. Und sie ist wahrscheinlich unbeschreiblich weiblich … Halleluja«, setzt Anke hinzu, pfeift durch die Zähne und schaut Sandra dabei an.

Ich sehe alarmiert zu Toni hinüber. Doch die nimmt Ankes eindeutig flirtenden Blick zu Sandra offenbar gar nicht wahr, sondern schlägt ihren beiden Freundinnen nur kumpelhaft auf die Schultern. »Das sieht euch mal wieder ähnlich. Noch nicht ganz drin, aber schon das Angebot sondieren. Kommt, wir gehen rein und suchen uns einen Tisch.«

Damit hakt sie sich bei Natascha unter, um von ihr zu erfahren, wie heute die geplante Unterredung mit deren Chefin verlaufen ist, und überlässt Anke fahrlässig die Position an Sandras Seite. Um das Schlimmste zu vermeiden, quetsche ich mich zwischen die beiden und grinse Anke an: »Waren denn ein paar bekannte Gesichter aus der Szene dabei?«

Anke, die gerade ein Gespräch mit Sandra zu meiner Rechten anfangen wollte, schaut etwas irritiert. »Seit wann interessiert dich so was, Tiffy?«, will sie verwundert wissen.

Sandra mischt gleich mit und beugt sich ein wenig an mir vorbei, um Anke anschauen zu können: »Wenn ich mal Frauen aus der Szene irgendwo anders sehe, erkenne ich sie meistens gar nicht. Superpeinlich.«

Anke lacht perlend. Klingt verdammt nach Flirtstufe Grün. Die kommt gleich vor Rot. »Noch peinlicher ist es aber andersrum. Neulich hatte ich beim Friseur eine Frau neben mir sitzen, von der ich sicher war, dass ich sie vom Schwof kenne. Ich hab sie natürlich angesprochen und ein paar Bemerkungen gemacht. Aber sie hat nicht kapiert, was ich meine. Ich dachte schon, ich rede chinesisch. Bis ich dann rausgefunden habe, dass sie in dem Supermarkt, in dem ich immer einkaufe, an der Käsetheke arbeitet, und ich sie daher kannte.«

Diesmal lacht Sandra glockenhell auf. Als wir durch die Tür zum Saal treten, gibt es ein kleines Geschiebe und ich bleibe plötzlich zurück.

Ich will mich eigentlich an Toni wenden, mit Worten, die in etwa so klingen würden: ›Verdammt! Könntest du dich mal selbst darum kümmern, dass dir deine liebe Freundin nicht die zukünftige Liebste ausspannt!?‹ Doch so weit komme ich gar nicht. Denn als ich in den Saal trete, bleibt mir fast der Mund offen stehen.

Der Tanzsaal mit all seinen verspiegelten Wänden ist über und über dekoriert mit roten Tüchern und Bändern. Auf den Tischen, es sind einige mehr als zu unserem üblichen Sonntagstermin, stehen hohe schmale Vasen mit einzelnen blutroten Rosen darin. An den Tischen sitzen schon massig viele weibliche und männliche Tänzer, die alle so aussehen, als hätten sie sich schwer in Schale geworfen.

Ich bin plötzlich heilfroh, dass ich mich für ein eng anliegendes, hübsch dekolletiertes Oberteil zur lässig fallenden Samthose entschieden habe.

»Da sind ja die anderen schon«, ruft Natascha, und tatsächlich winken uns vom einen Ende der Tischreihen die restlichen Mädels unseres Tanzkurses entgegen. Obwohl ich mir vorgenommen hatte, genau das nicht zu tun, kann ich nicht widerstehen und überfliege rasch die Gesichter. Hinten rechts sitzt sie. Und lächelt.

Ich spüre, wie sich mein Gesicht ebenfalls zu einem Lächeln verzieht und beiße die Zähne zusammen. Denk nicht an ein Nilpferd! Nicht an ein rosa Nilpferd denken!

»Wieso hüpfst du so?«, fragt Toni von hinten belustigt.

Bevor ich etwas Dummes antworten kann, sind wir am Tisch angekommen, an dem sich eine gewaltige Begrüßungswelle erhebt, ähnlich wie im Fußballstadion kurz nach dem Elfmetertreffer.

Dabei werde ich etwas abgedrängt, und als sich alles wieder beruhigt hat, stelle ich fest, dass die Stühle neben Juliane bereits von Natascha und Jutta besetzt sind. Ich nehme daher auf der anderen Tischseite Platz, sodass wir uns gegenübersitzen.

»Ich bin erleichtert, dass du hier bist«, sage ich möglichst lässig, während meine Hände mich Lügen strafen und reichlich krampfig nach den Hosentaschen suchen. Meine Samthose hat keine Taschen. »Ich habe schon überlegt, mit wem ich tanzen soll, falls du nicht kommen solltest.«

»Andere aufzufordern, ist durchaus erlaubt«, erwidert sie mit einem schiefen Grinsen. »Meine Tanzpartnerin aus dem Fortgeschrittenenkurs ist zum Tanztee nie dabei. Daher dachte ich, ich setze mich gleich zu euch, wenn's recht ist?«

Ich nicke freundlich, aber möglichst unverbindlich und sehe hinüber zum Nachbartisch, wo Lisa in einem unheimlich schicken Kellnerinnendress herumgeht und Bestellungen für die Getränke aufnimmt. Während ich ihr dabei zusehe, schlägt mein Hirn jedoch Rad. Noch nie habe ich daran gedacht, dass Juliane im Fortgeschrittenenkurs am Freitagabend mit einer anderen Führenden tanzt.

Prompt kann ich jetzt gar nicht mehr aufhören, daran zu denken. Noch so etwas, das mir nicht aus dem Kopf gehen wird. Wer kann diese Frau sein? War sie für Juliane anfangs eine Unbekannte, die Mona ihr zugeteilt hat, so wie ich? Ist sie vielleicht eine Freundin von ihr? Oder gar mehr als das? Eine Ex? Oder eine potentielle Zukünftige …? Mein Magen knurrt verhalten, und ich lege meine Hand darauf. Toni, die neben mir sitzt, sieht mich prüfend von der Seite an.

Als ich mich weiter im Saal umschaue, entdecke ich auch Ricarda, die an einem Tisch am anderen Ende sitzt. Zufällig schaut sie genau in diesem Moment zu mir herüber. Ihr Gesicht hellt sich erfreut auf. Sie hebt die Hand und winkt. Ich nicke ihr lächelnd zu und werfe dann einen verstohlenen Blick zu Juliane hinüber. Doch die hat meine herzliche Begrüßung ihrer Erzfeindin scheinbar nicht mitbekommen, denn sie unterhält sich mit Jutta, deren Wangen feuerrot leuchten.

»Ach du Scheiße!«, blökt da Natascha und schrumpft schlagartig in sich zusammen.

»Was ist? Hast du eine Bekannte entdeckt?«, hechelt Heike.

»Niemand hat mir erzählt, dass Frederike sich hier auch rumtreibt«, winselt Natascha und hält nach dem Notausgang Ausschau.

»Wer ist Frederike?«, erkundigt sich Sandra freundlich.

»Du kennst sie bestimmt auch. Sie schreibt diese tollen, unsagbar schönen, romantischen …« Natascha bricht die Stimme.

»… Bücher«, grunzt Toni.

»Noch dazu verkörpert sie Nataschas Schönheitsideal – im rein geistigen, intellektuellen, aber auch profan körperlichen Sinne. Und dummerweise hat Natascha ihr genau das vor geraumer Zeit mit betrunkenem Kopf auf dem Schwof auch mal gesagt«, fügt Anke breit grinsend hinzu. »Sie sitzt da vorn neben den beiden Frauen mit dem Kinderwagen.«

»Die beiden Mütter sind Michelin und Angela«, sagt Juliane. Ich schaue verblüfft auf und halte den Atem an. Beteiligt sie sich jetzt etwa an einer Klatschrunde? »Alle sehr nett. Sie sind in meinem Fortgeschrittenenkurs«, erklärt Juliane, und sofort verschließen sich die Münder im Kreis, als seien sie versiegelt.

Ich grinse in mich hinein. Geschickt angestellt, liebe Juliane. Mit nichts sonst hätte sie dem gemeinschaftlichen Tratschen besser vorbeugen können als mit dem Hinweis auf ihre Bekanntschaft mit diesen Mädels. Keine sagt mehr etwas. Natascha ist so tief in ihren Stuhl gerutscht, dass es aussieht, als habe Anke eine Liliputanerin mitgebracht.

»Wieso tanzt eigentlich keiner?«, fragt Jutta schließlich mit heller Stimme. Sie kann Schweigen offenbar wirklich nicht aushalten.

»Mona und Lisa eröffnen gleich den Tanz«, erklärt Juliane.

Ein erwartungsvolles Kribbeln steigt von meinen Zehen auf.

Ich schaue verwundert hinunter. Kann das sein? Ist es tatsächlich Vorfreude, was ich bei der Vorstellung empfinde, gemeinsam mit den Mädels aus meinem lesbischen Single-Tanzkurs eine offizielle Tanzeröffnung zu erleben? Als hätte Juliane mit ihren Worten den Startschuss gegeben, tritt Mona auf die Tanzfläche und Lisa eilt an ihre Seite. Die beiden halten sich auf eine unnachahmlich elegante Art an der Hand und winken uns zu sich.

»Nur nicht schüchtern, meine Damen und Herren. Bitte kommt doch zu uns aufs Parkett«, ruft Mona.

Die Fortgeschrittenen folgen dieser Einladung ohne Zögern, während an den Tischen der Anfängerkurse ein ratloses Raunen durch die Stuhlreihen läuft. Juliane lächelt uns allen aufmunternd zu und steht als Erste am Rand der Tanzfläche. Und da setzen auch wir anderen uns in Bewegung.

Es stellt sich heraus, dass wir uns alle hinter Mona und Lisa aufreihen sollen wie die Grundschulkinder vor einer Ampelüberquerung. Juliane wartet, bis ich aus dem Stuhlbeingewühl herausgefunden habe und steht mir plötzlich im Weg. Zumindest denke ich zuerst, sie stände mir einfach nur im Weg. Doch dann stellt sich heraus, dass sie auf mich als ihre Tanzpartnerin wartet. Sie reicht mir ihre Hand, die ich dummerweise mit der falschen ergreife.

»Entschuldige«, murmelt sie befangen, entzieht sich mir und reicht mir die andere.

»Nein, entschuldige jetzt mal du«, gebe ich mit einer Spur Übermut zurück und greife zu. »Ich hab schließlich den Fehler gemacht.«

»Ah so«, erwidert sie. Ist das etwa ein Lächeln? Etwa dieses gewisse, unwiderstehliche, das ihre Grübchen zeigt?

Nilpferd! Nilpferd! Nilpferdalarm!

Schließlich steht sie an meiner rechten Seite, und ihre linke Hand liegt grazil in meiner rechten.

»Wird das jetzt ein mittelalterlicher Hoftanz, oder was?«, flüstert Kati hinter mir ihrer Tanzpartnerin Jutta zu, die jedoch nur ängstlich kichert.

»Das Ganze nennt man Balleinführung«, wispere ich nach hinten. Natürlich gab es das zu meinen Kindertanztagen auch schon. »Ihr müsst einfach nur aufpassen, was Juliane und ich tun und das nachmachen.«

In diesem Moment setzt eine schöne beschwingte Melodie ein, ein Wiener Walzer, und unsere beiden Tanzlehrerinnen schreiten würdig unserer kleinen Prozession voran. In mir jubelt der Geist des verstorbenen ZDF-Fernsehballetts. Oder sonst etwas Albernes. Kaum zu fassen. So etwas habe ich zuletzt als Zwölfjährige erlebt. Und damals war es der Albtraum meiner eingeschlafenen Füße. Hand in Hand mit meinem Tanzpartner bei der Balleinführung durch den Saal zu straucheln und die Figuren der Vorangehenden nachzuahmen, während am Rande die Eltern die Fotoapparate zückten, war eine meiner meist gehassten Übungen.

Doch heute von Hass keine Spur. Ich fühle mich noch nicht mal ein bisschen unleidlich. Im Gegenteil. Meine Schritte sind beschwingt. Das strahlende Lächeln auf meinem Gesicht ist nicht erzwungen, sondern ich fühle es regelrecht aus meinen Augen sprühen.

Das liegt sicher an all den gut gelaunten Frauengesichtern um mich herum. (Na gut, es gibt auch ein paar gepflegte, distinguierte Männergesichter – aber auch die scheinen mir ungewöhnlich fröhlich, geradezu ausgelassen.) Überall flirrt tanzteeabendliche Unternehmungslust.

Und dann ist da natürlich auch noch Juliane. Deren Hand ich gerade halte – drauf geschissen, was sie mir von rosaroten Nilpferden erzählt hat oder nicht – und sie schenkt mir ab und zu ein geradezu übermütiges Lächeln. Etwas, das noch vor einer Woche absolut undenkbar gewesen wäre.

Auf diese Weise haben wir schon einmal den Saal umrundet, als wir uns an einer Säule trennen müssen und uns in einer endlosen Schleife aus den Augen verlieren, um uns – weil alle es richtig gemacht haben – am anderen Ende des Saals wie durch ein Wunder wiederzufinden. Wir tauchen hintereinander unter dem von hochgehaltenen Armen gebildeten Spalier durch (erinnert mich ein bisschen an die Blumenspaliere, die gern mal zu Hochzeiten hochgehalten werden … räusper) und gehen ganz zum Schluss in Paartanzhaltung.

»Leg los!«, ordert Juliane. Und das tue ich dann auch.

Rechts rum und durch die Ecke und noch mal rechts rum und schreiten und plötzlich auch linksrum (Juliane: »Hey, das hatten wir noch gar nicht!«) und öffnen und nebeneinander und seitlich und rückwärts diagonal und ran mit der Dame und drehen.

Ich weiß nicht, woran es liegt. Vielleicht an der netten Stimmung. Daran, dass Juliane mich schon mehr als einmal angelächelt hat. Daran, dass um uns herum lauter gut gelaunte Paare tanzen. Mir fallen plötzlich Schritte ein, die ich vollkommen vergessen hatte. Und noch mehr als das. Ich erinnere mich sogar an die, die ich früher nie selbst tanzen musste – denn da war schließlich ich selbst die Geführte.

»Bist du in irgend einem Rausch oder so?«, erkundigt sich Juliane atemlos während der nächsten Rechtsdrehung durch eine Ecke.

»Ich fürchte, ich kann nicht mehr aufhören«, lache ich. Das Gefühl ist unglaublich. Es ist nahezu unvergleichlich.

Wenn ich früher beim Fußball ein Tor geschossen habe, dann war das ein Hochgefühl, als würde in mir etwas explodieren und mich hinauf in die Wolken katapultieren. Es war ekstatisch. Sodass mir die klebrigen Jungskörper an meinem eigenen verschwitzten T-Shirt beim gemeinsamen Jubel nichts ausmachten. Ich nahm kaum etwas wahr. Nur den Pusch, den mir die Gewissheit gab, meine Mannschaft dem Sieg nähergebracht zu haben.

Dies hier ist anders.

Dies hier habe ich noch nie erlebt. Es ist, als würde ich selbst mich auflösen in einen feinen sprühenden Nebel. Ich nehme alles wahr. Deutlicher als sonst. Ich spüre meinen Körper, der sich biegt, die Seite lang lässt, Schritt, zwo, drei, Schritt, zwo, drei, sich wiegt im raschen Rhythmus dieses schnellsten aller Standardtänze. Und ich spüre Juliane, die mir folgt, die auf jede Bewegung reagiert, biegsam, rasch, geschmeidig.

Ich nehme auch die anderen wahr. Gesichter, die vorüberfliegen. Michaela und Heike, beide mit tellergroßen Augen am Tanzflächenrand, wo sie stehen, weil sie offenbar kapituliert haben. Toni und Sandra, die uns anstaunen und sich dann anlachen. Ja, ja, lacht euch ruhig mal an, ihr zwei. Mona sehe ich. Die in Lisas Armen liegt und deren Augen elektrisch blitzen, als wir uns kurz anschauen. Ist Tanzen für sie immer so?

Ich sehe hundert schöne Gesichter, die ich nicht kenne. Höre Stimmen, die lachen, sich etwas zurufen. Nehme Parfümgeruch wahr, der mir vorkommt wie der köstlichste Duft. Als die Musik mit zwei gewaltigen Trommelwirbeln schließlich verklingt, bin ich richtig enttäuscht.

Aber es folgt ein Langsamer Walzer. Nach dem wirbelnden Hormonflash, den ich gerade durchlebt habe, ist doch so ein Langsamer Walzer genau das Richtige. Ich schwebe. Nein, wir schweben. Ein bisschen ist es, als seien wir eins. Juliane hält ihren Kopf links und verlässt ihren Tanzbereich nicht ein einziges Mal. Während des Langsamen Walzers. Während der folgenden Rumba, während des Cha-Cha-Cha.

Als wir dann gleichzeitig beschließen, dass wir dringend etwas trinken müssen, sind ihre Wangen rot und ihre Augen glänzen, als habe sie Fieber. Kurz: Sie ist wunderschön. Ich widerstehe nur mit ganz viel Willenskraft der Versuchung, auch auf dem Weg zurück zu unserem Tisch ihre Hand zu halten. Toni, die bereits zwischen Sandra und Kati Platz genommen hat und mit beiden die Köpfe zusammensteckt, blitzt mich mit ihren James-Dean-Augen verschwörerisch an.

»Schwer zu sagen, wer heute zur Ballkönigin gekürt wird, oder?«, grinst sie.

»Hey, ich dachte, das sei nur ein Tanztee. Völlig harmlos«, grölt Kati. »Was soll denn erst werden, wenn wir hier alle zum Turnier auflaufen?«

Ich werfe Juliane einen raschen Blick zu. Hat sie das gehört?

»Ich weiß ja noch gar nicht, ob ich überhaupt …«, beginne ich zögernd.

Doch da lässt sich Natascha auf den Stuhl neben mir plumpsen, während Anke sich schwer atmend gegenüber niederlässt – auf dem Platz neben Sandra.

»Mädels!«, keucht Natascha. »Anke und ich hatten gerade eine geile Idee!«

»Perfekt Samba tanzen und gleichzeitig Ideen haben!«, schmunzelt Kati, und Toni wirft sich weg vor Lachen.

Während Sandra der offenbar halb verdursteten Anke etwas von ihrer Cola anbietet. Toni ist fahrlässig. Aber ich kann ihr gerade auch nicht helfen, denn Juliane lächelt mich amüsiert an und sofort versucht auch mein Herz es für ein paar Sekunden mit der Samba (›Amsterdam – Amsterdam …‹).

Natascha schaut alle, die hier im Kreis sitzen, mit leuchtendem Gesicht an. »Was haltet ihr davon, wenn wir Mona und Lisa eine Überraschung bereiten und zu ihrem Jubiläum im Mai einen kleinen Formationstanz einüben?«

Alle am Tisch schauen wie eine Horde Kühe, wenn's donnert. Alle außer Juliane. Die sieht eher nachdenklich aus, und dann sagt sie: »Tolle Idee. Über so viel Engagement von einem Anfängerinnenkurs würden sie sich bestimmt freuen.«

»Wie stellst du dir das vor? Ein Formationstanz? Ich bin schon froh, wenn ich mit meinen eigenen Schritten klarkomme«, wirft Kati etwas skeptisch ein.

»Reine Übungssache«, entgegnet Toni zuversichtlich und sagt zu Natascha: »Ich finde die Idee super!«

»Genau«, sagt Natascha. »Reine Übungssache.«

»Wir könnten uns was Lustiges ausdenken«, erläutert Anke weiter, wobei sie vor allem Sandra anschaut. *Toni! Hallo! Wach werden!* »Falls dann vor Aufregung was danebengeht, ist das nicht ganz so dramatisch.«

»Ich weiß nicht so recht«, murmelt Sandra, offenbar hypnotisiert von Ankes intensivem Blick.

»Es würde bestimmt Spaß machen, so was einzustudieren«, überlegt Michaela und schaut mich nachdenklich an. Ich schaue nachdenklich zurück. Bis ich merke, dass sich in Michaelas Blick noch etwas anderes schleicht. Etwas Fragendes, Aufforderndes. Rasch schaue ich weg.

»Und wer soll die Choreografie ausarbeiten?«, wagt Jutta zu fragen. »Davon haben wir doch viel zu wenig Ahnung.«

»Würdest du das vielleicht übernehmen?«, wendet sich Anke beherzt an Juliane.

Die schaut überrascht.

»Au ja!«, stimmt Heike zu. »Ich wette, du könntest das.«

»Du hast von uns allen die meiste Erfahrung«, setzt Toni hinzu.

Juliane sieht sich im Kreis der erwartungsvollen Gesichter zögernd um. Ihr Blick bleibt an mir hängen.

»Wer, wenn nicht du«, sage ich aufmunternd und erschrecke ein bisschen, weil ich plötzlich finde, dass es doppeldeutig klingt.

Juliane scheint einen Moment lang zu überlegen und murmelt: »Lisa und Mona würden sich bestimmt super freuen, wenn wir sie mit so etwas überraschen. Es wäre toll, ihnen so etwas zu schenken …« Dann lächelt sie. »Also gut. Wenn ihr euch das antun wollt. Ich würd's machen«, stimmt sie zu.

»Super!«, freuen sich Natascha und Anke gleichzeitig.

»Das wird 'ne riesen Gaudi!«, quietscht Kati mit einem kleinen tonalen Überschlag.

Unser Beifall bewirkt, dass Juliane ein wunderbares Lächeln in die Runde schickt. Bekommt hier noch irgendeine weiche Knie außer mir?

Wahrscheinlich nicht. Denn alle anderen reden aufgeregt und wirr durcheinander. Nur ich sitze stumm da und grinse dümmlich.

»Wo sollen wir üben? Und wann? Wir können das ja wohl schlecht sonntags vor unserem Kurs machen«, sagt Toni.

»Wenn wir es vor den beiden geheim halten wollen, ginge es nur mittwochabends«, antwortet Juliane sofort. »Da sind die beiden nicht hier, und ich könnte ihnen sagen, dass ihr alle noch ein bisschen die Zeit nutzen und fürs Turnier üben wollt. Sie würden das bestimmt begrüßen und mir den Schlüssel zur Verfügung stellen.«

Die anderen nicken. Nur Michaela und Heike wirken plötzlich verzagt. Michaela schielt abwechselnd von Heike zu mir. Heike kaut an ihrer Unterlippe. Dann sagt sie: »Also, ich habe mittwochs einen regelmäßigen Termin.«

Michaela schluckt. »Ich auch.«

»Ist der denn nicht zu verschieben?«, motiviere ich die beiden.

Michaela schaut mich wie hypnotisiert an und murmelt ein: »Ich kann's ja mal versuchen.«

Während Heike düster vor sich hin starrt und mit den Schultern zuckt.

»Mensch, Mädels!«, poltert Kati und schlägt der zarten Michaela kräftig auf die Schulter. »Was kann das denn Wichtiges sein? Habt ihr auch noch einen Kurs bei der VHS? Makrameeknotenbinden für Fortgeschrittene, oder was?«

Die anderen lachen.

»Ihr könnt es euch ja noch überlegen. Und wir anderen treffen uns dann am Mittwoch um sieben hier?«, schlägt Juliane vor. Von Schüchternheit keine Spur.

»Achtung! Schriftstellerin im Anmarsch!«, trompetet Anke, bevor irgendeine antworten kann. Natascha schrumpft schlagartig in sich zusammen wie ein Ballon, aus dem die Luft entweicht, und versucht, sich hinter ihrem Altbierglas zu verstecken.

Doch besagte Frederike bedenkt uns alle nur mit einem fröhlichen Lächeln und zieht sich einen Stuhl vom leer stehenden Nachbartisch heran. Juliane wendet sich um, und die beiden begrüßen sich tatsächlich mit Bussi rechts und links. Offenbar wächst man in solchen Tanzkursen recht eng zusammen, stelle ich fest. Die beiden quatschen sofort angeregt drauflos.

Irgendwie komme ich mir plötzlich überflüssig vor. Daher erhebe ich mich und schlendere ans andere Tischende zu Toni, Natascha und Anke.

»Starr sie nicht so an«, warnt mich Natascha sofort, ohne dass ich auch nur ansatzweise zu Frederike hinübergeschaut hätte. »Ich hab gehört, dass sie das nicht mag.«

»Niemand wird gern angestarrt«, weiß Sandra zu sagen, die sehr nah an Anke herangerutscht ist.

Die meinte: »Genau. Geh lieber hin und sag ihr, dass du ihre Bücher toll findest. Darüber freut sie sich doch bestimmt.«

»Schleim, schleim«, kommentiert Natascha und blickt tief in ihr Glas.

»Das sagst du nur, weil du dich nie im Leben trauen würdest, sie in nüchternem Zustand anzusprechen«, kontere ich.

»Ich würde mich darüber freuen, wenn mir eine sagt, dass sie meine Bücher gut findet«, meint Michaela, die offenbar mit Kohlohren gelauscht hat, während Jutta nur den Kopf schüttelt. Was heißen kann, dass sie sich nicht über so ein Lob freuen würde, oder dass sie nie im Leben ein Buch schreiben könnte, oder dass sie uns alle und unsere Theorien merkwürdig findet, oder dass sie unter einem speziellen Tanztee-Tinnitus leidet.

Als Frederike und Juliane gemeinsam aufstehen und um den Tisch herumkommen, kann ich sehen, wie Nataschas Finger sich um ihr Glas krallen.

»Ich sag nur mal kurz bei den anderen Fortgeschrittenen Hallo«, erklärt Juliane und legt die Hand auf meine Schulter. *Hat hier irgendjemand was von einem Nilpferd gesagt?* »Du weißt ja, wenn du tanzen willst, brauchst du nur Bescheid zu sagen. Die Führende fordert auf ...«

Sie will schon weitergehen, doch da beugt Frederike sich etwas vor und schaut Natascha forschend ins Gesicht.

»Entschuldige«, sagt sie lächelnd zu ihr. »Bevor ich mal wieder als unhöflich gelte, weil ich eine Bekannte nicht gegrüßt habe: Kennen wir uns nicht auch irgendwoher? Du kommst mir so …?«

»Blamiert vor?«, flüstert Juliane mir ins Ohr und kichert.

In meinem Nacken sträuben sich alle feinen Härchen. Ihr Atem hat eindeutig meine Ohrmuschel gestreift. Natascha jedoch wird knallrot wie ein Straßenhydrant in New York City und stammelt etwas von einem kurzen Gespräch auf dem Schwof.

»Wusste ich es doch. Na, dann viel Spaß heute Abend noch!«, lächelt Frederike, nickt Natascha freundlich zu und geht vorweg zu ihrem Tisch.

Würden Toni und Anke nicht von beiden Seiten zugreifen, würde Natascha jetzt wahrscheinlich geschmeidig wie eine Pfütze von ihrem Stuhl unter den Tisch gleiten.

»Das war doch sehr nett von ihr«, flüstert Anke ihrer besten Freundin aufmunternd zu.

»Ja, ich finde, sie hat sich wirklich nicht anmerken lassen, dass sie genau weiß, wie betrunken du warst, als du dich ihr an den Hals geworfen hast«, stimmt Toni ihr zu. Natascha wechselt die Farbe von Rot zu Grauweiß.

»Also, wenn ich es nicht gewusst hätte, wäre ich nie draufgekommen, dass es da so eine kleine Vorgeschichte gegeben hat«, erklärt Kati und entlockt Natascha damit ein zaghaftes Lächeln.

»Ich versteh auch gar nicht, wieso du dich so aufregst«, meint Sandra. »Wahrscheinlich war sie genauso besoffen und zermartert sich jetzt ihr Hirn, worüber ihr wohl damals gesprochen habt.«

»Das ist es ja«, jammert Natascha. »Ich hab sie noch nie Alkohol trinken sehen.«

»Dann nimmt sie bestimmt irgendwas anderes. Jede, die es

schafft, ein ganzes Buch fertigzustellen, muss unter Drogen stehen«, verteidigt Toni Sandras Standpunkt.

Alle sind so mit Nataschas kleinem Drama beschäftigt, dass ich wahrscheinlich die Einzige bin, der auffällt, dass Michaela und Heike leise miteinander tuscheln. Es sieht ganz so aus, als wolle Michaela ihre Tanzpartnerin zu etwas überreden, wogegen sich Heike jedoch vehement sträubt. Das einzige Wort, das herüberweht, ist »mittwochs«, ansonsten kann ich nicht verstehen, worum es geht. Das braucht es aber auch gar nicht, um einen bestimmten Eindruck entstehen zu lassen. Es ist vielmehr die Art und Weise, wie sie miteinander reden, die mich stutzig macht.

Sie wirken so … vertraut.

Schade, dass Juliane grad nicht hier ist. Sie hat die beiden auf der Straße auch gesehen. Und dieses Köpfezusammenstecken hier passt verdammt gut in das Bild, das sich uns da geboten hat.

»Tiffy«, sagt eine tiefe sanfte Stimme genau hinter mir, und ich fahre zusammen.

Ricarda.

Dunkel. In ihrem eng anliegenden Dress verdammt gut aussehend. Lächelnd.

»Oh, hallo«, stottere ich und bin mir bewusst, dass mit einem Schlag alle Augen am Tisch auf mich gerichtet sind. Und wahrscheinlich auf die Hand, die Ricarda mir elegant reicht.

»Lust auf ein Tänzchen?«, fragt sie augenzwinkernd.

Ich blinzele kurz und ergreife dann ihre warmen Fingerspitzen.

Während wir die wenigen Schritte zur Tanzfläche gehen, nehme ich erst wahr, dass gerade die ersten Töne eines rassigen Tangos erklingen.

»Ich dachte, die Führende fordert auf?«, sage ich, als wir in Tanzhaltung gehen.

»Oder diejenige, die unbedingt mit einer bestimmten Führenden tanzen will«, ergänzt Ricarda charmant lächelnd. Das geht runter wie Öl.

Sie hat was. Das wird mir wieder einmal klar, als ihre Blinddarmnarbe (von der ich nicht weiß, ob es sie überhaupt gibt) sich nun an meine ganz sicher nicht vorhandene schmiegt.

»Du hast schon wieder unglaublich viel dazugelernt«, fährt Ricarda auch gleich mit ihren Schmeicheleien fort. »Sah toll aus, wie du gerade getanzt hast.«

»Danke«, erwidere ich. »Hängt natürlich auch von der Partnerin ab.«

Sofort verdüstert sich ihre Miene so sehr, dass ich das sogar hier in meinem eigenen Tanzbereich mitbekomme.

»Ehm … ich meine, wenn ich jetzt mit dir tanze, dann …« Ich beende den Satz nicht. »Na, das war ja jetzt wieder ein echtes Fettnäpfchen. Tut mir leid.«

»Schon gut«, sagt sie und folgt meiner Linksdrehung im Achterschritt so locker wie ein Stück Butter in der geschwenkten Pfanne. »Du hast ja recht. Man kann nur schwer ausblenden, dass der Wiener Walzer ein Paartanz ist.« Wir lachen beide. »Außerdem sieht man deutlich, dass ihr beim Tanzen sehr harmoniert. So was kommt in den Anfängerkursen nicht oft vor.«

»Juliane ist ja keine Anfängerin«, werfe ich ein.

Ricarda drückt kurz meine Hand ein wenig fester. »Du aber auch nicht«, erwidert sie mit weicher Stimme.

»Wenn meine Mutter das wüsste!«, entfährt es mir.

»Sie wäre begeistert. Ich finde, du solltest es ihr sagen«, meint Ricarda. »Dann könnte sie beim Tanzturnier zuschauen. Das würde ihr bestimmt Spaß machen.«

»Oh, mein Gott, bloß nicht! Sie fällt ja schon in ihr altes Trauma zurück, wenn mein Bruder in Erwägung zieht, mit seiner Freundin zusammen einen Steppkurs zu belegen. Wenn sie hiervon wüsste, würde sie komplett ausflippen!«

»Vielleicht solltest du ihr das einfach mal gönnen?«, schlägt Ricarda vor. »Ein bisschen ausflippen auf die alten Tage tut ihr vielleicht richtig gut?«

Ich wende den Kopf und sehe sie verwundert an.

Sie zuckt die Achseln. »Ich hab auch eine Mutter«, erklärt sie.

»Kommt die auch zum Turnier?«, will ich neugierig wissen.

Ricarda zuckt die Achseln. »Das kommt darauf an, ob ich noch eine Tanzpartnerin ergattern kann. Offenbar sind alle, die sich eine Teilnahme zutrauen, schon vergeben.«

Das sagt sie so leichthin, dass es unmöglich auffordernden Charakter haben kann. Unmöglich. Trotzdem spüre ich eine Art Sog. Einen Drang, sie anzulächeln und zu sagen: ›Dann lass uns doch miteinander beim Turnier antreten. Mich hat nämlich auch noch keine gefragt. Meine eigene Tanzpartnerin hat sich bisher damit aufgehalten, mir zu erklären, dass sie mir in privater Hinsicht keine Hoffnungen machen will. Da sind wir zum Thema Tanzturnier noch gar nicht vorgedrungen‹. Mir gelingt es gerade noch, die explosive Mischung aus einem bisschen Mitleid mit ihr und sehr viel Mitleid mit mir selbst unter Kontrolle zu halten.

Also sage ich so neutral wie möglich: »Ach, ich wusste gar nicht, dass sich schon so viele zur Teilnahme entschlossen haben.«

Und wir plaudern noch ein bisschen weiter über die rege Anteilnahme am geplanten Sommerfest, über Favoriten für das Turnier und die eingeladenen Richterinnen. Währenddessen rumort etwas in mir. Es wächst und poltert dabei an meine innere Begrenzung. Es ist ein Gedanke, der da in mir herumspukt. Er sitzt da nicht erst seit heute Abend. Aber heute Abend hat er plötzlich beschlossen, zu mutieren und sich auszudehnen wie eine Kaugummiblase vor dem Mund eines Teenagers. Die Idee wird quasi minütlich greifbarer. Und sie ist der maßgebliche Grund dafür, warum ich gerade mit Ricarda unwichtiges Zeug plaudere, statt mit ihr unsere gemeinsame Kür fürs Turnier zu planen.

Der Gedanke ist nämlich der, dass ich Juliane fragen möchte, ob sie mit mir teilnimmt. Ja, wieso eigentlich nicht? Schließlich hat sie deutlich genug klargemacht, dass gemeinsames Tanzen nicht der Auftakt zu einer gemeinsamen Beziehung oder einer kleinen Affäre oder einer einzigen Nacht oder auch nur einem leidenschaftlichen Kuss sein muss. All das hat sie ausgeschlossen. (Sogar den einzelnen Kuss.) Dass sie all das auf keinen Fall will, steht unmissverständlich trennend zwischen uns im Raum. Und deswegen kann ich sie doch ganz gelassen fragen, ob wir unter diesen Voraussetzungen nicht doch miteinander in der Offenen Klasse starten wollen.

Das alles denke ich also, während ich Ricarda im Wiegeschritt durch den Saal manövriere. Und zugegeben, ich habe ein klitzekleines schlechtes Gewissen dabei. Ricarda gibt sich nämlich alle erdenkliche Mühe, unseren Tanz so angenehm wie möglich zu gestalten. Sie plaudert charmant, weist mich konstruktiv und sehr freundlich auf kleine Schritt- oder Haltungsfehler hin, kommentiert witzig das ein oder andere Paar um uns herum, ohne dabei gehässig zu wirken, und ist insgesamt eine Ausgeburt an Zuvorkommenheit.

Sie hat nicht verdient, dass ich währenddessen überlege, wie ich ihre Erzfeindin am geschicktesten darum bitten kann, mit mir am Turnier teilzunehmen. Die Erzfeindin, die ihr selbst die Freundin ausgespannt, ebenjene dann sitzen gelassen hat und somit ihre Beziehung und eine Freundschaft zerstört hat.

Schluck.

So deutlich hätte ich das besser nicht denken sollen.

»Alles okay mit dir?«, erkundigt sich Ricarda besorgt. »Deine ganze Körperspannung lässt schlagartig nach.«

So was kann nur eine Tänzerin sagen. Wer achtet sonst schon auf die Körperspannung?

»Ja, ja, alles gut. Ich bin's nur nicht gewöhnt, so lange an einem

Stück zu tanzen. Ich glaub, 'ne kleine Pause wäre cool. Wie wäre es, wenn ich dich wieder zu deinem Tisch begleite und wir uns später noch mal aufs Parkett wagen?«, schlage ich vor.

Ricarda lässt sich lächelnd von mir an ihrem Platz abliefern, und ich gehe mit etwas weichen Knien an den Reihen der Tische entlang, den Blick schon auf mein verwaistes Colaglas gerichtet.

»Entschuldige kurz!«

Ich starre auf die Hand, die sich mir in den Weg geschoben hat. Die Hand und der dazugehörige Arm hängen an einer Frau Mitte dreißig. Es handelt sich um ebenjene Frederike, die Natascha so bewundert und die laut Toni wahrscheinlich permanent unter Drogen steht.

»Sag mal, du bist doch Julianes Tanzpartnerin im Anfängerkurs, oder?«, fragt sie und wirkt dabei überhaupt nicht stoned, sondern sehr klar in der Birne.

Ich nicke. »Tiffy«, stelle ich mich vor.

»Ich bin Frederike«, sagt Frederike, und ich unterdrücke gerade noch ein ›Ich weiß‹. Wenn sie nicht gern angestarrt wird, hat sie es ja womöglich auch nicht gern, wenn eine schon weiß, wer sie ist, bevor sie sich vorgestellt hat?

»Du, sag mal«, beginnt Frederike, und ich stelle fest, dass die Frauen, die mit ihr noch am Tisch sitzen, unserem Wortwechsel interessiert folgen. »Hat Juliane dich zufällig gefragt, ob ihr zusammen in der Offenen Klasse tanzen wollt?«

»Nein, aber ...«, sage ich. Aber ich will sie genau das fragen, denke ich, selbst ein wenig überrascht.

»Aber?«, hakt Frederike nach. Meine Güte. Die ist aber neugierig.

»Nichts«, sage ich mit einem Schulterzucken. »Kein Aber.«

»Dann ist sie also fürs Turnier noch zu haben!«, stellt Frederike fest und äugt abschätzend zu Juliane hinüber, die mittlerweile wieder an unserem Tisch sitzt.

Urgs. Mist. Die Idee, dass sie aus eigenem Tanzinteresse fragen könnte, ist mir leider nicht gekommen. Jetzt habe ich Juliane quasi als Freiwild aufs Parkett geworfen, so im übertragenen Sinne.

»Frederike, du willst dich doch nicht an unsere Schönheit ranmachen?«, stichelt die Frau neben ihr, die ein kleines Kind von etwa einem Jahr auf dem Schoß sitzen hat und gleichzeitig versucht, ihre Tanzschuhe aufzuschnüren. »Soll ich das Karolin erzählen?«

Frederike überlegt kurz und grinst dann. »Gern. Vielleicht überlegt sie es sich dann anders und begleitet mich doch in die Tanzschule, statt in ihr doofes Fitnessstudio zu gehen.«

»Tiffy heißt du?«, fragt die andere Frau mich. Ich nicke. »Okay, Tiffy, kannst du Benja mal kurz halten?« Schon habe ich ein Baby im Arm. Die Mama taucht unter den Tisch, um sich endlich der Schuhe zu entledigen. Benja schaut mich angemessen verwundert an. Ich schaue zurück.

»Karolin ist wohl deine Freundin?«, erkundige ich mich dann rasch bei Frederike. Vielleicht ist diese Frage etwas übergriffig. Wenn man bedenkt, dass Frederike so was wie eine Szeneprominente ist und wir uns bisher noch nicht persönlich kennengelernt haben. Aber ich bin Kleinkinder nicht gewöhnt, sie machen mich unsicher. Da frage ich lieber eine bekannte Schriftstellerin nach ihrer Beziehung, statt mich dem verblüfften Kleinkinderstaunen auszusetzen.

»Jep«, antwortet Frederike und beobachtet meinen ungelenken Versuch, Benja bequem auf meinem Arm zu platzieren. Die Frau an ihrer Seite, eine heftig gut aussehende Mittvierzigerin, lächelt amüsiert.

»Macht deiner Freundin das denn Spaß?«, frage ich Frederike. »Das Fitnessstudio, meine ich.«

Frederike sieht erstaunt aus. »Keine Ahnung. Ich nehme es an. Auf alle Fälle hat sie dadurch einen Wahnsinnskörper.«

»Und du willst, dass sie damit aufhört?«, wundere ich mich.

Frederike sieht mich ein paar Sekunden lang nachdenklich an. Dann wendet sie sich an die Baby-Mama, die gerade mit erleichtertem Gesicht wieder auftaucht. »Tiffy hat recht. Falls Juliane also mit mir auf dem Turnier tanzt, darfst du Karolin auf keinen Fall etwas davon sagen, klar?! Sie soll ruhig weiterhin ihren Body so gut in Form halten.«

Mami streckt die Arme nach Benja aus. Und nachdem wir Benjas Finger vorsichtig und mit gutem Zureden aus meinen Locken gelöst haben, klappt der Transfer auch.

»Willst du dich nicht kurz zu uns setzen, Tiffy?«, bietet Frederike freundlich an. »Juliane hat erzählt, dass du als Kind schon mal getanzt hast. Da gibt es doch bestimmt eine Menge netter kleiner Geschichten zu erzählen.«

Juliane hat den Mädels in ihrem Fortgeschrittenenkurs von mir erzählt?

Ist das nicht so gut wie ... ein Nilpferd?

Die Mittvierzigerin beugt sich grinsend zu mir hinüber und raunt mir so laut, dass es alle verstehen können, zu: »Antworte darauf besser nicht! Sie merkt es sich und schreibt es in eins ihrer schrecklichen Bücher über Lesben.«

Frederike knufft sie in die Seite. »Also, ehrlich, Angela, reduzier mich doch nicht immer auf meine berufliche Neugierde. Vielleicht interessieren mich manche Sachen wirklich einfach nur so.«

Eine Stimme tief in mir rät jedoch zur Vorsicht.

»Vielleicht später. Ich muss jetzt erst mal dringend zu meinem Getränk«, sage ich und schaue zu meinem Tisch hinüber.

Alle Frauen am Tisch folgen meinem Blick.

Genau neben meinem Getränk sitzt Juliane, bemerkt die plötzliche Aufmerksamkeit und lächelt unsicher herüber.

»Auf jeden Fall!«, sagt Frederike, und sie schafft es, diese unspektakulären Worte so klingen zu lassen, als wisse sie um ein gut gehütetes Geheimnis. »Du wirst ja auch ganz schön auf Trab gehalten, wenn unsere Tanzgrößen sich derart um dich reißen.« Ihre verschiedenfarbigen Augen glimmen interessiert.

Ich lächele sie an und verdrücke mich rasch.

Am Tisch sitzen neben Juliane auch Jutta und Michaela. Und Natascha, die mich aus Eulenaugen anglotzt.

»Was wollte sie? Sie hat doch nicht …?«

»Sie hat nichts über dich gesagt«, beruhige ich sie. »Sie wollte nur wissen …«

Julianes Blick ist derart honigbraun, dass mir die Stimme wegbleibt.

»Sie scheint ein bisschen was über mich zu wissen«, weiche ich aus und hebe meine Brauen ein wenig. Doch Juliane blickt unschuldig drein. Und so lange die anderen mit gespitzten Ohren lauschen, werde ich sie natürlich nicht bloßstellen und sie danach fragen, wieso sie den Mädels im Fortgeschrittenenkurs gewisse Details aus meinem Leben erzählt. So interessant bin ich doch gar nicht für sie. Sie hat mir doch ganz klargemacht, dass sie mir auf keinen Fall ›Hoffnungen machen‹ will.

Genau in diesem Moment taumeln Heike, Toni, Kati und Sandra an den Tisch zurück, völlig erschlagen vom letzten Cha-Cha-Cha. Sie lassen sich auf ihre Stühle plumpsen und stürzen sich auf die Getränke, als hätten sie soeben eine Saharaüberquerung beendet.

Gesprächsfetzen schwirren über den Tisch. Es wird gelacht. Alle sind super drauf. Ideale Stimmung, um ganz unverfänglich zu Juliane zu sagen: »Übrigens spekuliert man bei den Fortgeschrittenen, ob du mit mir am Turnier teilnimmst«, und es sofort wieder zu bereuen, als sie mich ansieht. Ihr Blick wirkt derart alarmiert, dass bei mir spontan ein Schluckreflex einsetzt.

»Wer hat das gesagt?«, will sie ruhig wissen. Und genau diese Ruhe ist es, die mich mit einem gewaltigen Ruck aus dem flirrenden Zauber dieses Abends herausreißt.

Sie ist null amüsiert über diesen kleinen Klatsch. Sie nimmt es auch nicht als Anlass, um zu erwidern: ›Oh, tatsächlich? Vielleicht sollten wir das dann auch tun?‹

Nein, sie sieht mich nur in aller Ruhe und ohne mit der Wimper zu zucken an. Wenn ich diesen Blick mit ihrer Schüchternheit der vergangenen Wochen, mit den vielen scheuen Augenaufschlägen vergleiche, wird es mir sehr, sehr mulmig.

»Ehm … Frederike … sie hat mich gefragt, ob du mich gefragt hast«, bringe ich heraus.

Meine Antwort scheint Juliane zu beruhigen. Sie schaut zum Tisch ihres anderen Kurses hinüber, wo die Mädels gerade ein besonders hübsches Männerpaar auf der Tanzfläche im Visier haben.

»Aha«, sagt Juliane.

»Tja …«, mache ich und trinke einen Schluck Cola. Besser gesagt, ich will einen Schluck Cola trinken, stelle aber im selben Moment, als ich das Glas an meine Lippen setze, fest, dass es leer ist. Ich schaue mich nach Tanzschullehrerin-Kellnerin-Lisa um.

»Möchtest du?«, fragt Juliane.

Na, Gott sei Dank! Ich dachte schon, sie würde nie fragen.

»Wenn du auch möchtest?!«, antworte ich wie aus der Pistole geschossen und wende mich ihr erwartungsvoll zu.

Juliane hält ihre Wasserflasche über mein abgestelltes Glas.

»Wenn ich auch möchte …?«, wiederholt sie irritiert.

Ich starre auf die Wasserflasche und weiß nicht, was ich sagen soll. Ehrlich, es reicht mir für heute mit den Nilpferden.

»Ich … ich meinte, wenn du noch genügend für dich hast … das … meinte ich«, stammele ich.

»Es ist noch genügend drin, wie du siehst«, erwidert Juliane mit einem feinen Stirnrunzeln.

»Okay. Dann, ja.« Ich bin peinlich.

Neulich im Café dachte ich, sie will mir erklären, dass sie Angst vor ihren eigenen Gefühlen hat. Dabei wollte sie mich nur vor meinen Gefühlen warnen. Und jetzt glaube ich, dass sie mir anbietet, mit ihr am Turnier teilzunehmen – dabei ist sie nur aufmerksam und will mir etwas von ihrem Wasser abgeben.

Ich bin oberpeinlich.

»Sollen wir noch mal ein bisschen tanzen?«, schlägt Juliane vor, nachdem sie mir etwas Wasser eingeschenkt hat und ich einen großen Schluck genommen habe, als wäre ich kurz vorm Verdursten.

»Klar. Deswegen sind wir doch hier.«

Ja, das sind wir wohl.

Jedenfalls tun wir den ganzen Abend nicht sehr viel mehr als das.

Und es ist schön. Ich tanze jedes Mal gern mit Juliane. Auch wenn der Taumel, dieses unbeschreibliche Gleiten und Aufgehen im Takt, das ich bei unserer ersten Tanzeinlage empfunden habe, nicht wiederkommt. Aber dass es sich schön anfühlt, ist doch auch schon was.

Viel schneller als erwartet, nähert sich der Abend seinem Ende.

Ein letzter Walzer, bei dem alle ihr Bestes geben. Und anschließender begeisterter Applaus für Mona und Lisa, die uns so tolle Musik beschert haben.

Die Tanzfläche leert sich langsam.

»Kann ich …?«, setzt Juliane plötzlich an und hat dabei gar nichts mehr von der bedrohlichen Ruhe, die ich vorhin kennenlernen durfte. Sie wirkt wieder genauso schüchtern und verlegen wie immer. »Kann ich dich noch was fragen?«

»Sicher«, sage ich.

»Vorhin. Als ich dir von meinem Wasser angeboten habe, weißt du noch?«

»Klar.« Was kommt jetzt?

»Da hast du eigentlich was ganz anderes gemeint mit ›Wenn du auch möchtest‹, oder?«

Wie kann sie so etwas fragen und gleichzeitig einfach so in den Saal schauen?

Natürlich weiß ich sofort, was sie meint. Und die Tatsache, dass sie offenbar den ganzen Abend darüber nachgedacht hat, schießt mir wie ein heißer Blitz in den Magen. Vielleicht hat sie es einfach nicht sofort verstanden. Vielleicht musste sie erst noch drüber nachdenken, ob sie das Risiko wirklich eingehen kann.

Ich sehe sie an, und tatsächlich erwidert sie unsicher meinen Blick.

»Genau«, sage ich und versuche ein schiefes Grinsen, um dem Ganzen die Dramatik zu nehmen. »Ich meinte etwas ganz, ganz anderes.«

»Okay.« Juliane nickt, eher für sich als zu mir. »Dachte ich mir.«

Mittlerweile befinden sich außer uns nur noch zwei weitere Paare auf der Tanzfläche. Ein heftig diskutierendes Frauenpaar und ein ebenso heftig knutschendes Männerpaar.

»Kommt noch was?«, frage ich Juliane.

Sie öffnet den Mund. Schließt ihn dann wieder. Öffnet ihn.

»Na ja, ich dachte gerade so …«

Doch was sie dachte, soll ich nicht erfahren, denn vom Rand der Tanzfläche ruft es plötzlich: »Juliane! Hey, kann ich dich kurz mal sprechen?«

Es ist Frederike.

»Ehm …«, macht Juliane.

Ich zwinkere ihr zu und setze mich in Richtung Tisch in Bewegung.

Dort herrscht Aufbruchstimmung. Ein letzter Schluck wird aus dem Glas genommen. Es wird in Jacken und Mäntel geschlüpft. Tücher und Schals werden um Hälse drapiert. Ich mache bei allem mit. Doch aus dem Augenwinkel schiele ich die ganze Zeit hinüber.

Frederike redet auf Juliane ein. Manchmal lachen sie auch. Bisher sieht alles nach einem ganz normalen Gespräch aus. Doch dann werden sie beide etwas ernster. Frederike bedient sich weit ausholender Gesten.

»Tiffy? Kommst du?«, fragt Toni, folgt meinem Blick und sieht mich dann forschend an.

»Schon bereit«, strahle ich sie an und greife nach meiner Schottenlook-Tasche.

Anke und Sandra schlendern bereits nebeneinander durch den Saal zum Ausgang.

Toni hat es echt nicht drauf, sich um ihren eigenen Kram zu kümmern. Denn statt ihnen hinterherzuhechten, betrachtet sie mich und sieht dabei möglicherweise sogar etwas besorgt aus.

»Tiffy, Tiffy ...«, sagt sie leise.

»Wir sehen uns morgen?«, verabschiedet sich von der anderen Seite Kati, und Toni wendet sich ihr zu. »Klar. In alter Frische. Und denk dran, den Katalog mitzubringen. Solche Schuhe muss ich unbedingt auch haben. Die hier sind ja glatt wie Skier. Damit haben Sandra und ich auf dem Turnier keine Chance. Ich kick sie höchstens vom Parkett.«

»Ihr habt sowieso keine Chance auf dem Turnier«, höre ich noch Katis Erwiderung. »Oder, Jutta? Wenn wir erst mal antreten, dann ...«

Alles andere geht in einem seltsamen, spontan aufkommenden Bewusstseinsnebel unter.

Denn das ist der Moment, in dem Juliane aus dem Gespräch mit Frederike heraus den Kopf wendet und zu mir herübersieht.

Fast der gesamte Saal liegt zwischen uns.

Doch mir ist klar, dass sie mich sucht zwischen all den herumwuselnden Gestalten. Über die gesamte Spanne des Tanzsaales hinweg sehen wir uns an. Julianes Augen, deren Farbe ich auf die Entfernung natürlich nicht erkennen kann, von denen ich aber weiß, dass sie sanft und lebendig zugleich sind, verengen sich für einen kurzen Moment fragend. Ich lächele verkrampft.

Sie lächelt zurück. Legt in einer rührend wirkenden Geste den Kopf entschuldigend schief. Diese kleine, um Verzeihung bittende Geste presst mir alle Luft aus den Lungenflügeln. Sodass ich scharf neue einsaugen muss, als Juliane sich dann wieder abwendet und an Frederike gewandt nickt.

Seit ich zwölf war, hätte ich geschworen, dass ich nie wieder an einem dieser dämlichen Tanzturniere teilnehmen wollen würde. Und erst recht hätte ich Stein und Bein geleugnet, dass ich jemals ein solch heftiges Bedauern empfinden könnte über die Tatsache, dass mir so eine Teilnahme verweigert wird. Offenbar kann sich in zwanzig Jahren einiges ändern.

Ich werfe mir den Trageriemen meiner Tasche über die Schulter und durchquere mit großen Schritten den Saal. Irgendwie ist mir plötzlich der Sauerstoff hier drin zu knapp.

»Hey, Tiffy, jetzt warte doch!«, höre ich Toni noch hinter mir herrufen. »Was hat sie denn jetzt …?«

Ich schieße durchs Foyer und stolpere draußen auf den Bürgersteig. Kalte Luft. Ahhhh!

»Ganz schön heiß da drin, hm?« Ricarda lehnt an der Hauswand und sieht zum Sternenhimmel hinauf. »Guck mal, wie schön.«

Ich hebe den Kopf. Tatsächlich. Die funkelnden Sterne da oben sehen heute ausgesprochen hübsch aus. Ich atme tief ein und wieder aus. Hinter mir kommen ein paar Frauen aus der Tür, verabschieden sich und gehen ihrer Wege.

»Das da vorn ist der Kleine Wagen, weißt du das? Und das da drüben der Große. Kann man gut erkennen, nicht?«

Ich nicke nur und starre hinauf.

»Beim nächsten Tanztee reservier ich mir vorher auf deiner Tanzkarte ein paar Tänze mehr«, sagt Ricarda plötzlich. »Es war ja gar nicht mehr an dich ranzukommen.«

»Hast du nach diesem Abend nun eine Tanzpartnerin für das Turnier?«, frage ich zu meinem eigenen Verblüffen.

Ricarda sieht mich überrascht an.

»Ehrlich gesagt … nein …«, antwortet sie zögernd. »Du etwa auch nicht? Hat *sie* immer noch nicht …?«

»Nein, hat *sie* nicht«, unterbreche ich sie.

»Wie dumm von *ihr*«, stellt Ricarda fest, und ich finde, dass sie da wirklich recht hat. »Würdest du mit mir vorliebnehmen?«

Ich lächele sie an. Wirklich, sie ist charmant. »Gerne.«

So wie ihr Gesicht aufleuchtet, weiß ich, dass das bestimmt die richtige Entscheidung ist.

11

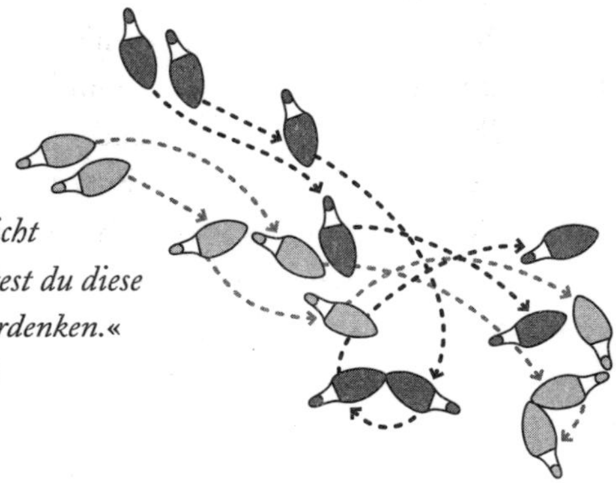

»Wenn du mit deinen Freunden nicht tanzen kannst, solltest du diese Freundschaften überdenken.«
(Feeling the Music)

Am Sonntag muss ich Juliane natürlich erzählen, dass ich Ricarda gefragt habe, ob sie und ich … oder dass Ricarda mich gefragt hat, ob ich und sie …

»Ist doch egal, wer wen gefragt hat!«, hatte Toni nach meinem Gespräch mit Ricarda zu mir im Auto gesagt. »Ist doch super, dass du jetzt eine Partnerin hast und am Turnier teilnehmen kannst. Sei doch nicht so verstört!«

»Ich kann aber nicht anders, als verstört zu sein«, hatte ich gejammert. »Eigentlich wollte ich doch nie wieder tanzen. Und jetzt ist mir die Teilnahme an so einem bekloppten Zehn-Jahre-Jubiläumsturnier so wichtig, dass ich mich komplett zum Narren gemacht habe.«

»Wieso hast du dich zum Narren gemacht?«, hatte Toni verwirrt gefragt. »Ich dachte, du hättest Ricarda gefragt, ob ihr zusammen teilnehmen wollt … ja, ja, oder sie hat dich gefragt, so genau kannst du dich ja nicht mehr erinnern, obwohl es erst zehn Minuten her ist. Auf alle Fälle war es unkompliziert und deutlich. Wieso sollst du dich damit zum Narren gemacht haben?«

Ich hatte etwas Unverständliches in meinen Schal genuschelt

und versucht, weder an Juliane noch an Nilpferde und auch nicht an Frederikes eifriges Lächeln zu denken. Ich hatte mich zum Narren gemacht, so viel stand fest.

Ein bisschen von diesem Narrenkäppchen will ich am Sonntagabend wieder geraderücken, als unser Tanzkurs sich zur normalen Übungsstunde trifft. Alle sind noch aufgeheizt vom Abend vorher und bedrängen Mona mit Fragen zu Tanzschritten, die sie gestern Abend irgendwo gesehen haben, aber selbst noch nicht können. Mona lächelt amüsiert über diesen Eifer und bringt uns zu jedem Tanz eine neue Schrittfolge bei – sodass am Ende alle stöhnen.

Ich bin geistig etwas abwesend, denn ich frage mich fortwährend, wann der richtige Moment gekommen sein könnte, um Juliane ganz nebenbei zu erzählen, dass Ricarda und ich nun offiziell fürs Turnier ein Tanzpaar sind.

Diese ganzen neuen Schritte machen mich konfus. Als die Pause beginnt, rüste ich mich für die kleine Offenbarung. Doch Juliane ergreift die Gelegenheit, Mona für die Mittwochabende um den Schlüssel zum Saal zu bitten, da der Kurs gern für den Wettkampf üben würde. Mona bekommt vor Freude über so viel Engagement rote Wangen, und alle sind derart darum bemüht, unschuldig eifrig auszusehen, dass die kurze Viertelstunde vergeht wie eine einzige Minute.

Beim Tanzen selbst schaffe ich es einfach nicht. Juliane gibt sich derartig Mühe, freundlich und nett zu sein, dass ich es einfach nicht über mich bringe, die Stimmung zu zerdeppern, indem ich von Ricarda anfange. Nachdem die Musik verklungen ist, stehen wir einen Augenblick stumm voreinander und sehen uns an. Juliane sieht aus, als wolle sie etwas sagen. Und ich sehe bestimmt genauso aus. Traut sie sich etwa auch nicht, mir zu beichten, dass sie mit Frederike antreten wird?

Falls ja, sind wir beide feige Socken, denn wir lächeln uns nur unverbindlich an und verabschieden uns mit den Worten ›bis Mittwoch‹.

* * *

Bis Mittwoch sind es noch drei Tage.

Natürlich muss ich es Juliane dann unbedingt sagen. Ich kann mir ja in aller Ruhe überlegen, wie ich es am besten rüberbringe, damit sie nicht gleich wieder diesen distanzierten Schüchternblick bekommt.

»Kannst du mir mal verraten, was mit dir los ist?«, ranzt Toni mich an, als wir am Montagnachmittag gemeinsam das Büro verlassen.

»Wieso? Was soll denn ...?«

»Du hast heute zwei Geschäfte gegen die Wand gehauen und gibst eins frei, ohne es zu kontrollieren. Du grüßt Oberzicke Jennifer mit ›Hi ho‹, nimmst dir zum Salat das falsche Dressing und lässt dein Dessert auf dem Tablett stehen. Muss ich mehr sagen?«

Ich warte mit der Antwort, bis wir beide durch die Drehtür sind.

»Ich habe einen schlechten Tag. Hast du nie schlechte Tage?«, versuche ich es ziemlich billig.

Toni schnaubt.

Mein Handy klingelt.

Ich sehe auf die Nummer und gehe ran. »Mama, grad ist es ungünstig. Kann ich dich zurückrufen?«

»Natürlich, mein Schatz. Macht euch ruhig einen schönen Abend«, flötet meine Mutter und legt sofort wieder auf.

»Oh, und deine Mutter ruft dich täglich auf dem Handy an«, ergänzt Toni mit einem vielsagenden Blick auf das Gerät in meiner Hand. »Ein sicheres Zeichen dafür, dass bei dir irgendwas nicht stimmt.«

»So?«

»Ja.«

»Hm.«

»Wie wäre es, wenn du mit zu mir kommst, wir schieben eine Tiefkühlpizza in den Ofen, und du erzählst mir, was brennt?«, schlägt meine Freundin vor.

Ich bin versucht nachzugeben.

Für ein paar Sekunden sehe ich uns auf Tonis bequemem, breitem Sofa hocken und über Julianes Gefühle im Allgemeinen und im Besonderen fachsimpeln.

Wie schön und entspannend wäre es, nicht immer nur im eigenen Saft zu braten, sondern auch Tonis meist recht unprätentiösen Ansichten zu lauschen?

Aber dann quillt plötzlich wieder der Trotz aus allen Ritzen und ich verschränke innerlich die Arme. Toni muss mir gerade kommen mit ihrem leisen Vorwurf, dass ich sie – meine beste Freundin – nicht teilhaben lasse an meinem Innenleben. Wer ist denn hier bis über beide Ohren in Sandra verliebt und sagt kein Sterbenswort davon. Und zwar ganz ohne Grund. Sich tiefschürfende Gedanken um eine Herzensbrecherin mit fraglichem Charakter zu machen, die sowieso deutlich mitgeteilt hat, selbst keinerlei Interesse an mir zu haben, ist durchaus etwas, das einem peinlich sein kann.

Aber warum will sie selbst vertuschen, sich in ihre hübsche Tanzpartnerin verliebt zu haben – schließlich reden wir hier von einem Lesben-Single-Kurs.

Nein, Toni hat keinen Grund, mich in ihre Gefühle nicht einzuweihen. Und dass sie es nicht tut, ist eine Beleidigung.

»Ich kann gerne mit dir kommen«, antworte ich mit unschuldigem Augenaufschlag. »Pizza klingt auch gut. Aber leider muss ich dich enttäuschen. Bei mir brennt wirklich überhaupt gar nichts.«

In diesem Moment passiert das, was nie passieren sollte, wenn du deine beste Freundin davon zu überzeugen versuchst, dass du ganz die Alte bist und nichts Außergewöhnliches sich in deinem Leben ereignet hat.

Jörg Bromhöfer tritt aus der Drehtür, sieht uns auf dem Weg zum Parkplatz neben dem Gebäude stehen, drückt den Rücken durch und kommt direkt auf uns zu.

»Na, ihr zwei. Endlich besseres Wetter, hm?«, sagt er.

Toni glotzt ihn an, als trüge er einen Frosch auf dem Kopf.

Jörg, dem die Abneigung meiner Freundin nicht verborgen geblieben sein kann, wendet sich an mich mit den locker flockigen Worten: »Wie wäre es, wenn wir heute den verpassten Videoabend nachholen? Oder ist schon was anderes geplant?«

Toni hat recht! Da sitzt ein Frosch auf Jörgs Kopf! Ich starre ihn ebenfalls an.

Wieder einmal hilft mir die Geistesgegenwart meiner Freundin. Toni reagiert blitzschnell.

Sie knufft unseren Abteilungsleiter gegen den Arm und strahlt ihn an: »Jörg, ist das dein Ernst? Coole Sache! Ich freu mich! Was wollen wir denn gucken?«

Jörg, milde irritiert, schaut zwischen Toni und mir hin und her.

Ich zucke mit einem entschuldigenden Lächeln die Achseln.

»Mädelsabende sind öfter, als man so gemeinhin denkt.«

»Aha«, macht Jörg oder der Frosch auf seinem Kopf. Klingt jedenfalls wie ein missmutiges Quaken. »Na, dann vielleicht ein anderes Mal.«

Als Jörg wie ein wandelnder Fahnenmast davonstolziert ist, schaut Toni mich mit tellergroßen Augen an. »Was, bitte schön, war das?«

Ich seufze. Es gibt einfach Dinge, die kannst du nicht mit einer Lüge erklären. »Okay. Ich hab dir was verschwiegen. Jörg und ich hatten neulich mal eine Begegnung im DVD-Verleih, und ich fürchte, er hat mich da etwas missverstanden.«

»Um Gottes willen«, haucht Toni, »Wie bist du denn aus der Nummer wieder rausgekommen?«

»Du wirst es kaum glauben«, grinse ich schief. »Aber Juliane hat mich gerettet.«

Hier und jetzt, auf dem Bürgersteig vor unserem Firmengebäude breche ich das mir selbst gegebene Versprechen und erzähle meiner besten Freundin alles über den besagten Dienstagabend. Das zufällige Treffen mit Juliane. Unser kurzes Gespräch. Mamas Anruf. Jörgs Auftauchen. Das Missverständnis mit dem gemeinsamen Fernsehabend. (Toni in beinahe verwundert bewunderndem Tonfall: »Missverständnis? Unsinn! Der hat genau gewusst, dass es keine Einladung von dir war. Aber er hat kapiert, dass er es so aussehen lassen kann, der Fuchs!«) Und Julianes beherztes Eingreifen. Und weil ich dann gerade so im Schnuff bin, kann ich einfach nicht aufhören und berichte ihr auch noch von dem klärenden Gespräch mit Juliane im Café.

»Tiffy«, schnauft Toni, als ich geendet habe. »Tiffy, ich hatte es im Urin. Mir kannst du nix vormachen.«

»Du mir aber auch nicht!«, erwidere ich trotzig. »Ich bin nämlich sicher, dass du mehr als nur ein kleines Interesse an einer unserer Tanzkursmädels hast. Und ich glaube auch zu wissen, welche von ihnen …«

»Wir wollen jetzt aber erst mal von dir reden!«, fällt Toni mir abwehrend ins Wort. »Denn bei dir, das muss ich jetzt mal sagen, geht ja wirklich einiges ab. Meine Güte! Eine echte Herzensbrecherin an der Angel und den Abteilungschef als zweites Eisen auch noch im Feuer.«

»Toni!«, quietsche ich.

»Okay, Jörg lassen wir mal raus. Aber das mit Juliane, also ehrlich …« Sie unterzieht mich einer genauen Freundinnenmusterung und kommt offenbar zu einem verheerenden Schluss, denn sie seufzt laut.

»Oh, Tiffy, du bist volle Kanne verschossen, oder?«

Was soll ich tun? Meine beste Freundin anlügen? »Tja, ich fürchte, meine Mutter hatte mal wieder recht«, gebe ich zu.

»Was hat deine Mutter damit zu tun?«, will Toni wissen.

»Ach, vergiss es.«

»Aber ist dir auch klar, worauf du dich da einlässt? Woher willst du wissen, ob du ihr trauen kannst?«, sorgt sich meine Freundin.

»Ich brauche mir keine Gedanken darüber zu machen, ob ich ihr trauen kann oder nicht, Toni. Ich hab's dir doch gerade erzählt. Sie hat mir klar und deutlich zu verstehen gegeben, dass sie an mir kein Interesse hat und nur deswegen so unfreundlich war, weil sie befürchtete, dass ich ansonsten zu dolles Interesse an ihr hegen könnte«, erinnere ich sie.

»Was ja aber auch trotz ihrer Unfreundlichkeit eingetreten ist«, fasst Toni das Ganze unbarmherzig zusammen.

»Ich hab dich auch lieb«, brumme ich.

Toni betrachtet nachdenklich mein Gesicht und dann die Autos auf dem Parkplatz.

»Eins muss man ihr aber lassen. Sie scheint ganz schön Buße zu tun für das, was damals mit Ricarda passiert ist. Sich selbst zu verbieten, bei dir anzubeißen, zeugt doch von echter Reue, findest du nicht? Wir sollten ihr eine zweite Chance geben!«

»Toni, sie verbietet eher mir, bei ihr anzubeißen«, seufze ich, ermüdet von ihrer Begriffsstutzigkeit.

Doch Toni hört nicht hin. »Warum hast du nur nix gesagt? Ich bin doch deine Freundin. Wir gehen zusammen in den gleichen Tanzkurs. Das sagt doch wohl alles, oder?«, beklagt sie sich.

Ich schaue etwas beschämt auf meine Schuhe. »Aber du hast doch auch …«, beginne ich recht armselig.

»Komm! Wir fahren zu mir!«, beschließt Toni und hakt sich bei mir ein.

Doch kaum sitzen wir im Auto, geht Tonis Handy.

Sie schaut auf die Nummer und wirft mir dann einen Blick zu, den ich nur als panisch bezeichnen kann.

»Wer ist das?«, will ich wissen.

Sie schüttelt den Kopf und starrt aufs Handy.

»Geh doch ran!«, wispere ich, obwohl uns die Anruferin – es ist bestimmt eine Anruferin, und ich habe auch so eine Ahnung, wer es sein könnte – ja gar nicht hören kann.

Toni schüttelt den Kopf.

»Toni, jetzt mach schon. Sei kein Feigling!«

Sie nimmt den Anruf an.

»Hallo?« Das ist ihre Singdrossel-im-Mai-Stimme. Zwitscher. Zwitscher. »Ach, hallo, du bist's.«

Ist das jetzt Sandra, ja oder nein, verdammt noch mal?

»Nein, nein, alles im grünen Bereich. Was gibt's denn? – Hm. – Ach so. – Kino? Ja, wieso nicht? Gute Idee. Wann denn? – Heute? Also, heute … ich weiß nicht …«

Toni sieht zu mir herüber.

Ich nicke ihr gnädig zu und fummele bereits am Türgriff. Wenn ich mich heimlich verdrücke, können die beiden Turteltauben noch ein bisschen alleine schnacken. Leise öffne ich die Tür, während Toni auf die Uhr schaut.

»Ja, klar, das könnte ich schaffen. Muss nur noch schnell nach Hause und mich umziehen. In einer halben Stunde? – Ach, sicher, kein Problem. Ich bin auch ein spontaner Mensch. Finde ich schön. – Okay, dann … bis später, ja, bis gleich.«

Sie legt auf und starrt auf ihr Handy, während ich bereits aussteige und noch zu ihr ins Auto sehe.

»Tiffy … ich …«, stammelt sie.

Ich schmunzele.

»Grüße Sandra schön!«, grinse ich und schlage die Tür zu. Und freue mich an Tonis verdutzter Miene, die ich durch die Frontscheibe beobachten darf, als ich vor dem Wagen die Straße überquere.

Ha. Offenbar hat sie gedacht, dass ich auch nichts mitbekomme von ihren Gefühlsverwicklungen. Sie hat bestimmt geglaubt, dass ich nicht merke, was zwischen ihr und ihrer Tanzpartnerin abgeht.

Da hat sie sich aber ganz schön geirrt.

12

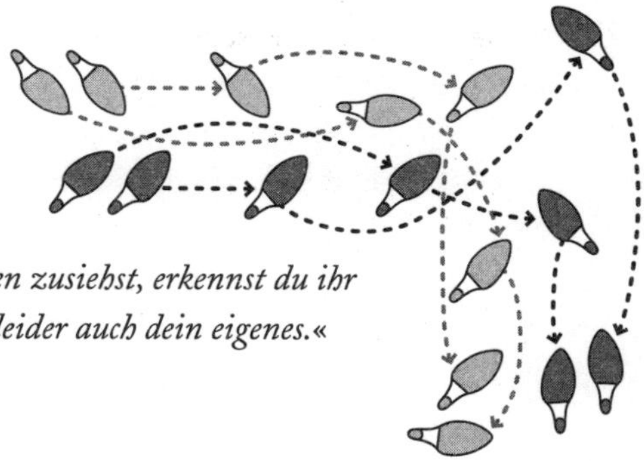

»Wenn du einer Frau beim Tanzen zusiehst, erkennst du ihr Verlangen. Aber leider auch dein eigenes.«
(Paranoid Feet)

Mittwochabend.
Tanzschule.

Die Frisur sitzt.

Die Knie aber leider nicht. Meine fühlen sich jedenfalls an wie Wackelpudding.

»Und denk dran. Lass sie erst gar nicht zu Wort kommen. Du sagst ihr klipp und klar, dass du mit Ricarda auf dem Turnier startest. Sie hat es einfach verdient, darüber informiert zu sein. Und vergiss nicht, dabei zu lächeln«, zischelt Toni mir zu, als wir den Saal betreten.

»Wenn es mir gelingt, mit dem Zähneklappern aufzuhören, werde ich deinen Rat beherzigen«, entgegne ich steif. Da vorn am Tisch steht bereits Juliane, in ein Gespräch mit Natascha und Anke vertieft. Als ich die drei so zusammen sehe, fährt mir ein heißer Blitz in den Magen.

»Toni, du hast doch Natascha nichts erzählt …?«, wispere ich rasch.

Toni schaut mich an. »Wofür hältst du mich?«

Und tatsächlich benehmen sich alle vollkommen unauffällig, als wir bei ihnen ankommen.

Jedenfalls unauffälliger als ich, nehme ich an.

Ich fühle mich so verkrampft, dass ich bereits Probleme damit habe, mich entspannt auf einen Stuhl zu setzen. Juliane sieht mich mit leicht gerunzelter Stirn an. Ich werfe Toni einen hektischen Blick zu. Doch die schüttelt kaum merklich den Kopf. Na, Gott sei Dank. Sie ist auch der Meinung, dass ich die Bombe nicht Aug in Aug mit Klatsch-Else Natascha zünden sollte.

Es dauert nicht lange, dann sind auch Kati, Jutta und Sandra eingetroffen. Alle sehen wir gespannt zu Juliane, der ihre Vorreiterinnenrolle sichtlich unangenehm ist. Sie rutscht auf ihrem Stuhl herum und knabbert an ihrer Unterlippe.

»Ich habe mir überlegt, dass es eine dumme Idee wäre, wenn ich euch für die Formation neue Schritte beibringe«, sagt sie. »Das würde Mona sofort merken, wenn ihr die versehentlich ins normale Training einbaut. Und wahrscheinlich wäre sie damit nicht einverstanden. Aber womit sie bestimmt einverstanden wäre, das ist die Arbeit an unserem Ausdruck.«

Anke grinst. Wahrscheinlich findet sie die Bezeichnung ›Arbeit‹ übertrieben für das, was wir hier tun werden. Sie wird sich noch wundern …

»Was meinst du mit Ausdruck?«, will Sandra leicht beunruhigt wissen.

Juliane sieht sie einen Moment lang ratlos an. Ihr Blick wandert an uns allen vorbei und bleibt schließlich an mir hängen. Sie schaut mich so lange an, dass auch die anderen schließlich verwundert zu mir hinsehen.

»Der Ausdruck ist die Seele des Tanzes«, sagt Juliane da. »Wenn ihr euch nicht um den Ausdruck bemüht, dann geht ihr nur Schritte zur Musik.«

Wie poetisch. Man sollte gar nicht meinen, dass sie in den

Tanzstunden meist kaum die Zähne auseinanderbekommt. Alle sehen wieder zu ihr hinüber.

»Ihr könnt zu dieser Musik so tanzen.« Sie hebt ihre Arme in die Luft, als stände ihr eine Führende gegenüber und zeigt uns die klassische Walzereröffnung inklusive einer anschließenden Linksdrehung.

Dann bricht sie ab und steht einen Moment ganz still, lauscht der Melodie. Eine Sekunde lang bin ich davon überzeugt, dass sie gleich die Augen schließen wird, so versunken wirkt sie.

Doch dann sagt sie: »Oder ihr könnt es so tanzen.«

Und dann tanzt sie.

Sie hat eine ganz besondere Art, sich zu bewegen. Sonntags ist mir das noch gar nicht so aufgefallen. Da bin ich wohl zu nah an ihr dran, um das wahrzunehmen. Aber jetzt, wo ich ihr so ungehindert zuschauen kann, ist es deutlich. Ich glaube, es ist die Tatsache, dass sich nicht nur ihre Füße bewegen. Ihr ganzer Körper tanzt. Selbst bei den einfachsten Schrittfolgen ist das zu spüren. Ihre Beine folgen federleicht den Füßen, ihre Hüften wiegen sich anmutig, ihre Arme beschreiben elegante Bögen, selbst ihre Schultern und ihr Kopf scheinen den Rhythmus aufzunehmen und als elektrische Spannung weiterzuleiten an die Umgebung. Ich bin wirklich froh, dass wir alle zu ihr hinsehen und ich deswegen nicht als Voyeurin enttarnt werden kann.

Denn das würde ich bestimmt, weil ich einfach nicht wegsehen kann. Ihr Anblick ist wie viele schöne Dinge gleichzeitig, eine Quelle klaren Wassers, ein Bündel frischen Heus, ein trabender Gepard. Ich bin betört. Und weiß genau, so etwas sollte ich eigentlich nicht fühlen, wenn ich einer Herzensbrecherin mit niederem Charakter beim Tanzen zuschaue. Ich sollte nicht so zu ihr hinsehen. Ich sollte sie nicht so schön finden.

Als sie einmal um den Saal getanzt und wieder bei uns angekommen ist, sieht sie uns alle der Reihe nach an.

»Kapiert?«, fragt sie.

»Sonnenklar«, antwortet Kati für uns alle, die wir nur verklärt nicken können.

»Okay, dann arbeiten wir heute Abend daran. Und nächste Woche schauen wir, was hängen geblieben ist, und ich zeige euch die ersten Schritte der kleinen Choreografie, die ich mir ausgedacht habe. Verteilt euch ruhig schon mal. Für die Walzereröffnung braucht ihr ein bisschen Platz.«

Die anderen schaffen ein bisschen Abstand zwischen sich, und ich komme mir plötzlich schrecklich überflüssig vor. Wenn sie den anderen helfen und zusehen will, welche Fehler und Fortschritte sie machen, dann kann sie doch nicht gleichzeitig mit mir tanzen. Denke ich. Doch Juliane kann. Und es stört mich auch nicht, dass ich mit ihr immer und immer wieder die Eröffnung und die erste Drehung tanzen muss, die Führung übernehmend, aber gleichzeitig ihren Anweisungen folgend.

Wir müssen das so oft machen, weil Juliane offenbar ihre Augen überall hat und ständig etwas sieht, das ihrer Meinung nach noch nicht perfekt ist.

Um die Musik zu übertönen und nicht ständig selbst mit dem Tanzen aufhören zu müssen, ruft sie quer durch den Saal: »Toni, du verlässt deinen Tanzbereich!«, oder »Natascha, der letzte Schritt ist an ihr vorbei, nicht zwischen ihre Beine. Deswegen klappt es nicht!«, oder »Kati, nicht nur Jutta muss sich zurückbeugen. Wenn du weiter so steif im Rücken bleibst, brichst du deiner Tanzpartnerin das Kreuz!«

Wir alle wollen, dass es gelingt. Deswegen strengen sich alle immens an. Da werden verlegen grinsend Schweißtropfen von der Stirn gewischt, Wind zugefächelt und verstohlen T-Shirts gelüftet. Aber es funktioniert. Bei Juliane und mir funktioniert es sogar ganz wunderbar.

Ein bisschen spüre ich wieder das Schweben. Es erfasst meine

Beine und macht sie kraftvoll und geschmeidig zugleich. Jedoch nur solange bis ich einen mahnenden Blick von Toni auffange. Ach, ja. Ich muss Juliane ja noch sagen …

»Nein, Mädels, nein«, unterbricht Juliane die Tänzerinnen und eilt zum Musikpult, um den Regler runterzudrehen.

»Was gibt's denn da noch dran zu meckern?«, fragt Sandra offensiv. Mir fällt auf, dass Toni ihre Hand noch eine Weile festhält, bevor sie sie schließlich doch loslässt.

»Versteh ich auch nicht«, meldet sich Kati. »Ich kann ja nur für mich sprechen, aber ich versuche wirklich, das umzusetzen, was du uns sagst. Schulterblätter zurück. Blinddarmnarbe an Blinddarmnarbe. Kopf links. Tanzbereich. Auf die Zehen bei drei. Keine Ahnung, was ich da sonst noch machen könnte, um es besser zu machen.«

»Vielleicht sind wir einfach noch nicht so weit, um derart fein am Ausdruck arbeiten zu können«, brummelt Anke.

Juliane sieht mich an. Ich schaue ratlos zurück. Alle stehen etwas verlegen herum. Mal wieder typisch für mich. Ich war derart verklärt und bin so aufgegangen in meinen eigenen Bewegungen, dass ich nicht bemerkt habe, dass die anderen langsam frustriert sind, weil es immer noch etwas zu verbessern gibt.

Da meldet sich ausgerechnet die scheue Jutta zu Wort: »Kann es sein«, beginnt sie und muss sich räuspern, »kann es sein, dass du meinst, wir sollen weniger an die Technik denken und uns mehr der Musik … überlassen?«

Wir schauen sie alle verblüfft an. Dass sie so etwas von sich gibt, hätte wahrscheinlich keine von ihr erwartet. Juliane sieht sie dankbar an. Dann nickt sie.

»Ich weiß, es ist nicht einfach, und ich verlange jetzt viel mehr von euch, als Mona es in euren regulären Stunden tut. Bei Mona müsst ihr einfach sehr auf die neuen Schritte achten, müsst sie wieder und wieder üben, damit eure Körper sich irgendwann ganz automatisch an sie erinnern. Aber hier, in unserem Mittwochstraining, geht es um etwas anderes.« Sie hält kurz inne, als müsse sie ihre Worte gut abwägen.

Toni wirft mir einen Blick zu, der sagt: ›Du stehst also auf komplizierte Möchte-gern-Tanzmeisterinnen?!‹

Ich sehe lieber rasch fort.

Juliane schaut auf die Uhr. »Ich glaube, wir sollten jetzt Schluss machen. Ihr seid alle ziemlich erschöpft, oder?«

Die meisten nicken, und wir schleppen uns zu dem Tisch, wo wir unsere Sachen abgelegt haben. Toni blinzelt mich an. Ich ignoriere sie.

»Was meinst du mit diesem ›anderen‹?«, wendet Anke sich an Juliane. »Du hast gesagt, hier geht es um etwas anderes.«

Natürlich spitzen alle die Ohren.

Doch Juliane schweigt nur hilflos, während ihr anzusehen ist, dass sie krampfhaft überlegt, was sie antworten soll. Da ist sie wieder, ihre scheue Seite, die ich schon so oft habe erleben dürfen. Ich kann spüren, wie es in ihr arbeitet. Ihre schönen Augen blicken ratlos, während ihr Blick sich an der Tischkante festfrisst.

»Wenn der Tanz ein Land wäre, in das wir verreisen könnten«, höre ich mich da zu Juliane sagen. »Wie würdest du eine Broschüre zu diesem Land schreiben?«

Stumme honigfarbene Antwort. Voller Verwunderung. Und mit einer Spur von etwas anderem, das in mir wieder alles zum Vibrieren bringt.

Unsere Tanzkursmitstreiterinnen hocken mucksmäuschenstill auf ihren Stühlen, als gelte es tatsächlich, die sprichwörtliche Stecknadel fallen zu hören. Ein paar Sekunden lang würgt mich der Gedanke, dass Juliane meinen Versuch, ihr zu helfen, einfach nur grottig findet, und dass sie jetzt ganz sicher etwas erwidern wird, in dem die Worte ›Spinnerin‹ und ›wirre Ideen‹ vorkommen. Doch dann legt sie den Kopf schief und lächelt mich an. Nur mich.

An alle gewandt sagt sie leise: »Das wäre eine Reise voller Abenteuer und Mutproben. In eine Landschaft, die euch sehr vertraut und aufregend fremd zugleich vorkommen wird. Wenn ihr wirklich tanzen wollt, müsst ihr euch etwas trauen. Ihr müsst eurem Körper vertrauen. Spürt die Musik. Lasst sie durch euch hindurchfließen und überall wieder raus, nicht nur an den Füßen. Wahrhaftig zu tanzen, ist ein kleines Wagnis. Die Führende muss führen wollen, muss die Verantwortung für beide tragen. Aber sie darf die Geführte nicht gängeln oder zwingen. Sie macht nur ein Angebot, und die Geführte folgt. Sie gibt sich hin.«

Anke lässt ein leises Seufzen hören.

»Und so sollen wir auf der Tanzfläche aussehen?«, flüstert Natascha ungläubig.

»Die Zuschauerinnen müssen das Gefühl haben, ihr entführt sie in dieses ferne, nahe, unbekannte, geheimnisvolle Land«, beschwört uns Juliane, die Texterin für Reisebroschüren.

»Klingt cool«, grinst Kati und steht auf. »Ich werd auf alle Fälle all meinen Freundinnen Bescheid sagen. Sie sollen die fetten Sonnenbrillen und Sonnencreme mitbringen, wenn sie uns beim Sommerfest zusehen.«

Wir lachen und packen ebenfalls unsere Sachen zusammen. Ich wette, Kati ist – genauso wie Toni – Gold wert, wenn es darum geht, gute Stimmung zu verbreiten.

Vielleicht werfen sich die beiden deswegen so oft verbal Bälle zu, die die andere geschickt auffängt, um sie mit viel Witz zurückzugeben. Toni ist erste Sahne, wenn es um Steilvorlagen geht. Deswegen erwidert sie auf Julianes Gruß »Dann bis Sonntag!« nicht nur »Ja, wir sehen uns Sonntag«, sondern wendet sich in gespielt interessierter Nebensächlichkeit an mich, um laut genug von sich zu geben: »Oder bist du schon früher wieder hier, Tiffy?«

Ihre beste Freundin Tiffy, die darauf gut hätte erwidern können: ›Oh, das weiß ich noch gar nicht. Ich habe mit Ricarda noch nichts abgemacht. Ach … da fällt mir ein … Juliane, beim Tanztee haben Ricarda und ich doch tatsächlich beschlossen, gemeinsam beim Turnier anzutreten‹, hat kurzzeitig ihr Hirn ausgeschaltet. Lediglich das Panikzentrum funktioniert. Denn das steuert vollkommen unabhängig den Kopf, der sich auf dem Hals in einer leichten Drehbewegung von links nach rechts und zurück bewegt. Ebenso wie Lippen und Zunge, die die Worte »Nö, nicht dass ich wüsste« formen.

Juliane sieht kurz mit hochgezogenen Brauen zu uns herüber. Toni grinst schief. Ich existiere lediglich. Und dann gehen wir hinaus.

»Boah, Tiffy«, nörgelt Toni, als wir den Tanzsaal verlassen. Doch bevor ich etwas erwidern kann, treffen wir im Foyer auf Natascha und Anke.

Und Natascha hat nichts Besseres zu tun, als ausgerechnet zu mir zu sagen: »Sie hat schon Klasse, oder?«

»Wer?«, frage ich dumm. Noch geschockt von meiner eigenen Weigerung, Juliane endlich die banale Wahrheit über meine Tanzgemeinschaft mit ihrer Erzfeindin mitzuteilen.

»Juliane natürlich«, verdreht Natascha die Augen. Toni öffnet ihren Rucksack und wühlt darin herum, um sich nicht am Gespräch beteiligen zu müssen.

»Ich an deiner Stelle würde lieber Ricardas Angebot annehmen, wenn du mich fragst!«, erklärt Anke, ohne dass irgendjemand sie gefragt hätte, ich schon gar nicht.

Trotzdem öffne ich den Mund, um wenigstens meinen Tanzkurskolleginnen im Bezug auf Ricardas und meine Turnierteilnahme reinen Wein einzuschenken. Doch Natascha kommt mir zuvor. »Hey, es geht ja nicht darum, mit ihr was zu starten. Das kommt ja schon mal gar nicht infrage bei ihrer Einstellung zu Beziehungen und so. Ich meinte einfach nur, ihre Art zu tanzen«, mault sie, weil sie sich missverstanden fühlt.

Anke schüttelt den Kopf. »Momentan können wir die beiden in dem Bereich ja noch gar nicht vergleichen. Wir haben Ricarda noch nicht ihren argentinischen Tango tanzen sehen. Ich glaube, da fliegt dir echt das Höschen weg. Was, Tiffy?«

Ich grinse neutral. Kurz taucht die Erinnerung daran in mir auf, wie Ricarda mit dem Daumen über meine Haut gestrichen hat, als sie vom Tango und seiner Sinnlichkeit erzählte. Sie ist wirklich immer sehr nett zu mir. Charmant. Freundlich. Kommunikativ. Außerdem ist sie durchtrainiert bis zum Ohrläppchen und sieht schon allein deswegen klasse aus. Trotzdem gerät mein Höschen, wie Anke es ausdrückt, nicht so recht in Wallung. Höschen haben offenbar doch ihren eigenen Kopf.

13

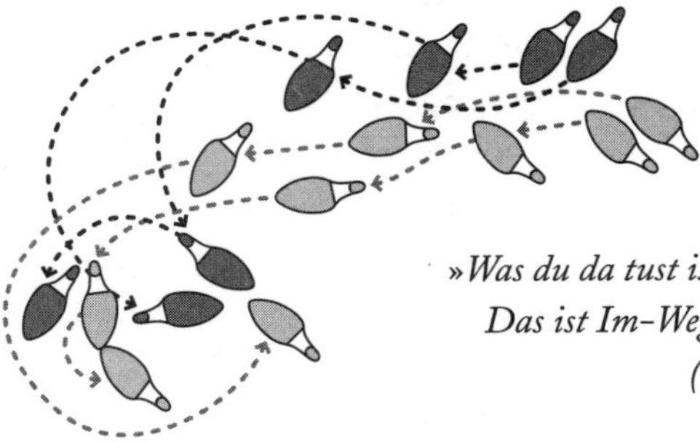

»Was du da tust ist kein Tanzen.
Das ist Im-Weg-Rumstehen.«
(Paranoid Feet)

Es ist nicht so, dass ich es ihr verschweigen will«, sage ich zu Toni, als wir am Freitag die Firma verlassen. Sie kann es nicht lassen, mich immer wieder darauf anzusprechen, dass ich bei der geplanten Offenbarung bei Juliane komplett versagt habe. Und das, obwohl meine beste Freundin mir eine derartig gute Vorlage geliefert hat. »Aber wir haben mittlerweile ein recht vertrautes Verhältnis zueinander. Und das würde vielleicht getrübt, wenn sie wüsste …«

»Soll ich dir mal was sagen?«, flötet Toni. »Euer Verhältnis, wie vertraut das auch sein mag, wird vielleicht getrübt, weil du auf dem Fest mit ihrer ehemaligen Rivalin tanzt. Aber wenn du es ihr nicht sagst und sie es auf einem anderen Weg rausfindet, wird sie nicht betrübt, sondern megastinksauer sein. So sieht's aus.«

»Ich sag's ihr ja noch«, beteuere ich kleinlaut. Ich weiß, dass sie recht hat.

»Und wann?«, will Toni wissen und klimpert mit ihren langen dunklen Wimpern. James Dean eben.

Mein Handy klingelt.

»Und sag deiner Mutter bitte endlich, dass sie sich abregen

kann, weil Juliane dir eine Abfuhr erteilt hat, bevor du mit dem Graben anfangen konntest. Diese ständigen Anrufe gehen ja sogar mir auf die Nerven«, grinst Toni.

Ich sehe aufs Display. Es ist definitiv nicht meine Mutter.

»Hallo, Ricarda«, begrüße ich sie und kann selbst hören, dass ich klinge wie ein aufgezogenes Spielzeug.

Toni ist sofort stumm wie ein Toastbrot und versucht (vergeblich) ebenso desinteressiert zu wirken.

»Hallo, Tiffy, ich hoffe, ich stör dich nicht?« Ricardas Stimme klingt tiefer, als ich sie in Erinnerung habe. Eine angenehme Telefonstimme. Sogar auf meinem schäbigen Uralt-Handy.

»Überhaupt nicht. Toni und ich kommen grad von der Arbeit. Wir arbeiten im gleichen Büro, weißt du. Und jetzt ist Wochenende!«, erwidere ich gut gelaunt.

Ricarda lacht in genau der richtigen Tonlage. »Und wie wäre es da mit einer ersten gemeinsamen Übungsstunde? Ich hab grad erfahren, dass mein Einzeltraining am frühen Abend ausfällt. Ich hätte also Zeit.«

Ich sehe absichtlich nicht zu Toni hinüber. Die hat mir gerade noch prophezeit, dass ich am Ende meine erste Stunde mit Ricarda ausmachen werde, bevor ich Juliane über besagte Neuigkeit informiert habe. Toni war der Meinung, das wäre der Supergau.

»Oh, klar. Ich auch. Wann denn?«, sage ich.

»Wie wäre es kurz vor sechs?« Klingt sie ein bisschen atemlos?

»Das passt. Ich werd da sein.«

»Okay, ich … ich freu mich.«

Wir legen auf.

Toni poliert ihre Fingernägel.

»Und ich sag noch …«, murmelt sie.

»Vielleicht sagt sie gleich wieder ab«, gebe ich zurück, ohne zu wissen, ob ich das hoffen oder fürchten soll.

»Wieso das?«, will Toni verwundert wissen.

»Sie klang ein bisschen aus der Puste. Vielleicht hat sie einen stressigen Tag hinter sich«, murmele ich. Und während ich das sage, kommt mir zum ersten Mal der Gedanke, dass Ricarda vielleicht gar nicht so locker lässig gewesen sein könnte, wie ich automatisch angenommen habe. Vielleicht klang ihre Stimme ein bisschen atemlos, weil ... sie aufgeregt war? Aufgeregt wegen eines Telefonats mit mir?

* * *

Das hätte ich besser nicht gedacht. Denn in den zwei Stunden, die mir zum Frischmachen und Umziehen bleiben, geistert mir die Vision einer verknallten Ricarda im Kopf herum und hindert mich an allen klaren Gedanken. Und so stolpere ich zur Tanzschule, um dort festzustellen, dass ich eine Viertelstunde zu früh bin. Mona, die mir im Foyer begegnet, sieht mich verwundert an.

»Nanu, Stefanie, was machst du denn hier?«

»Nur Tiffy bitte«, sage ich. »Ich bin mit Ricarda verabredet. Wir wollen für das Turnier trainieren. Sie glaubt, dass ich in der Offenen Klasse starten könnte.«

Mona sieht mich nachdenklich an. Ihre Haare fallen locker über die Schultern, und sie ist so gut wie nicht geschminkt. Doch irgendetwas haben Tanzschullehrerinnen immer an sich, das bewirkt, dass man seinen Rücken so gerade hält wie Jörg Bromhöfer.

»Ja, wieso nicht«, sagt sie nach ein paar Sekunden des Musterns. »Du lernst sehr schnell. Und hast noch Etliches im Kopf von deiner abgebrochenen Profikarriere ...«

Beide lachen wir. Mona wird jedoch recht bald wieder ernster.

»Wie gefällt es dir denn im Kurs? Klappt alles so, wie du dir es vorgestellt hast?«

Ich hatte mir eigentlich im Wesentlichen vorgestellt, möglichst bald wieder zu verduften, und dafür klappt es doch wirklich gut, denke ich. Doch stattdessen sage ich: »Oh ja, die Mädels sind alle sehr nett. Macht Spaß.«

»Schön.« Sie lächelt mich an. Wieso sieht sie immer noch so prüfend aus?

»Tja ...«, mache ich und sehe auf die Uhr. »Ich bin zu früh.«

Mona deutet auf die geschlossene Tür des kleinen Tanzsaales.

»Warte doch da drin. Ricarda wird bestimmt bald da sein.«

»Gute Idee.« Ich bin erleichtert, dass ich mich verdrücken kann. Auf dem Weg zur Tür spüre ich jedoch noch ihren nachdenklichen Blick im Nacken.

Ich weiß auch, was ich mich fragen würde, wenn ich Mona wäre: Wenn doch alles so gut klappt im Kurs und die Mädels alle so nett sind, wieso tanzt Stefanie ... ehm, Tiffy dann das Turnier nicht mit ihrer Tanzpartnerin Juliane?

Deswegen bin ich froh, dass ich die Tür erreiche und sie hinter mir schließen kann, bevor Mona auf die Idee kommt, ihren fast hörbaren Gedanken laut auszusprechen.

Hinter der Saaltür erwartet mich Stille.

Ich blicke über die blanke Fläche des Parketts, direkt in mein eigenes Gesicht, das mir von der verspiegelten Wand entgegensieht. Ein bisschen blass und nervös.

Ein Tanzsaal ganz allein für mich. Das hatte ich noch nie. Leise gehe ich zu den Stühlen, die an der Seite aufgereiht sind, und stelle meine Tasche dort ab.

Dann sehe ich mich genauer um. In der Ecke neben der Tür steht die Musikanlage. Ich schleiche hin. Ja, wirklich, ich schleiche. Denn so ein leerer Tanzsaal hat etwas ähnlich Sakrales an sich wie eine Kirche. Laute Schritte kämen mir frevelhaft vor.

Nach kurzem Zögern und Blick zur Uhr (immer noch zehn Minuten) strecke ich die Hand aus und schalte die Anlage ein. Die Displays leuchten auf. Der CD-Player summt. Es liegt eine Scheibe drin. Blick zur Tür. Ich drücke auf ›Play‹.

Die ersten leisen Töne eines melancholischen argentinischen Tangos erklingen und erfüllen sofort den Raum mit ihrer sanften Traurigkeit. Ich schließe die Augen und lausche. Diese Musik ist wirklich etwas Besonderes. Sie raubt einem alle Sinne und beschenkt sie gleichzeitig. Sie ist eine zerrissene Einheit. Etwas, das zusammengehört und auseinanderstrebt. Etwas, das ferngehalten wird und mit aller Macht zueinander will.

Klavier und Akkordeon umschmeicheln sich, als gingen sie Hand in Hand grazil zur Tanzfläche, um dort Haltung anzunehmen. Sie wenden die Köpfe voneinander fort, obwohl alles sie eigentlich zueinanderzieht. Dann tun sie den ersten gemeinsamen Schritt. Sie wiegen sich. Umschleichen sich. Reißen sich gegenseitig herum. Es ist ein Ritual der Liebe. Ein Antrag des Begehrens. Womöglich sogar ein Vorspiel. Auf dem blanken Parkett.

»Ich muss sagen, dafür dass du die Schritte nicht kennst, sieht das schon sehr gut aus«, ertönt von der Tür her eine Stimme.

Ich fahre herum.

»Ups!«, mache ich.

Wie ich da so mitten im Saal stehe, die Arme in Tanzhaltung erhoben, muss ich einen ziemlich dämlichen Anblick bieten. Ricarda grinst und schließt die Tür hinter sich.

»Schadet nicht, wenn man sich vor dem Training schon mal etwas warm macht«, sagt sie, während sie die Jacke über einen Stuhl wirft und aus ihrer Tasche die Tanzschuhe nimmt, in die sie rasch hineinschlüpft.

»Leider gehört Tango Argentino nicht zum Standard. Sonst könnten wir gerne dabei bleiben.«

Ich gehe zur Musikanlage und drücke auf ›Stop‹.

»Hallo erst mal«, lächelt Ricarda.

Ich lächele zurück. »Hallo. Ich war zu früh.«

»Schöner Gedanke, dass du es kaum abwarten kannst«, gibt

Ricarda verschmitzt zurück. Wir sehen uns an. Ihre Augen sprühen. Ganz sicher war sie nicht aufgeregt vor unserem Telefonat. Dieser Frau schießt das Selbstbewusstsein nur so aus den Ohren. Ganz sicher hat sie noch nie weiche Knie bekommen oder wurde gar atemlos, wenn sie eine Angebetete angerufen hat.

»Was ist denn?«, lacht sie.

»Wieso?«, erwidere ich.

»Du schaust so …«

»Wie denn?«

»Ach, lassen wir das«, grinst sie. »Suchen wir uns erst mal einen Tanz aus für unseren kleinen Auftritt. Hast du eine andere Vorliebe entwickelt oder ist es beim Tango geblieben?«

Ich nicke. Merke aber noch rechtzeitig, dass es schlecht ist, derart auf eine Entweder-Oder-Frage zu antworten.

»Tango!«, bekräftige ich mit fester Stimme.

»Dann also Tango«, stimmt Ricarda mir zu und wühlt in den CDs, die neben der Anlage liegen.

Als die ersten Takte erklingen, gehen wir gemeinsam auf die Tanzfläche, genauso wie eben noch das argentinische Klavier und sein Akkordeon.

»Lass uns erst mal eine Runde warmtanzen. Du führst mal alle Figuren, die du inzwischen kennst, und ich achte auf alles, was wir verbessern können«, schlägt Ricarda vor.

Ich nicke, ergreife mit der linken Hand ihre rechte und fasse mit der rechten unter ihr Schulterblatt.

Sie fühlt sich anders an, stelle ich fest. Ich stelle das ganz neutral fest. Der Gedanke kommt einfach so angeflogen. Fühlt sich anders an. Als Juliane. Nicht nur weil sie kleiner ist. Es fühlt sich auch deswegen anders an, weil es einfach ein Unterschied ist, ob deine Gegenüber in dir dieses merkwürdige Flattern auslöst. Oder ob sie einfach eine charmante, attraktive Frau ist.

»Können wir?«, fragt Ricarda.

Wir legen los. Und innerhalb kürzester Zeit sind alle meine Gedanken rund um Andersfühlen verschwunden.

Ich tanze.

Wir tanzen.

Genau so wie Juliane es gesagt hat. Ich lasse die Musik in mich hineinströmen und überall wieder heraus, nicht nur an den Füßen. Nachdem wir den Saal ein paarmal umrundet haben, legt Ricarda eine kleine Pause ein und sieht mich seltsam an.

»Das war schon sehr gut«, sagt sie, und aus irgendeinem Grund wirkt sie nicht mehr ganz so selbstbewusst wie noch vor ein paar Minuten, als sie zur Tür hereinkam.

»Dann kannst du mir ja jetzt sagen, was es zu verbessern gibt«, erwidere ich erfreut.

Das tut sie natürlich auch. Und sie hat einiges zu sagen. Haltung. Ausführung. Ausdruck. Neue Schritte und Figuren. Genau genommen habe ich nach einer Dreiviertelstunde keinen blassen Schimmer mehr, wieso sie zuerst behauptet hat, dass ich schon sehr gut war.

»Es sind doch nur noch ein paar Wochen bis zum Fest. Wie soll ich das alles denn so schnell lernen, sodass wir am Turnier teilnehmen können?«, keuche ich und klammere mich an einen Stuhl, während sie eine andere CD einlegt. Ricarda wirft mir über die Anlage einen kurzen Blick zu.

»Du hast noch etwas vergessen«, sagt sie. »Wir wollen nicht nur am Turnier teilnehmen. Wir wollen es auch gewinnen.«

Huch. Davon ist bisher keine Rede gewesen.

»Also, so ehrgeizig bin ich vielleicht gar nicht«, erwidere ich vorsichtig.

Ricarda kommt wieder zu mir herüber und streckt mir die Hand entgegen. »Hey, du bist gut. Wieso sollten wir das nicht schaffen? Wir trainieren einfach zweimal die Woche. Vielleicht freitags und mittwochs? Dann haben wir eine reale Chance.«

»Mittwochs kann ich nicht«, antworte ich. »Unser Kurs studiert eine kleine Formation ein, die wir Lisa und Mona vorführen wollen – als Überraschung quasi. Du darfst ihnen natürlich nichts sagen!«

»Formation?«, wiederholt Ricarda. »Wer denkt sich die denn aus? Du etwa?«

Ich zögere kurz. »Juliane«, sage ich dann rasch, als könne ein schnelles Aussprechen die Schärfe mildern, die für Ricarda in diesem Namen liegen muss.

»Oh«, macht sie.

Ich ergreife ihre Hand, und sie zieht mich vom Stuhl hoch. In diesem Augenblick wird die Tür geöffnet. Wir schauen beide hinüber. Dort steht Juliane und starrt uns verblüfft an. Ich starre entsetzt zurück.

»Wenn man vom Teufel spricht …«, murmelt Ricarda so leise, dass nur ich es verstehen kann.

»Hi«, schmettere ich nach der ersten Schrecksekunde und versuche, unverfänglich und vergnügt auszusehen. Im Geiste sehe ich schon Tonis Gesicht vor mir, wie sie langsam und vielsagend nickt.

»Entschuldigung«, sagt Juliane und schließt die Tür wieder.

»Gern geschehen«, brummt Ricarda.

Ich will gerade irgendetwas Dummes erwidern oder zumindest wieder Luft holen, als sich die Tür erneut öffnet. Diesmal bleibt Juliane nicht draußen stehen. Sie marschiert direkt herein und auf uns zu. Ich würde gern meine Hand aus Ricardas lösen, doch sie hält mich eisern fest. In Julianes Gesicht spiegelt sich wilde Entschlossenheit.

»Hi auch«, sagt sie zu mir. Mit einer freundlichen Begrüßung hat das jedoch nur ganz entfernt zu tun. Supergau. Toni hatte recht. Ich nicke, um ein Lächeln bemüht, was mir sicher misslingt.

»Kann es sein, dass ihr fürs Turnier trainiert?«, fragt Juliane mich sachlich.

Wieder nicke ich nur. Ich wäre froh, wenn ich wüsste, was ich sonst tun soll.

Doch da wendet Juliane sich bereits an Ricarda: »Das hast du ja schön eingefädelt!«

Ricardas Augen haben sich zu zwei Schlitzen verengt. Mit den kurzen dunklen Haaren und dem markanten Gesicht sieht sie aus wie einem asiatischen Kampfkunstfilm entsprungen.

»Keine Ahnung, wo dein Problem liegt. Du hast ja keine Anstalten gemacht, Tiffy zu fragen, ob sie mit dir tanzen will«, entgegnet sie scharf.

Ich kann nicht leugnen, dass sie damit recht hat. Aber das ist mir in diesem Moment vollkommen egal. Ich würde am liebsten die weiße Fahne hissen.

»Ich wollte es dir sagen«, sage ich lahm, weil gerade kein solcher Lappen in Sicht ist, und schaffe es endlich, meine Hand aus Ricardas Griff zu befreien. Juliane sieht mich an. Ihre braunen Augen sind dunkler als sonst. Sie öffnet den Mund und schließt ihn wieder.

Dann wendet sie sich um und ist bereits wieder zur Tür hinaus, die hinter ihr ins Schloss fällt. Die Tangomusik dudelt weiterhin übers Parkett.

»So heißblütig kennen wir sie sonst gar nicht«, stellt Ricarda schmallippig fest.

»Es war dumm von mir, es ihr nicht zu sagen«, entgegne ich zerknirscht.

Ich verspüre den beinahe unwiderstehlichen Drang, zur Tür zu rennen und Juliane nachzurufen, dass es mir leidtut.

Ricarda dreht sich um und steht nun direkt vor mir. Dazu sieht sie mir geradewegs in die Augen. Forschend und voller Mitgefühl.

»Du willst doch jetzt nicht behaupten, dass du selbst dir die Schuld gibst für Julianes miesen Auftritt?«, fragt sie leise.

»Na ja«, murmele ich und schiele unruhig zur Tür. Ob sie schon durchs Foyer und auf der Straße ist? »Das kam ziemlich überraschend für sie.«

»Na und? Irgendwann musste sie es ja mal erfahren. Eine Überraschung wäre es immer gewesen, denn offenbar glaubt sie ja, dass alle Welt nur auf sie wartet. Und jetzt frage ich dich: Was ist denn dabei, wenn du und ich miteinander tanzen?«, will Ricarda zu Recht von mir wissen, ohne dass ich ihr eine Antwort geben könnte. »Sie selbst hatte anscheinend nicht vor, dich zu fragen. Was also hat sie dagegen, wenn wir uns zusammentun?«

Ich gehe zur Musikanlage hinüber und drücke mit bebenden Fingern die Stopp-Taste. Die einsetzende Stille tut mir regelrecht körperlich weh.

»Das hat bestimmt was mit eurer gemeinsamen Geschichte zu tun«, sage ich vorsichtig. Schließlich will ich nicht schon wieder in alten Wunden herumstochern.

Ricarda sieht mich einen Moment lang forschend an. Dann geht sie zu den Stühlen hinüber, lässt sich darauf fallen und krempelt sorgfältig die Ärmel an ihrem Langarm-Shirt hoch.

»Weißt du«, beginnt sie nachdenklich. Wieder klingt ihre Stimme etwas dünn, so wie vorhin am Telefon. »Natürlich wirken manche krummen Geschichten noch lange nach. Aber ich finde, irgendwann müssen sie auch erledigt sein. Dann muss man einen Strich drunter ziehen und es einfach auf sich beruhen lassen.«

Ich bin beeindruckt, was sie mir wahrscheinlich ansieht, denn sie zieht fragend die Brauen hoch.

»Das so zu betrachten, finde ich ziemlich großherzig von dir«, sage ich.

»Nicht der Rede wert«, winkt Ricarda ab und wirkt zum ersten Mal ein bisschen verlegen. »Ich finde, so sollte man jedenfalls denken, wenn man nett miteinander umgehen will.«

Ich nicke. Wir sehen uns an, auf unerwartete Weise vereint in unserer Einstellung zu ›krummen‹ Geschichten und ihrem Nachwirken. So ernst die ganze Situation auch ist, Ricarda lächelt mich plötzlich an.

»Ich bin trotzdem froh, dass wir miteinander tanzen«, sagt sie.

»Mir hat es auch Spaß gemacht«, stimme ich zu. Nur mein Lächeln gerät dabei bestimmt nicht so strahlend hell wie ihres. »Aber für heute habe ich genug. Wann wollen wir uns wieder treffen?« Ich nehme meine Jacke vom Stuhl. Wenn ich mich beeile, erwische ich sie vielleicht noch?

Ricarda runzelt die Stirn. »Tja, da du mittwochs ja nicht kannst, bleibt nur der Freitag. Nächste Woche vielleicht etwas länger?«

»In Ordnung.« Ich schlüpfe in meine Jacke und schultere die Tasche.

Keine Ahnung, wie es passieren konnte, aber als ich mich umdrehe, ist Ricarda irgendwie in meinen Weg geraten und wir stehen plötzlich sehr nah voreinander. Beinahe Blinddarmnarbe an Blinddarmnarbe. Wenn ich eine hätte.

»Mach dir keine Gedanken«, sagt sie und berührt mit der Hand meinen Arm in einer mitfühlenden Geste. »Sie wird sich schon wieder einkriegen.«

Ich nicke rasch. Und stelle fest, dass ihre Hand für eine mitfühlende Geste ein bisschen zu lange auf meinem Arm liegt.

»Und komm jetzt gut heim. Ich bleibe noch ein bisschen.«

»Okay. Also, dann …«

Bevor ich die Hand zum Gruß heben kann, hat Ricarda sich vorgebeugt und mich sacht umarmt. Ich erwidere die Umarmung zaghaft. Wieso auch nicht? Wir sind schließlich Tanzpartnerinnen. Und sie scheint ein wirklich großherziger Mensch zu sein, der mit anderen gut auskommen möchte, nicht ewig auf alten Geschichten herumreitet, schlicht: eine gute Seele. In ihrer Umarmung liegt jedoch noch mehr als das.

»Mach's gut«, sagt sie leise.

»Du auch«, erwidere ich und muss mich räuspern. Wenn mich nicht alles täuscht, winkt mir das Schicksal hier gerade mit einem gewaltigen Zaunpfahl zu. Es sagt mir doch mehr als deutlich, wo meine Gefühle erwünscht und angebracht wären, und wo ich ihnen besser mit der Bratpfanne auf den Kopf hauen sollte, damit sie nicht noch mehr gedeihen.

Während ich mit großen Schritten zur Tür gehe, atme ich tief aus. Denn was auch immer mir das Schicksal so vehement zuzuflüstern versucht, es ist nicht das, was ich hören will. Diese Erkenntnis in Kombination mit dem, was ich hier gerade erlebt habe, ist etwas zu viel für einen Abend.

Ich schließe die Tür hinter mir und eile durchs Foyer. Schaue nach links und rechts. Was hatte ich – allen Fingerzeigen des Schicksals zum Trotz – denn gehofft? Dass Juliane hier noch steht und dumpf vor sich hin brütet, um auf mich und meine Erklärung zu warten? Natürlich ist sie längst auf und davon. Durchs Foyer. Die Eingangstür. Ich spähe die Straße hinauf und hinunter. Und erkenne ihr Auto auf der anderen Straßenseite. Ein ordinärer Kleinwagen mittleren Alters in einem Allerweltsblau. Also nichts, weshalb man Herzklopfen kriegen müsste. Sag das bitte mal jemand meinem Herzen. Das bricht nämlich in ordentliche Hektik aus, obwohl Juliane noch nicht mal im Wagen sitzt.

Ich gehe hinüber und schaue mich unauffällig um. Kein Mensch in der Nähe. Ein Blick ins Auto. Auf dem Beifahrersitz ein paar Zeitschriften. Das klein gefaltete Programm aus dem Virginia. Eine Kaugummipackung. Offenbar fährt sie meistens allein. Sie wird jetzt wohl kaum hier auftauchen, damit ich eine platte Entschuldigung anbringen kann. Mir fällt nämlich ein, dass freitags ihr Fortgeschrittenenkurs stattfindet. Und natürlich kommt es gar nicht infrage, hineinzugehen und sie anzusprechen, während sie dort im großen Saal übers Parkett schwebt, eingebettet in die Vertrautheit der anderen Kursteilnehmerinnen.

Mit diesem Bild vor Augen blicke ich hinüber zur Tanzschule und bemerke hinter einem Fenster eine Bewegung. Als ich genauer hinschaue, ist niemand mehr zu sehen. Aber wenn ich mich nicht irre, war es eine kleine grazile Gestalt mit dunklem, kurzem Haar.

14

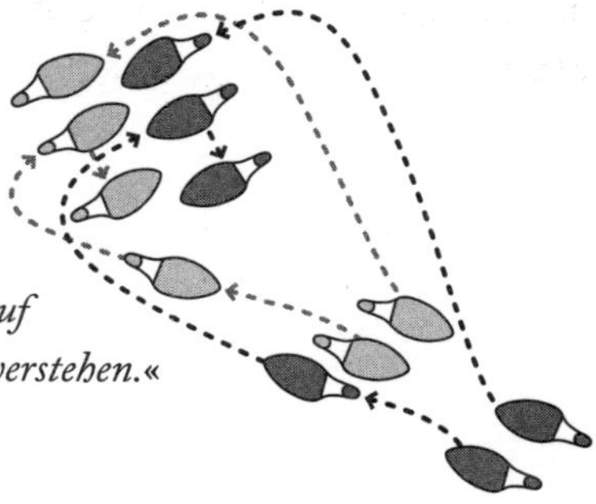

»Wenn du mit mir sprichst, anstatt zu tanzen, sind wir auf dem besten Wege, uns misszuverstehen.«
(Die Tango-Gang)

Der Tanzkurs am Sonntag war eine Katastrophe.

Vielleicht haben die anderen – mit Ausnahme von Toni – nichts gemerkt. Doch für mich waren diese eineinhalb Stunden einfach grauenhaft. Nicht, dass Juliane unfreundlich gewesen wäre. Sie machte weder eine dumme Bemerkung über meine Locken noch entschuldigte sie sich dafür, dass ich vor lauter Verkrampfung beim Cha-Cha-Cha den Startschritt vergaß. Als ich beim Langsamen Walzer zu einem gestammelten »Es tut mir wirklich leid …« ansetzte, schüttelte sie sofort den konsequent nach links gewandten Kopf und sagte: »Bitte nicht! Du bist mir keine Rechenschaft schuldig.« Woraufhin mich der Rest meines Mutes verließ.

In der Pause entschuldigte Juliane sich, um mit Mona irgendetwas zu besprechen.

Toni, die uns schon beim Tanzen mit kummervoll gerunzelter Stirn beobachtet hatte, warf mir teilnahmsvolle Blicke zu, bis Kati, die das irgendwie mitbekommen haben musste, mich fragte, ob alles in Ordnung sei.

Jetzt ist Dienstagnachmittag, ich sitze im Büro und bin mit

den Nerven völlig am Ende. Toni späht alle paar Minuten durch den Spalt zwischen unseren Monitoren.

»Du brauchst eine Gelegenheit, bei der du allein mit ihr sprechen kannst. Ruf sie doch an. Schließlich hat sie dir ihre Telefonnummer gegeben«, wispert sie mir zu.

Ich schaue mich vorsichtig um. Jörg Bromhöfers kantige Gestalt ist nirgends zu sehen. »Meinst du, mit den Worten ›Für den Fall‹ hat sie gemeint: ›Falls ich mal total sauer auf dich bin, weil du mit meiner Erzfeindin beim Tanzturnier antrittst, ruf mich doch an!‹?«, grunze ich dann zurück.

Ich höre Toni leise seufzen.

»Versuch es doch wenigstens, indem du heut Abend mal ins Virginia gehst. Da scheint sie öfter zu sein«, rät sie mir.

»Woher weißt du das?«, will ich natürlich sofort wissen.

Toni verschanzt sich hinter den Bildschirmen. »Ich hab meine Quellen«, raunt sie geheimnisvoll.

Quellen? Normalerweise hält meine liebe Freundin nie mit so etwas hinterm Berg. Ob sie das von Sandra weiß?

»Okay«, hüstele ich, weil ein Kollege hinter mir bereits die Ohren spitzt. »Wann treffen wir uns?«

»Wir? Treffen?« Eines von Tonis James-Dean-Blick-Augen spinxt mich durch den schmalen Spalt an. »Nix da. Ich hab heute Abend was anderes vor. Zieh das mal schön alleine durch. Hast es ja auch allein verbockt.« Natürlich reitet sie bei jeder sich bietenden Gelegenheit darauf herum, dass sie mir von Anfang an dazu geraten hat, Juliane sofort von dem Deal mit Ricarda zu erzählen.

Ich stelle mir vor, wie ich am Abend allein wie ein geprügelter Hund ins Virginia schleiche, um dort an einen Tisch zu kriechen, an dem Juliane mit etlichen lachenden Freundinnen sitzt und verächtlich auf mich herabsieht. Schluck. Das ist nach einer vierfachen Weisheitszahnentfernung ohne Betäubung in etwa das Gruseligste, das ich mir denken kann.

Wieso also stehe ich dann um kurz vor sieben doch vor der Tür des Virginia?

Zumindest schleiche ich nicht hinein, sondern bemühe mich um einen hoch erhobenen Kopf und einen heiteren Gesichtsausdruck.

Bettina, die Chefin, steht hinter der Theke und hebt den Kopf, als ich vorbeigehe.

»Hi, Tiffy«, sagt sie, und ich kann nicht verhindern, dass ich ein bisschen zusammenzucke.

Bettina sieht mich forschend an. »Suchst du jemanden?«

Ich starre sie an. »Nö«, sage ich dann leichthin und schüttele vehement den Kopf. »Wie kommst du denn darauf?«

Bettinas Brauen zucken leicht. »Ich hatte den Eindruck«, antwortet sie ganz neutral und deutet dann in den hinteren Teil der Bar. »Im Nichtraucherbereich ist noch der Tisch mit dem kleinen Sofa frei.«

Ich blicke nach hinten. Das ist zufällig mein Lieblingstisch. Toni und ich lassen uns immer diese nette kleine Ecke reservieren, wenn wir sonntags fett frühstücken wollen. Aber es ist eben eine Ecke. Dort würde ich nicht mitbekommen, wenn Juliane die Bühne betreten sollte.

»Ach, vielleicht bleibe ich lieber hier vorn«, antworte ich lahm.

Bettina und ich sehen gleichzeitig zur sich öffnenden Tür. Ein Männerpaar kommt Hand in Hand herein.

»Nur falls sie doch noch kommt?«, grinst Bettina und legt sofort den Zeigefinger an den Mund, als sie sieht, dass ich verzweifelt widersprechen will. »Ich sag ja schon nichts mehr. Dann such dir mal was aus. Wird voll, denke ich.«

Ich setze mich an einen kleinen Tisch in Thekennähe, von dem aus ich die Tür prima im Auge behalten kann.

Bettina ist eine tolle Barbetreiberin. Sie kennt ihre Leute, weil sie unentwegt beobachtet und ihre Schlüsse zieht. Vielleicht wäre sie auch eine gute Detektivin geworden. Ich sehe ihr zu, wie sie Getränke aufs Tablett stellt, Gäste begrüßt und Bestellungen entgegennimmt. Natürlich könnte ich sie einfach fragen: ›Hey, Bettina, du kennst doch vielleicht Juliane? Mittelgroß, gertenschlank, lange dunkle, duftige Haare, honigfarbene, verstörende Augen, perfekt sitzende Jeans? Glaubst du, sie kommt heut Abend noch her?‹

Nein. Das verbietet sich von selbst.

Also sitze ich hier, nippe an meinem KiBa und mümmele am Salat, den ich bestellt habe, obwohl ich nicht wirklich hungrig bin.

Am Tisch neben mir haben zwei Kettenraucherinnen Platz genommen, die wahrscheinlich ausschließlich deswegen derart viel rauchen, damit sie nicht miteinander reden müssen.

Nach einer Stunde rieche ich wie ein delikater geräucherter Schinken ohne Schinken und komme mir reichlich blöde vor. Toni mit ihren Ideen. Natürlich wäre es gut, wenn ich Juliane allein sprechen und die Lage klären könnte. Noch so eine Übungsstunde wie am Sonntag verkrafte ich nämlich nicht. Aber sich einfach ins Gay-Café zu setzen und zu hoffen, dass sie schon aufkreuzen wird, ist doch schwachsinnig. Ich krame mein Handy raus und schaue ins Adressbuch. Wenn Anke wüsste, dass ich nicht nur den Zettel mit der Nummer aufbewahrt habe, sondern auch die Nummer in meinem Handy eingespeichert habe, wäre sie bestimmt völlig aus dem Häuschen.

Mein Daumen schwebt über der Tastatur. Wenn ich sie anrufe, ist das irgendwie etwas sehr Persönliches. Wer weiß, wo ich sie gerade erwische? Womöglich in der Badewanne?

Oder beim Heulen während eines tragischen Liebesfilms? Vielleicht aber auch bei einem Date mit einer hübschen Frau? Ich wähle.

»N'Abend«, sagt es da aus Richtung Theke. Erschrocken schaue ich hoch. Juliane steht dort. Natürlich in ihren perfekt sitzenden Jeans. Mit einer kurzen dunklen Lederjacke, in der alle anderen aussehen würden, als seien sie in abgewrackten Klamotten aus den Achtzigern unterwegs, die Juliane jedoch extrem vorteilhaft kleidet. Und mit einem Blick, der mich völlig aus den Socken haut.

»Hallo«, erwidere ich und setze idiotischerweise hinzu: »Das ist ja ein Zufall!«

In diesem Augenblick erklingt eine leise Melodie, die gegen die Kneipenmusik anzukämpfen versucht.

»Oh …« Juliane greift in die Tasche ihrer Jacke und zieht ihr Handy heraus. Ich lasse meines unter den Tisch sinken und drücke so fest auf die Taste zum Auflegen, dass ich für einen Moment glaube, entweder das Handy oder meinen Daumen zu zerquetschen. Glücklicherweise bleibt beides heil.

Juliane schaut auf ihr Handy, runzelt die Stirn und zuckt die Achseln, während ich mein Handy unauffällig in meine Tasche gleiten lasse. Dann wendet Juliane sich an Bettina hinter der Theke und bestellt ein alkoholfreies Weizen.

»Das ist ja wirklich ein Zufall«, wiederhole ich. »Bist du alleine hier?«

Juliane blinzelt. Dann schaut sie sich um. »Sieht so aus, ja«, sagt sie.

»Du kannst ja richtig witzig sein«, grinse ich und übersehe bewusst ihre kühle Miene.

»Manchmal hilft eben nur Humor«, erwidert sie.

Bettina, die hinter der Theke das Weizen eingießt, schaut wie zufällig zu uns herüber.

»Wie wäre es, wenn du dich zu mir setzt? Ich würde gern kurz etwas mit dir … ehm … besprechen«, wage ich einen Vorstoß.

Juliane sieht mich skeptisch an.

»Dauert nicht lang«, setze ich hinzu.

»Bitte schön, das ungefährliche Weizen«, flötet Bettina, stellt es vor Juliane ab und grinst mich an, bevor sie weitereilt.

Juliane greift nach dem Glas. »In Ordnung. Aber ich würde lieber nach hinten gehen. Ich rauche nicht.«

Ich springe vielleicht etwas zu schnell auf und verschütte dabei fast den Rest meines Getränkes. Es scheint mir so, als würde sich auf Julianes Gesicht ein leises Schmunzeln zeigen. Meinetwegen soll sie über meine Tollpatschigkeit lachen. Hauptsache, sie hört mir zu.

Während wir nach hinten gehen, folgen uns so einige Blicke durch den Raum.

Meine Lieblingssitzecke ist natürlich inzwischen besetzt. Doch wir finden einen kleinen Zweiertisch am Fenster und lassen uns dort nieder. Juliane sieht mich abwartend an.

»Hast du mitbekommen, dass Michaela und Heike ab morgen auch beim Mittwochstraining dabei sein werden?«, frage ich, um irgendetwas zu sagen.

Sie legt den Kopf schief. »Tatsächlich? Wie kommt das? Hatten sie nicht beide irgendwelche geheimnisvollen Termine?«

»Angeblich konnte Heike ihren üblichen Termin verlegen, und Michaela hat mittwochs auch wieder Zeit«, informiere ich sie.

Juliane sieht plötzlich aus wie Miss Marple. Also, Miss Marple in jünger und viel hübscher und dunkelhaarig und lesbisch.

»Da haben die beiden ja gleichzeitig mittwochs Zeit fürs Training. Das ist ja ein irrer Zufall«, sagt sie nachdenklich.

»Kam mir auch ziemlich verdächtig vor«, stimme ich ihr zu.

Wir tauschen so etwas wie einen Verschwörerinnenblick. Und das macht mich mit einem Mal ziemlich mutig.

»Es tut mir leid, dass ich …«, beginne ich rasch.

Doch exakt im selben Augenblick sagt Juliane: »Bitte entschuldige meinen …«

Wir sprechen beide nicht weiter.

»Du zuerst!«, sagen wir dann im Duett. Sehen uns einen Moment lang an und lachen dann.

Vielleicht lache ich sogar etwas zu lang und zu laut. Aber egal. Ich bin derart erleichtert, dass wir miteinander lachen können, dass ich damit am liebsten gar nicht mehr aufhören würde.

Juliane sieht mich auffordernd an.

»Ich wollte sagen, dass es mir leidtut, dass ich dir nichts davon gesagt habe, dass Ricarda und ich beim Turnier tanzen werden«, sage ich. Es klingt tatsächlich genau so, wie ich es wollte: nicht zu kleinlaut, sondern souverän, aber dennoch meiner Schuld bewusst. »Wir haben das am Ende des Tanztees besprochen. Aber ich habe es an dem folgenden Sonntag und Mittwoch einfach nicht über mich gebracht, es dir zu sagen. Weil ich mir schon dachte, dass du nicht begeistert sein wirst. Das war ziemlich feige von mir. Tut mir leid.«

Juliane blickt auf ihre Hände, die mit dem Teelichthalter auf dem Tisch spielen. Offenbar müssen die immer was zu tun haben. Schöne Hände. Die ich schon oft beim Tanzen berührt habe, die aber jetzt und hier plötzlich unerreichbar scheinen.

»Entschuldige dich doch nicht!«, brummt sie. »Wenn sich hier eine entschuldigen muss, dann bin ich das. Mein Auftritt im kleinen Saal war wirklich unter aller Sau. Keine Ahnung, was mich da geritten hat.«

Ich grinse. »Es hat jedenfalls gezeigt, dass du ganz schön Temperament entwickeln kannst.«

Juliane wendet rasch den Blick ab. Sie wird doch nicht rot werden?

»Ich finde, du hattest durchaus das Recht, sauer zu sein. Schließlich hätte ich es dir sagen sollen. Es auf diese Art zu erfahren, war sicher blöd für dich«, erkläre ich.

Der Anblick ihrer leicht geröteten Wangen lässt irgendetwas in mir zittern.

Sie beißt sich leicht auf die Unterlippe und sieht ihren schönen Händen dabei zu, wie sie am Teelichterhalter herumfummeln.

Schließlich seufzt sie. »Vor ein paar Wochen dachte ich wirklich noch, du könntest die Offene Klasse nicht packen. Vor ein paar Wochen hätte ich dich niemals gefragt, weil ich es nicht fair gefunden hätte, dir quasi den letzten Platz zu reservieren. Aber du hast dich super gemacht. Du lernst schnell und hast wirklich Talent …«

Und ich nehme wahrscheinlich gerade die Form eines Fragezeichens an. Was will sie mir damit sagen? »Trotzdem bist du bei Frederike bestimmt besser aufgehoben«, sage ich tapfer.

»Frederike?«, wiederholt Juliane verdutzt und schaut auf.

Ich nicke betont eifrig. »Ja, als Fortgeschrittene kann sie bestimmt schon viel mehr Figuren als ich.«

An unserem Tisch gehen zwei Frauen vorbei, die möglichst unauffällig (das klappt ja doch nie!) zu uns herüberspähen und Juliane mit einem höflichen Kopfnicken grüßen. Ihnen ist noch von hinten anzusehen, dass sie darauf brennen, draußen vor der Tür sofort loszutratschen.

»Oje …«, murmelt Juliane, während sie ihnen mit gerunzelter Stirn nachschaut. Dann schüttelt sie den Kopf, als wolle sie eine Fliege verscheuchen, und beugt sich über den Tisch näher zu mir. Unsere Hände berühren sich beinahe. »Wie kommst du auf die Idee, dass Frederike und ich ein Tanzpaar sind? Woher kennst du sie überhaupt?«

»Sie hat mich doch auf dem Tanztee angesprochen und gefragt, ob du und ich miteinander am Turnier teilnehmen. Und als ich Nein sagte, hat sie beschlossen, dass ihr beiden euch zusammentun könntet …«

Bei Julianes Blick wird mir plötzlich ziemlich mulmig. »Du hast genickt, als sie dich danach gefragt hat«, erinnere ich sie.

»Ich habe genickt?«

»Ja. Am Ende des Tanzteeabends. Als sie dich zu sich gerufen hat und sie dich gefragt hat, ob du mit ihr in der Offenen Klasse tanzen willst«, helfe ich ihr auf die Sprünge. Mein mulmiges Gefühl verstärkt sich, als ich in ihre verwirrte Miene sehe.

»Oh Mist …«, murmele ich leise. »Sie hat dich gar nicht danach gefragt, ob du mir ihr tanzen willst?«

Sie sieht mich seltsam an. »Also eigentlich hatte ich an dem Abend tatsächlich vor, endlich eine Tanzpartnerin fürs Turnier zu finden. Aber ehrlich gesagt hatte ich da an eine andere gedacht.«

»Eine andere?«, wiederhole ich dumpf. Noch eine andere? Mein Magen revoltiert. Klar, die halbe Tanzschule würde sich Juliane zu Füßen werfen, um mit ihr tanzen zu dürfen. Sie könnte an einem Finger zehn Tanzpartnerinnen haben, die sich wahrscheinlich alle mehr als nur den nächsten Tanz ausrechnen würden. Ihre Augen sind im Kerzenlicht noch betörender als sonst. Ich dagegen glotze wie eine Kuh, wenn's donnert

»Nicht irgendeine andere, Tiffy. Ich rede von dir …«, sagt Juliane.

»Ich?«, kiekse ich.

Sie nickt. »Aber gerade als ich dich fragen wollte, direkt nach unserem letzten Tanz, weißt du noch? Wir standen da ziemlich uncool auf der Tanzfläche rum. Gerade da wollte Frederike mich sprechen. Sie hat mich gefragt, ob ich mir den Klappentext zu ihrem nächsten Buch ansehen kann. Der Text auf dem Cover hat doch sehr viel mit Werbung zu tun. Da dachte sie wohl, ich könnte ihr helfen. Ist schließlich mein Job. Ich hab natürlich gesagt, dass ich das gern mache. Aber dann warst du verschwunden …«

Oh nein! Himmel hilf! In mir tut sich ein Abgrund auf!

»Und Sonntag? Und Mittwoch?«, krächze ich.

»Ich hab mich nicht getraut«, gesteht Juliane und lächelt sehr schief und sehr herzerweichend. Und mit zwei Grübchen, bei denen ich weiche Knie bekomme – und das im Sitzen!

»Du hast dich nicht getraut?«, jammere ich unkontrolliert. »Wieso denn nicht?«

»Pfff!«, macht Juliane und lässt plötzlich ihre Schultern hängen, die sonst doch immer Haltung bewahren. »Wie sieht das denn aus? Erst erkläre ich dir lang und breit, dass ich mich wie der letzte Alm-Öhi benehme, weil ich in der Tanzschule auf keinen Fall noch mal eine … Komplikation erleben will.« (Komplikation nennt sie das? Mir würden da eine Menge netterer Worte für Verlieben einfallen.) »Und dann mache ich selbst den Vorschlag, noch mehr gemeinsame Zeit beim Training für den Wettkampf zu verbringen?«

»Lang und breit hast du gar nichts erklärt«, stelle ich schnell richtig, bevor mir Flüche oder wüste Anklagen ans Schicksal entfahren können. »Du hast nur gesagt, dass du nicht willst, dass ich mir Hoffnungen auf etwas Privates mache, was wirklich fair und völlig okay war. Aber das hätte doch nicht ausschließen müssen, dass wir …«

Ich unterbreche mich verwirrt, denn Juliane sieht mich seltsam an.

Ihr Blick ist so sanft und zugleich lebendig. Und wenn ich mich nicht irre, beugt sie sich noch ein bisschen weiter über den Tisch – genau wie ich, wenn ich es recht überlege.

Wir lehnen uns beide über den kleinen Tisch, und wenn ich nicht genau wüsste, dass Juliane mir sehr ausdrücklich gesagt hat, dass sie auf rein privater Ebene wirklich nicht die Bohne an mir interessiert ist und auch nicht will, dass ich an ihr interessiert bin, wenn ich das also nicht hundertprozentig wüsste, dann …

In mir poltert eine hüpfende, weiß glühende Freudenkugel herum. Sie wollte mit mir beim Turnier antreten! Sie wollte mich fragen, ob ich mit ihr in der Offenen Klasse tanzen will!

»Tiffy, ich glaube, ich sollte dir etwas erklären«, sagt Juliane mit leiser Stimme, und ich kann deutlich sehen, dass sie schlucken muss. »Einfach, damit du verstehen kannst. Damit du begreifst, wieso ich von Anfang an so merkwürdig zu dir war. Und wieso ich dann in dieser speziellen Sache mit Ricarda so überreagiert habe. Und wieso Ricarda und ich nicht gerade gute Freundinnen sind …«

»Ich weiß es schon«, unterbreche ich sie schnell.

Das fehlt mir noch! Dass Juliane sich hier vor mir selbst anklagt und mir diese schmachvolle und irgendwie peinliche Geschichte vom Beziehungszertrümmern beichtet. Ich würde am liebsten vergessen, dass ich überhaupt davon gehört habe.

Juliane starrt mich fassungslos an. »Was?«

Ihr intensiver Blick brennt sich geradezu in mich hinein. Ich rutsche auf meinem Stuhl herum.

»Du weißt doch, was alles erzählt wird in der Szene und in der Tanzschule auch. Und …«, stammele ich. Wie sage ich es am besten? »Na ja, irgendwie kamen Ricarda und ich zufällig darauf zu sprechen, und da hat sie mir erzählt, was damals passiert ist, als du hierhergezogen und in die Tanzschule gekommen bist.«

Jetzt fällt Juliane alles aus dem Gesicht.

Ihr Mund ist sehr hübsch geformt. Ihre Lippen glänzen ein wenig. Aber wenn der Unterkiefer sich vom Oberkiefer löst, sieht auch ein sehr schöner Mund ein bisschen lustig aus. Um nicht hysterisch aufzulachen, sage ich das Erstbeste, das mir einfällt: »Wieso bist du überhaupt hierhergezogen?«, sprudele ich heraus. »Hat es dir in Hamburg nicht mehr gefallen?«

Die Frage, die natürlich nichts mit unserem eigentlichen Thema zu tun hat, bewirkt zumindest, dass Juliane von der Salzsäule wieder zum lebendigen Menschen wird und ihren Mund zuklappt. Sie wendet den Blick von mir ab und sieht aus dem Fenster auf die Straße, wo gerade ein paar Frauen entlangschlendern.

»Sind die nicht auch im Fortgeschrittenenkurs?«, frage ich.

»Eine Trennung«, erwidert Juliane. »Ich wollte nicht mehr in der Stadt bleiben, weil wir uns überall begegnet sind, wo ich mich gern aufgehalten habe. Es war einfacher, wegzuziehen.«

»Hm. Tja, das erklärt einiges«, murmele ich.

»Findest du?« Sie sieht mich wieder so seltsam an.

Ich würde ja sagen: ›Komm, wir lassen das Quatschen und küssen uns einfach!‹, aber vielleicht muss ich dann trotz ihres intensiven Blicks einen Korb einstecken. Das riskiere ich lieber nicht.

»Ja. Ich finde, dass man nach Trennungen und ähnlichen Traumata oft eine Weile nicht man selbst ist«, erläutere ich und befeuchte rasch mit der Zungenspitze meine Lippen. »Das kennt doch wohl jede. Und da macht man manchmal Dinge, die man normalerweise niemals tun würde.«

»Dass Ricarda dir davon erzählt hat«, murmelt Juliane und schüttelt den Kopf. »Und ich dachte, du weißt von alldem nichts.«

Ich zucke mit den Achseln, in dem Versuch, abgeklärt und lässig zu wirken. »Na ja, damit musst du doch rechnen, dass sich so was rumspricht. Gerade in so einem Mikrokosmos wie der Tanzschule.«

Juliane betrachtet mich forschend. »Deswegen hast du also auch nicht sofort zugesagt, als Ricarda mit dir beim Turnier tanzen wollte? Das wollte sie doch, oder?«

Ich nicke.

Sie ist so nah, dass ich ihre Hände greifen, dass ich meine um ihr Gesicht legen könnte. Ich möchte ihr etwas sagen, dass klarstellt, dass ich keine Vorbehalte habe, dass ich sie nicht per se für eine Herzensbrecherin halte, dass ich … sie wunderbar finde.

»Ich möchte, dass du eins weißt«, sage ich. »Ich habe mit euren alten Feindschaften nichts zu tun. Im Grunde kann es mir egal sein, wenn jemand betrogen oder belogen worden ist, oder irgendwelche Beziehungen zerdeppert worden sind. Das Ganze ist ja auch schon zwei Jahre her. Und ich finde …« Wie hatte Ricarda das noch ausgedrückt? »Also, ich finde, dass manche krummen Geschichten natürlich noch lange nachwirken. Aber irgendwann müssen sie auch erledigt sein. Man sollte einen Strich drunter ziehen und es auf sich beruhen lassen.«

Ich spreche den Punkt am Satzende sehr deutlich. Nicke noch einmal, wie um mir selbst zu bestätigen, dass ich meiner Meinung bin. Leider hat mein kleines Statement nicht den erhofften Effekt. Statt erleichtert meine Hände zu nehmen und zu hauchen: ›Ich finde es toll, dass du nicht über mich urteilst‹, sieht Juliane plötzlich regelrecht erschrocken drein. Sie braucht eine kleine Weile, um sich wieder in den Griff zu bekommen. Leider lehnt sie sich dazu wieder nach hinten, sehr weit fort von mir.

Ihr Blick wandert unruhig an den Wänden entlang und weicht dem meinen aus.

»Natürlich«, sagt sie schließlich hölzern. »Du hast recht. Du hast damit ja nichts zu tun. Und nach zwei Jahren sollte man wirklich einen Schlussstrich ziehen.«

»Genau!«, bestärke ich sie lächelnd.

Da sieht sie mich an. Auf so eine Art und Weise, dass sich mein Herz schmerzhaft zusammenzieht. Getretene Hundewelpen schauen so. Robbenbabys, deren Mütter erschlagen wurden, schauen so. Aber wieso sie? Wieso guckt Juliane mich auf diese Weise an, nachdem ich ihr gesagt habe, dass ich auf das Gerede der anderen und die Vorkommnisse in der Vergangenheit keinen Pfifferling gebe?

Ich beuge mich vor. »Juliane? Was …?«

Aber ihre Hände, die ich spontan mutig ergreifen will und die gerade noch auf der Tischplatte lagen, sind plötzlich fort.

»Okay«, nickt sie und greift nach ihrem Glas. »Dann … dann ist das ja jetzt auch geklärt. Ich denke, es war wichtig, darüber zu sprechen. Immerhin tanzen wir ja zweimal die Woche miteinander.«

»Hab ich irgendwas Falsches gesagt?«, frage ich betroffen.

Juliane schüttelt den Kopf. »Mach dir keine Gedanken. Das kam vielleicht nur ein bisschen plötzlich. Zu erfahren, dass du von dieser Geschichte weißt und wie du das siehst und so.«

»Oh, tut mir leid. Ich wollte dich nicht überrumpeln. Ich wollte dir nur sagen, dass wir beim Tanzen wieder so nett wie vorher miteinander sein sollten. Ich meine, ich freu mich immer sehr darauf, mit dir zu tanzen.« Habe ich das wirklich gesagt? Angesichts einer aufbrechenden Juliane verliere ich den Kopf und gestehe meine Vorfreude auf das Tanztraining mit ihr?

Für eine Sekunde habe ich den Eindruck, dass sie explodieren wird. Als seien da derartig viele Worte in ihr angestaut, dass sie sich mit einem Schlag über mich ergießen werden. Weiß der Himmel, was sie mir alles an den Kopf werfen möchte. Doch dann lächelt sie nur. Und verdammt, sie sieht traurig aus dabei.

»Ich freu mich auch immer drauf«, sagt sie leise. Wendet sich um und geht.

»Bis morgen!«, rufe ich ihr noch nach.

Aber sie dreht sich nicht um. Ich kann sehen, wie sie ihr Glas vorn auf dem Tresen abstellt und dann hinausgeht.

Irgendwie scheint das unser Keine-Beziehung-Muster zu sein. Sie geht weg, und ich glotze ihr nach, höchst unschlüssig, was ich von dieser weiteren Begegnung nun halten soll. Ratlos bleibe ich sitzen und starre vor mich hin. Warum nur bekomme ich das alles nicht in eine Reihe? Was ist es, das sich bei alldem so verquer anfühlt? Meine Hirnwindungen verknoten sich bereits, als mir einfällt, dass ich für solche Situationen doch eine beste Freundin habe. Beste Freundinnen haben bei solchen Schieflagen schließlich immer einen schlauen Tipp. Hastig krame ich mein Handy heraus und wähle Tonis Nummer. »Der Teilnehmer ist vorübergehend nicht erreichbar ...«

15

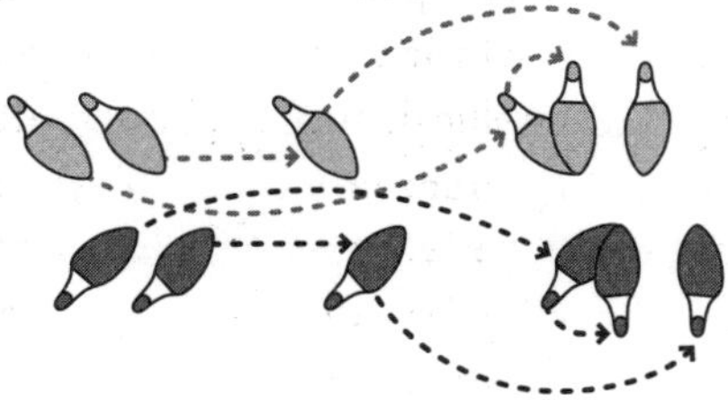

»Wer beim Tanzen lügen kann, ist ein begnadeter Lügner.«
(Feeling the Music)

Ich war sieben, als ich das Fliegen entdeckte. Niemand hatte mich darauf vorbereitet. Hatte mir auch nur ansatzweise davon erzählt. Wenn Tante Elsa noch gelebt hätte, wäre sie bestimmt diejenige gewesen, die mich in dieses Geheimnis eingeweiht hätte. Doch natürlich hätte sie auch gesagt, dass – egal, wie viel sie mir davon erzählen würde – ich es selbst würde entdecken müssen.

Viele Menschen, die es mit dem Tanzen versuchen, erleben dieses Gefühl nie. Für sie bleiben Walzer, Rumba und Tango immer nur eine Möglichkeit, mit einem interessanten Tanzpartner auf Tuchfühlung gehen zu können. Doch für die anderen, die viel seltener sind als die der ersten Kategorie, wird die Bewegung zur Musik zu einer kleinen Offenbarung.

Als Erstklässlerin also spürte ich es zum ersten Mal. Es war ein Rausch aus Tönen und Bewegung. Natürlich war ich noch viel zu jung, um zu begreifen, dass ich etwas erlebte, das vielen Menschen verwehrt bleibt. Dass ich mich selbst in jeder Faser und als komplette Einheit wahrnahm. Das Außergewöhnliche daran konnte ich noch nicht verstehen. Mir war nur klar, dass es etwas Großartiges war, was ich da empfand.

Es war das Beste, was ich je gefühlt hatte. Ich tanzte dieses herrliche Gefühl hinaus. Und je mehr ich tanzte, desto wunderbarer fühlte ich mich. Es war wie eine endlose Spirale, die mich in Richtung Himmel emporwehte. Nach dem Training taumelte ich aus der Umkleidekabine, stürzte zu meiner Mutter und berichtete ihr atemlos: »Mama, das war heute ganz, ganz toll. Ich bin geschwebt. Und gesaust. Wie ein Vogel, Mama!«

Meine Mutter, gerührt von meiner Begeisterung, wollte gleich von meiner Tanzlehrerin wissen, was wir denn heute so Tolles gemacht hatten. Doch die erwiderte nur: »Nichts Besonderes. Es ist einfach nur so, dass Tiffy wirklich sehr talentiert ist. Sie spürt mehr als die anderen Kinder, was die Musik bewirken kann.«

Da sagte sie meiner Mutter nichts Neues. Trotzdem war das Schweben von da an ihr Lieblingsthema. Sie berichtete all ihren Freunden davon, wie sehr ich die Musik spüren konnte. Und ich wurde nun nach jeder Trainingsstunde gelöchert, wie sich das Fliegen und Sausen denn heute angefühlt habe. Zuerst war ich stolz auf das brennende Interesse, das meine Mutter meinen Ausführungen entgegenbrachte. Doch nach und nach wurden mir ihre Nachfragen lästig. Vor allem, weil ich ihr nicht immer etwas zu berichten hatte.

Jedes Mal, wenn sie mich danach fragte und ich ihr nur sagen konnte, dass es eine wirklich nette Trainingsstunde gewesen sei, von Schweben und Sausen jedoch keine Spur, wirkte sie enttäuscht.

Deswegen fing ich an, mir Dinge auszudenken. Ich erzählte ihr von Fluggefühlen beim Tanzen, die ich gar nicht gespürt hatte. Und weil ich noch so jung und tendenziell sowieso ein leicht durchschaubarer Charakter war, kapierte meine Mutter, was geschah.

Sie riss sich zusammen. Sie fragte mich nicht mehr, was nun natürlich mich verunsicherte.

Nach ein paar Wochen war ich so durcheinander, dass ich

selbst kaum noch wusste, ob ich beim Tanzen nun dieses gewisse schwebende Gefühl empfunden hatte oder nicht. Für eine Weile schien es sogar ganz und gar auszubleiben. Bis sich alles wieder eingependelt hatte und ich nicht mehr daran dachte. Für Kinder kann so etwas schnell gehen. Vielleicht war es nur ein paar Trainingsstunden später, als ich es wieder, noch viel deutlicher fühlte. Diesmal jedoch behielt ich das Hochgefühl für mich. Ich genoss es. Freute mich daran wie eine kleine Schneekönigin. Doch ich sagte zu niemandem ein Wort. Und tat so, als würde ich fragende Mutterblicke nicht wahrnehmen.

Wir haben nie wieder darüber gesprochen. Obwohl ich sicher bin, dass es ein paar Momente gab, in denen meine Mutter kurz davor war, es zu erwähnen. Doch das wunderbare Gefühl trat sowieso zunehmend seltener auf. Das hatte mit dem Älterwerden zu tun. Kleinen Kindern lässt man Fehler durchgehen. Bei ihnen ist in erster Linie wichtig, dass sie niedlich sind und Spaß an ihrem Sport haben.

Doch als ich langsam älter wurde, wurde es ernster und ernster, bis zu dem Stadium, in dem jeder Schritt zählte. Vor allem beim Paartanzen, das ich mit zehn Jahren begann. Es war nicht so, dass ich alle Jungs, mit denen ich tanzen musste, nicht gemocht hätte. Nicht alle waren solche Lackaffen, wie ich sie Juliane gegenüber geschildert hatte. Moritz zum Beispiel war trotz seiner aufkommenden Pubertätsakne ein echt netter Kerl und verstand außerdem viel von Mathematik, was mir in der fünften und sechsten Klasse das Leben leichter machte. Andreas war genau wie ich ein Fan von Pierre Littbarski und deswegen ebenfalls okay, auch wenn er beim Walzer leicht feuchte Hände bekam. (Also Andreas bekam die feuchten Hände, nicht Pierre.) Aber wenn wir mal ehrlich sind, sind Kinder im Alter zwischen zehn und zwölf nicht dazu prädestiniert, um Blinddarmnarbe an Blinddarmnarbe übers Parkett zu gleiten.

Johlend und schwitzend über einen Bolzplatz zu jagen, einem Plastikfußball hinterher, kommt der kindlichen Natur da schon wesentlich mehr entgegen. Und das war es, was ich dann mehr und mehr tat.

Ich vergaß das Schweben. Vollkommen.

* * *

Das Tanzen mit Juliane bereitet mir nach wie vor Freude. Sonntags, unter Monas strengen Augen, ist Juliane wieder ganz die Alte. Sie ist ernst, zurückhaltend und schweigsam.

Mittwochs, wenn sie selbst die Rolle der Vorturnerin … ehm, -tänzerin hat, wirkt sie munterer und engagierter. Ich hege den Verdacht, dass die Aufgabe, unsere kleine Formation zu übernehmen, ihren Ehrgeiz geweckt hat. Sie engagiert sich nämlich derart, als ginge es um eine Olympiateilnahme. Nichts ist gut genug. Immer gibt es noch etwas zu verbessern.

Mit den Wochen, die nun ins Land gegangen sind, haben wir Mädels uns an ihren hohen Anspruch gewöhnt. Ja, wir weisen uns sogar gegenseitig auf kleine Fehler hin und spornen uns zu immer höheren Leistungen an. Jeden Mittwoch hält Juliane vor dem Training eine kleine Motivationsrede. So nennen Toni und ich es heimlich für uns.

Offenbar steckt das in Juliane einfach drin: Begeisterung muss in schöne Worte gepackt werden. Deswegen erzählt sie uns davon, was berühmte Tänzerinnen zu ihrem Beruf gesagt haben. Sie bringt schlaue, witzige oder nachdenklich stimmende Zitate mit und trägt sie uns mit gewichtiger Stimme vor.

Und wenn Juliane sagt ›Tanzen ist der vertikale Ausdruck eines horizontalen Verlangens‹, lacht keine von uns. Wir sehen einander an und nicken. Und wenn wir dann auf die Tanzfläche treten, denken wir alle an ihre Worte. Versuchen unsere Körper entsprechend zu bewegen, um einer solch sinnlichen Aussage auch gerecht zu werden.

Mittlerweile sind wir richtig gut. Ich wette sogar, wir sind verdammt gut.

Das Tanzen bereitet mir mehr und mehr Freude. Nicht nur sonntags und mittwochs, sondern auch am Freitag, wenn es heißt: Tango, meine Dame!

Ricarda ist eine tolle Tanzpartnerin und eine fantastische Lehrerin. Ihr bleibt kein falsches Setzen eines Fußballens, kein zu starkes Abwenden des Kopfes, kein kurzfristiges Nachlassen der Körperspannung verborgen. Doch sie versteht es auch zu motivieren. Wenn uns eine schwierige Schrittkombination gut gelingt, kann sie sich darüber derart freuen, dass ihre Augen regelrecht Blitze schießen.

Und neben dem Tanzen, das meinen Körper ergreift, haben in den Stunden mit ihr auch noch andere Dinge einen Raum. Die Trainingseinheiten mit ihr verlaufen alles andere als schweigsam. Sie will alles wissen.

Wie mein Bruder sich beim Stepptanzen macht. Welchen Film ich am Wochenende gesehen habe. Ob ich meine Mutter nicht doch noch zum Turnier einladen will.

Das eine oder andere Mal sprechen wir auch über sehr intime Dinge. Unsere Ex-Beziehungen. Die erste große Liebe.

»Hundertprozent?«, fragte sie beispielsweise, als ich ihr von meiner Überzeugung erzählte. Ihr hübsches, markantes Gesicht nachdenklich ernst, der Kopf geneigt, während sie mich ansah. »Du hast recht. Eigentlich sollte man es nicht drunter machen.«

Wir haben uns einen Moment lang ruhig und ernst angesehen. Ein intensiver Augenblick.

Bei meinen Erzählungen vom Freitagstraining hebt Toni derart oft die Brauen, dass sie allmählich nicht mehr wie James Dean, sondern eher wie Bert aus der Sesamstraße aussieht. Ihr Standpunkt ist klar. Zwar war sie diejenige, die schwer dafür war, Juliane nach unserem Virginia-Gespräch eine zweite Chance im sozialen Miteinander einzuräumen. Doch das geht nicht so weit, dass sie findet, ich solle ihr bedingungslos mein Herz schenken. Immer wieder weist sie mich auf Ricardas Vorzüge hin, ihre Freundlichkeit, den unübersehbaren Charme, ihre Fähigkeit zu vergeben und nicht zuletzt ihr deutliches Interesse an mir. Denn Toni ist überzeugt davon, dass Ricarda schwer auf mich abfährt und nur auf ein Zeichen von mir wartet, um ernsthaft anzubändeln.

Ich selbst weiß gar nichts mehr. Nachdenken vermeide ich. Und so vergehen die Wochen wie im Fluge. Ehe wir uns versehen, liegt nur noch eine knappe Woche zwischen heute und dem Tag des großen Tanzschulfestes. Heute treffe ich mich mit Ricarda zum definitiv letzten Tango-Training vor dem Wettkampf. Und Toni hat angeboten, mich hinzufahren.

Schon als ich zu ihr ins Auto steige, spüre ich, dass irgendwas in der Luft liegt. Toni hat diesen gewissen Ausdruck im Gesicht, der eine Aussprache unter Freundinnen verheißt.

Ich schaue sie erwartungsvoll an. Doch während der Fahrt zur Tanzschule plaudert Toni wahllos über alle möglichen unverfänglichen Themen, bis sie schließlich vor der Tür hält und ich nach meiner Tasche auf dem Rücksitz angele.

»Hör mal«, sagt sie da, und es gelingt ihr, es beinahe unverfänglich klingen zu lassen. Würde ich sie nicht so gut kennen, ich fiele darauf herein. »Was hältst du von der Theorie, dass aus, sagen wir mal, achtzig Prozent vielleicht irgendwann mal hundert Prozent werden können? Wenn man nur will und bereit ist, sich einzulassen. Ich meine, denkst du, dass es einem passieren kann, dass man anfangs nur denkt, dass eine so richtig nett ist, ein guter Kumpel, attraktiv zwar, aber nicht wirklich das persönliche Beuteschema. Aber dann, über die Zeit und mit jedem Treffen ein bisschen mehr … Denkst du, so was gibt es?«

Ich sehe sie skeptisch an. »Sprichst du von dir oder von mir?«

Tonis Augen weiten sich einen Moment lang. »Nur so ganz allgemein«, sagt sie dann ausweichend und poliert mit dem Arm ihres Sweatshirts das Holzimitat am Armaturenbrett, das sowieso immer glänzt wie ein Spiegel.

»So, so. Aus achtzig Prozent sollen hundert Prozent werden?«, überlege ich und sehe sie mit schief gelegtem Kopf von der Seite an.

»Ja«, räuspert Toni sich. »Meinst du, so was gibt es?«

»Ganz ehrlich?«, frage ich.

»Klar«, sagt Toni und strafft tapfer die Schultern.

»Ich habe nicht den blassesten Schimmer einer Ahnung«, antworte ich.

Toni grinst schräg. »Dann guck doch mal, was sich da machen lässt«, sagt sie und deutet mit dem Kopf zur Tür der Tanzschule.

Ich knuffe sie in die Seite und steige aus.

»Wir sehen uns morgen, o. k.?«, ruft Toni mir noch nach.

Ich winke ihr bestätigend zu.

Doch auf dem Weg durchs Foyer zum kleinen Tanzsaal gehen mir ihre Worte nicht mehr aus dem Kopf.

Ob aus achtzig Prozent hundert werden können? Woher soll ich das wissen? Ich hab's nie versucht. Weil ich nun mal ein Hundertprozent-Freak bin.

Aber als ich den Saal betrete und Ricarda an der Musikanlage stehen sehe, frage ich mich plötzlich, ob das nicht die falsche Einstellung ist.

Sie hebt den Kopf und lächelt mich strahlend an. »Na, bereit für die Generalprobe?«

Heute sieht sie mal wieder umwerfend aus. Die Haare hat sie mit Gel zerzaust und sich in ein hautenges knallrotes Oberteil geschmissen, während die schwarze Stoffhose locker um ihre Hüfte schwingt.

»Gut siehst du aus«, sagt sie zu mir.

Ich schaue an meinem T-Shirt und der alten Trainingshose hinunter. »Danke. Wie geht's deinem kleinen Bruder?«

»Tja, war wirklich der Blinddarm. Er hat jetzt jedenfalls die Narbe, von der wir immer so viel reden«, grinst sie. »Und du? Immer noch keine Entscheidung, was deine Eltern und das Turnier angeht?«

Ich schüttele den Kopf und krame in der Tasche nach meinen Tanzschuhen.

»Ich glaube, ich werd's lieber lassen. Ich bin ja so schon vollkommen nervös. Wenn ich wüsste, dass die beiden anrücken, könnte ich bestimmt heute Nacht schon nicht mehr schlafen. Kommen deine denn?«

Ricarda zuckt mit den Schultern. »Das hängt davon ab, wie es mit Nils weitergeht. Wenn er kurz vorm Wochenende aus dem Krankenhaus entlassen wird, lässt meine Mutter es sich bestimmt nicht nehmen, runter nach Nürnberg zu düsen und ihn ein paar Tage lang zu betüddeln.«

»Der Arme«, lache ich.

»Ach was. Der genießt das doch, wenn Mami großen Wind um ihn macht«, winkt Ricarda ab.

So ist es immer, wenn wir uns treffen. Wir tauschen Neuigkeiten aus, lachen miteinander, erfahren etwas über das Leben der anderen.

Es kann so einfach sein, einander langsam und vertrauensvoll kennenzulernen …

Wir beginnen mit dem Training, gehen unsere kleine Kür wieder und wieder durch.

Ich bin vollkommen bei der Sache. Auch in der kleinen Pause, die wir einlegen, weil Ricarda eine andere CD aussuchen will, konzentriere ich mich ganz auf die Schritte, die mir noch etwas Probleme bereiten.

Deswegen erschrecke ich furchtbar, als Ricarda von der Musikanlage her plötzlich fragt: »Was ist eigentlich mit Juliane und dir?«

Ich starre sie verblüfft an.

»Was soll mit uns sein?«, frage ich zurück.

Ricarda zuckt mit den Achseln und zählt auf der CD die Lieder ab bis zu dem Stück, das sie für uns ausgesucht hat.

»Die anderen sagen, dass sie sich wieder so einigelt. Taucht nur noch zu den üblichen Kurszeiten auf. Kommt nicht mehr ins Virginia. Ihr übliches Muster halt«, erklärt Ricarda.

»Ihr übliches Muster?«, wiederhole ich. Ricarda kommt so geschmeidig und leichtfüßig über das Parkett zu mir, dass sie mich an eine große dunkle Katze erinnert. Sie bemerkt, wie ich sie anschaue und lächelt.

»Ja. Genau so ist sie doch aus Hamburg abgehauen. Und genauso hat sie sich verhalten, nachdem sie hier angekommen war und unser kleines Drama passierte. Und da dachte ich …« Sie bleibt vor mir stehen, und ihre veilchenblauen Augen schauen etwas zaghaft.

»Du dachtest …?«, hake ich nach.

Ricarda hält mir ihre rechte Hand hin und wendet den Kopf nach links. Ich ergreife automatisch die Hand und tue es ihr nach. Blinddarmnarbe an Blinddarmnarbe.

»Ich hab einfach gehofft, dass ihr Rückzug etwas damit zu tun haben könnte, dass du kapiert hast, dass sie nichts für dich ist«, sagt Ricarda.

Gerade will ich den ersten Schritt tun und stolpere. Wir wenden unsere Köpfe zueinander, bleiben jedoch in Tanzhaltung. Soll heißen, wir stehen uns sehr, sehr nah gegenüber.

»Juliane hat nie versucht, bei mir zu landen. Nicht mal im Ansatz«, erkläre ich und klinge dabei nicht halb so gelassen, wie ich gern würde. Das übliche vergnügte Blitzen ist aus Ricardas Augen komplett verschwunden. Sie blicken jetzt vorsichtig.

»Das habe ich auch nicht gesagt«, murmelt sie.

Jetzt muss ich nach Luft schnappen. »Du meinst, dass ich …?«

Ricarda zuckt sacht mit den Schultern. »Keine Ahnung. Ich dachte nur … Du bist so knallhart bei eurem Mittwochstrainings geblieben, dass ich auf den Gedanken kam, es müsste aus irgendeinem Grund sehr wichtig für dich sein. Du bist schließlich erfahren genug. Du weißt sicher, dass wir beide mit einer zusätzlichen wöchentlichen Trainingseinheit bestimmt doppelt so hohe Chancen auf den Sieg beim Wettkampf gehabt hätten. Aber du wolltest unbedingt mittwochs das Training mit Juliane beibehalten.«

Ich schüttele den Kopf. »Ich hab dir von Anfang an gesagt, dass für mich das Gewinnen nicht im Vordergrund steht. Wenn du gewinnen willst, hättest du dir eine andere Partnerin aussuchen müssen. Vielleicht Frederike aus dem Fortgeschrittenenkurs.«

Ricarda blinzelt. »Frederike? Du kommst auf Ideen. Der naheliegendste Grund für meine Wahl ist dir offenbar noch nicht gekommen.«

»Was meinst du?« Gleich ist dieses Musikstück vorbei, und wir haben noch keinen einzigen Schritt getan.

»Dass es mir nicht nur darum ging, eine gute Tänzerin als Partnerin zu haben«, sagt Ricarda bedeutungsschwanger. Ich brauche tatsächlich eine Weile, um zu kapieren, was sie da gesagt hat. Weil ich nicht weiß, was ich sagen soll, starte ich in den Tango.

Ricarda folgt, und ich kann über die Musik hinweg hören, wie sie angespannt ausatmet.

»Tut mir leid«, sage ich sanft.

Sie nickt und antwortet leise: »Nun ja, ich bin es gewohnt, dass Juliane mir im Weg steht.«

Wir tanzen, bis der Tango verklingt.

»Wollen wir aufhören?«, schlägt sie dann vor.

Bisher war immer ich diejenige, die das Training beendet hat. Ricarda, so schien es, war unermüdlich und so voller Eifer, dass ihr keine Übungseinheit lang genug sein konnte. Deswegen nicke ich sofort. Wir wechseln unsere Schuhe, und sie räumt an der Musikanlage auf. Schweigend verlassen wir den Raum und gehen gemeinsam durchs Foyer, treten auf die Straße.

»Du wirst schon erwartet?!«, sagt Ricarda.

Tatsächlich steht am Straßenrand der kleine rote Mini meiner besten Freundin, die hinter dem Steuer wild winkt. Ich wende mich noch mal an Ricarda.

»Hey, es wird toll sein, dabei zu sein und am Wettkampf teilzunehmen«, sage ich.

Sie sieht mich mit hochgerecktem Kinn an.

»Und zu gewinnen«, ergänze ich. Jetzt grinst sie, berührt mit ausgestreckter Hand kurz meine Wange und geht dann rasch davon. Ich trabe zu Toni hinüber und lasse mich neben ihr auf den Beifahrersitz fallen.

»Was war ’n das gerade?«, will Toni neugierig wissen.

»Was denn?«

»Tu doch nicht so«, mault sie. »Sie hat deine Wange gestreichelt, bevor sie gegangen ist. Und jetzt erzähl mir nicht, dass das ein geheimes Profi-Tänzerinnen-Ritual ist, das ihr durchziehen müsst, weil ihr euch nach der letzten Trainingsstunde vor dem Wettkampf nicht mehr seht.«

»Was machst du überhaupt schon wieder hier?«, erkundige ich mich.

»Du weichst meiner Frage aus. Ich sage dir, warum ich hier bin, wenn du mir sagst, was da zwischen Ricarda und dir läuft.«

Ich seufze. »Nichts läuft zwischen uns. Aber es kann wohl sein, dass sie es gern hätte. Jedenfalls hat sie heute so eine Andeutung gemacht.«

Toni schlägt aufs Lenkrad und erschreckt mich damit fast zu Tode. »Ich hatte recht! Ich hab's von Anfang an gesagt.«

Ich weiß. Sie hat es gesagt. Und sie hat auch gefragt, ob aus achtzig Prozent…

»Ach, Toni«, jammere ich.

»Immer noch so schlimm?«, fragt sie teilnahmsvoll und legt ihre Hand auf mein Bein.

Ich nicke.

»Tiffy?«

»Hm?«

»Es ist doch nur noch eine einzige, winzige Woche bis zum Turnier …«

»Ich weiß.«

»Ich habe vorhin beim Einkaufen deine Mutter getroffen, Tiffy.«

»Und?«

»Willst du nicht deinen Eltern Bescheid sagen?«, platzt meine beste Freundin heraus. »Ich meine … deine Mutter würde sich wahrscheinlich einpinkeln vor Freude, wenn sie dich sehen könnte – so wie du mit deiner Juliane den Walzer tanzt. Das ist ein Traum. Ganz im Ernst.«

Ich sehe sie an. »Wenn ich ehrlich bin, habe ich daran auch schon gedacht. Mehr als einmal. Immer wenn ich mit meiner Mutter telefoniere oder sie am Wochenende mal besuche, liegt es mir auf der Zunge …«

»Warum tust du es dann nicht?«, will Toni gespannt wissen.

»Und außerdem ist das nicht *meine* Juliane«, setze ich hinzu.

Toni betrachtet mich ausführlich.

»Ich verstehe«, sagt sie dann und nickt.

»Was verstehst du?«, frage ich.

»Du willst es ihr nicht sagen, weil deine Mutter über diese gewissen Antennen verfügt und dir sofort auf den Kopf zusagen würde, was wir alle in den letzten Wochen ganz und gar vergeblich zu vergessen versuchen ... dass du total auf Juliane abfährst«, sagt Toni.

»Hör bloß auf«, stöhne ich.

»Okay, ich höre auf«, grinst Toni. Aber ihr Blick bleibt nachdenklich. Es sind noch acht Tage. Acht jämmerliche Tage, in denen wir nicht mehr lernen werden, was wir noch nicht können ...

Und all das werden wir vor einem Publikum präsentieren. Ist das da unten eigentlich mein Magen? Oder das Bälle-Bad im Kinderparadies bei Ikea?

16

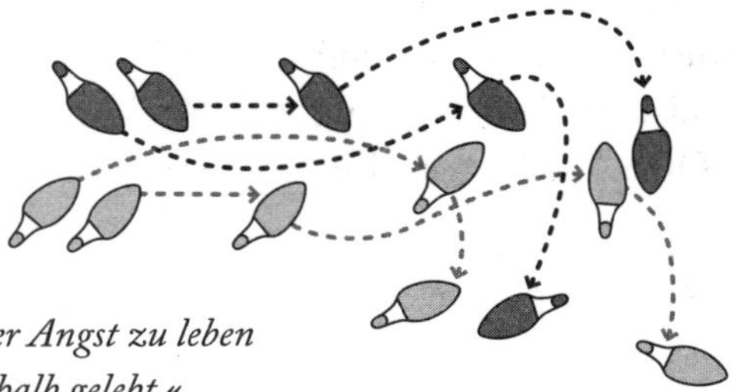

»Mit der Angst zu leben
ist nur halb gelebt.«
(Strictly Ballroom)

Was meinst du mit Kostüm?«, fragt Anke mit hysterisch kieksender Stimme. »Wir haben nur noch eine Stunde bis zum Auftritt, und jetzt kommst du mit so was?«

Natascha, die nervös an ihrer Unterlippe knabbert, zuckt die Achseln. »Ich mein ja nur. Ich habe gerade zwei der Fortgeschrittenen gesehen, und die sind mit extra großen Sporttaschen in den Umkleiden verschwunden.«

»Das hat Mona uns doch erklärt«, mischt sich Sandra beruhigend ein. »Die tanzen in der Offenen Klasse und wollen ein bisschen was hermachen. Von uns Anfängerinnen wird einfach nur erwartet, dass wir nett aussehen.«

»Und für die Formation haben wir doch alle die roten Hüfttücher«, erinnert uns Kati. »Das ist doch so gut wie ein einheitliches Kostüm.«

»Ich hab meines vorgestern gewaschen, und ich glaube, es ist etwas eingelaufen«, piepst Jutta, die heute noch blasser aussieht als sonst.

Dabei tut die Maisonne bereits alles, was sie kann. Die meisten Mädels um mich herum sind mittlerweile frühsommergebräunt.

»Zeig mal«, bittet Kati.

Jutta holt das Tuch heraus.

Toni kichert. »Was soll das sein? N e Augenbinde?«

»Mach's nicht noch schlimmer«, brummt Heike.

»In der Offenen Klasse wird in Kostümen getanzt?«, wiederhole ich.

Alle sehen mich an.

»Ach ja …«, macht Michaela.

»Ich husche mal schnell zu Ricarda und frag sie danach«, sage ich und bin schon unterwegs.

Bis zum kleinen Saal brauche ich von unserem Tisch aus tatsächlich ein paar Minuten. Die Tanzschule quillt über vor Menschen. Manche der Mädels mit den gepiercten Nasen und den knapp sitzenden T-Shirts sehen aus, als seien sie noch nicht mal volljährig. Echte Szenemäuse also, die auch mal reinschnuppern wollen in die Luft des Ballroomdancing.

Etlichen der Herumstehenden sieht man an, dass es stolze Eltern derjenigen sind, die heute auf- und antreten. Weil Tonis Plädoyer von letzter Woche mir noch im Ohr hängt, bilde ich mir sogar ein, dass da vorn in der Nähe der Saaltür mein Vater steht. Die stattliche Figur, das volle Haar, das etwas zu alternativ aussehende, lässige Cordjacket mit den Lederflicken an den Ellenbogen. Und die Frau neben ihm könnte sogar …

»Mama!«, entfährt es mir.

Es sind noch ein paar Meter bis zu ihnen. Aber wie in einer Schafherde das Muttertier die Stimme ihres Lämmchens erkennen würde, horcht meine Mutter auf und schaut sich um.

»Oh, Tiffy! Jürgen, schau mal, da ist sie!« Mein Vater, der ein bisschen schlecht hört, hat meinen Quietscher offenbar nicht mitbekommen.

»Was … was macht ihr denn hier?«, platze ich heraus.

Meine Mutter strahlt mich an, während mein Vater den Vorsicht-Blick draufhat.

»Das können wir uns doch nicht entgehen lassen, mein Schatz! Ach, ich bin ja so aufgeregt!«, ruft Mama. Ein paar der Umstehenden schauen sich nach uns um.

»Wir hatten heute jedenfalls nichts anderes vor«, sagt mein Vater mit sonorer Stimme. Ich schaue durch die Menge hinüber zu unserem Tisch und begegne Tonis Blick. Sie lächelt mich breit an. Sogar auf diese Entfernung kann ich erkennen, dass sie schuldbewusst aussieht.

»Wisst ihr das von …?« Ich deute mit dem Kopf hinüber.

Meine Mutter legt den Arm um mich. »Wie gut, dass du so eine tolle beste Freundin hast. Sonst wäre mir das hier entgangen.«

»Ja, eine tolle beste Freundin«, wiederhole ich tonlos.

»Ich frage mich nur, wieso du uns nicht …«

»Hanne, das wollten wir doch nicht ansprechen!«, erinnert mein Vater sie rasch, und sie verstummt schlagartig, um den Satz in ein gewinnendes Lächeln übergehen zu lassen.

Ich betrachte meine Eltern etwas ratlos.

»Tja, wollt ihr euch denn dann zu uns setzen? Wir haben den Tisch da drüben. Seht ihr? Ich komm auch gleich dazu. Ich muss nur noch schnell …«

»Tiffy, da bist du ja«, ertönt es lässig von der Seite.

Es ist Ricarda, und sie sieht toll aus.

Ihr dunkles Haar hat sie mit Gel eng an den Kopf gelegt. Von ihrer schon sommerlich braunen Haut hebt sich das dezente Make-up und der knallige Lippenstift umso deutlicher ab. Die Augen meiner Mutter weiten sich für eine Sekunde.

»Ich habe dich auch gerade gesucht«, antworte ich und deute dann auf meine Eltern. »Meine Mutter, mein Vater«, sage ich und zu den beiden gewandt: »Das ist Ricarda, meine Tanzpartnerin im Turnier.« Ricarda reicht zuerst meiner Mutter und dann meinem Vater charmant lächelnd die Hand. Meine Mutter strahlt sie erfreut an. Mein Vater versucht witzig zu sein, indem er einen Handkuss andeutet.

»Ich hab dich gerade gesucht, weil ich irgendwo aufgeschnappt habe, dass die anderen in der Offenen Klasse in richtigen Kostümen tanzen«, sage ich zu Ricarda.

Sie lacht. »Ja, klar. Ein paar versuchen auf diese Weise darüber hinwegzutäuschen, dass sie tänzerisch nicht viel draufhaben. Aber glaub mir, das macht keinen Eindruck auf die Richter. Wir liegen mit dem klassisch schwarzen Outfit genau richtig.« Sie deutet an ihrem super trainierten Körper hinab, der in einer eleganten, weich fallenden Hose und einem eng anliegenden schwarzen Oberteil steckt, das ein sagenhaftes Dekolleté zaubert

»Meine Güte, ihr werdet toll aussehen miteinander! Was werdet ihr tanzen?«, erkundigt mein Vater sich.

»Tango«, antworte ich kurz angebunden.

»Tango!«, jubelt meine Mutter und greift nach meinem Arm. »Ach, wie wunderbar! Das war auch immer Elsas Lieblings…« Sie unterbricht sich abrupt und wendet sich ab – scheinbar, um begeistert durch den Saal zu schauen. Doch ich kann sehen, dass sie den verdächtigen Glanz in ihren Augen wegblinzelt.

Und da passiert etwas Seltsames. Etwas, mit dem ich hier und jetzt nicht gerechnet habe. Ein warmer, orange leuchtender Strahl schießt durch meinen Körper. Herrlich leicht. Und zärtlich.

So fühlt sich Liebe an, wenn du von ihr in einer unerwarteten Situation überwältigt wirst.

Nicht zu glauben. Meine Eltern, die ich von dieser neuen, irren Erfahrung in meinem Leben eigentlich ausschließen wollte (der Grund fällt mir gerade nicht mehr ein), sind hier.

Und sie sind nicht die Bohne sauer oder enttäuscht, dass ich ihnen nichts von all dem hier erzählt habe, sondern freuen sich und tummeln sich vergnügt unter all den anderen Gästen.

Wieder schaue ich zu Toni hinüber, die auffallend steif dort drüben sitzt und uns mit großen Augen beobachtet. Ich fasse meine Mutter und meinen Vater an den Händen und führe sie quer durch den Saal zu unserem Tisch. Dort wird es heute ganz schön voll, denn es sitzen nicht nur meine Tanzkurskolleginnen dort, sondern auch ihre Freundinnen und Freunde, und Jutta hat tatsächlich ihre Eltern mitgebracht. Die beiden sind ähnlich blass und schüchtern wie sie und schauen sich mit großen Augen um, ohne ein Wort zu sagen.

Toni sieht aus, als wolle sie gern unter dem gestärkten weißen Tischtuch verschwinden. Doch meine Mutter stürzt sich auf sie und herzt sie, als sei sie die lang verloren geglaubte Tochter. Obwohl sie es ihr sehr geheim ins Ohr zu flüstern versucht, kann ich hören, dass sie sich überschwänglich für Tonis Tipp zur heutigen Tagesgestaltung bedankt. Toni lächelt gequält und sieht mich über Mamas Schulter hinweg ängstlich an. Ich grinse sie an und halte den Daumen nach oben. Erst da atmet sie erleichtert auf. Als meine Mutter sie endlich loslässt, fällt Toni gleich auch mir um den Hals.

»Ich hatte grad echt die Hosen voll, als ich gesehen habe, dass du ihnen voll in die Arme gelaufen bist«, raunt sie mir zu.

»Das geschieht dir recht!«, murmele ich zurück.

Meine Mutter hat sich inzwischen bei den anderen Mädels am Tisch vorgestellt und dabei auch Kati entdeckt.

»Meine Güte, wie Zwillinge!«, freut sie sich und schaut zwischen Kati und Toni hin und her. »Ich dachte erst, Sie seien Toni. Genau der gleiche Typ einer starken, durchsetzungsfähigen Frau!«

Erst da fällt mir auf, dass Toni und Kati heute tatsächlich recht ähnlich aussehen. Beide haben ihre Kurzhaarfrisuren in einer sanften Welle gestylt, die hip in die Stirn fällt. Die schwarzen Klamotten, die beiden hervorragend stehen, tun ihr Übriges.

»Wirklich. Ihr seid die schönsten KV, die heute hier rumlaufen«, sagt Sandra, und ich würde Toni gern auf die Schulter klopfen vor Freude über dieses Kompliment aus dem Mund ihrer Angebeteten. Doch Toni ist mit Rotwerden beschäftigt. Und Kati sieht ähnlich verlegen aus.

»Vielleicht suchen wir euch mal zwei Plätze«, helfe ich den beiden aus der Patsche, indem ich die Neugier meiner Mutter mit etwas anderem füttere. Alle rücken bereits ein wenig zusammen, um noch zwei weitere Stühle für meine Eltern in unsere Reihen zu quetschen.

»Papa, würde es dir was ausmachen, dich dort hinzusetzen? Das sind übrigens Michaela und Heike.« Die beiden, die ganz ohne Gäste erschienen sind, nehmen meinen alten Herrn herzlich in Empfang, der das sichtlich genießt.

»Und du, Mama, kannst dich eigentlich hierhin …«

»Ach, super!« Meine Mutter lässt sich fallen und landet dabei leider auf dem Platz, den ich für mich vorgesehen hatte – auf dem Platz neben Juliane. Ich seufze und setze mich auf ihre andere Seite.

»Wo ist eigentlich Ricarda abgeblieben?«, fragt mich Natascha leise. »Sie war doch gerade noch bei dir.«

»Ich weiß nicht.« Ich schaue mich um. »Vielleicht will sie lieber an einem anderen Tisch sitzen?«

»Aber ihr tanzt doch miteinander!«, empört sich Anke. Natascha gibt ihr einen Knuff und deutet mit dem Kopf vage in Julianes Richtung.

Anke nickt verstehend.

»Ich bin begeistert!«, teilt meine Mutter gerade Juliane mit, die sie etwas überfordert anlächelt. »Wissen Sie, dass Tiffy schon als Kind Tanzunterricht genommen hat?«

»Sie hat es mal erwähnt«, erwidert Juliane diplomatisch.

Das Gesicht meiner Mutter leuchtet auf. »Sie hatte ein irres Talent. Das haben alle gesagt. Sie hätte Profitänzerin werden können. Aber Sie wissen ja, wie das so ist … irgendwann waren andere Sachen wichtiger.«

Juliane nickt verständnisvoll. »So ähnlich war das bei mir auch. Da muss man als Eltern die Kinder einfach ihren eigenen Weg gehen lassen.« Ich könnte sie küssen.

»Natürlich!«, stimmt meine Mutter energisch zu. »Ein altes chinesisches Sprichwort sagt: ›Wenn die Kinder klein sind, gebt ihnen Wurzeln. Werden sie älter, gebt ihnen Flügel.‹«

Mir klingeln irgendwie die Ohren. Aber Juliane schafft es, ganz ernst zu bleiben und beifällig zu nicken. Meine Mutter dreht sich zu mir um und strahlt mich an, erfreut, dass ich ihren Wortwechsel mit einer der Kursteilnehmerinnen so wohlwollend zur Kenntnis genommen habe.

»Die ist aber auch sehr nett«, raunt sie mir zu. Wegen der beginnenden Schwerhörigkeit meines Vaters hat sie sich jedoch leider angewöhnt, grundsätzlich so laut zu sprechen, dass Juliane sie bestimmt mühelos verstehen kann. Ich versuche, ihr an meiner Mutter vorbei entschuldigend zuzulächeln.

»Meine Güte, ich an deiner Stelle hätte gar nicht gewusst, welche ich nehmen soll«, fährt meine Mutter sinnierend fort und schaut sich im summenden Tanzsaal um. »Aber ich muss sagen, deine Wahl gefällt mir ausgezeichnet. Ricarda heißt sie, oder?«

Ich vergesse für ein paar Sekunden vor lauter Schreck das Atmen.

»Ricarda ist meine …«, beginne ich.

Doch da legt sich mir eine Hand auf die Schulter, und ich fahre erschocken herum. Auch Juliane schaut auf, und ich kann aus dem Augenwinkel ihren plötzlich sich verdüsternden Gesichtsausdruck erkennen.

»Du bist wohl etwas nervös?«, lächelt Ricarda mich an. »Was wolltest du gerade sagen? Was bin ich?«

Ehe ich den Mund öffnen kann, hat meine Mutter bereits das Ruder wieder an sich gerissen: »Um ehrlich zu sein, sprachen wir gerade von Ihnen. Tiffy hatte ja schon immer einen guten Geschmack. Aber eine Tänzerin ist doch allererste Sahne, oder?«

Ricarda guckt verdutzt.

»Mama, ich …«

»Sie ist nur eine kleine Geheimniskrämerin«, vertraut meine Mutter Ricarda und allen anderen Umsitzenden an. »Da müssen Sie sich drauf einstellen. Ich hab zwar gewusst, dass irgendwas im Busch ist – als Mutter spürt man so was doch –, aber ich wusste, dass ich wohl wieder abwarten muss, bis sie selbst so weit ist, mir jemand Gewisses vorzustellen. Aber jetzt, wo wir uns schon kennen, müssen Sie auch mal mit zu uns kommen. Vielleicht zu einem Abendessen?«

Die total perplexe Ricarda wirft mir einen raschen Blick zu und antwortet dann: »Gerne.«

Meine Mutter freut sich. »Dann ist das abgemacht!«

Juliane erhebt sich von ihrem Stuhl.

»Wo willst du denn hin? Es geht gleich los!«, zischelt Toni ihr zu. Ich kann leider nicht alles hören, was Juliane antwortet, verstehe aber etwas von ›plötzlich so stickig hier‹ und ›frische Luft schnappen‹. Doch sie kommt nicht weit, denn in diesem Moment verklingt die Musik, und es ertönt ein Knacken in den Lautsprechern. Mona betritt mit Lisa an ihrer Seite die Tanzfläche, und es entsteht sofort ein großer Kreis um die beiden.

Sie tragen atemberaubende Kleider, die ein großes ›Aahhh!‹ und ›Ooh!‹ auslösen. Nachdem sich das gelegt hat, breitet sich erwartungsvolle Stille aus. Ich räuspere mich laut, um Juliane auf mich aufmerksam zu machen. Keine Ahnung, wie ich das machen will, aber ich habe das dringende Bedürfnis, ihr mitzuteilen, dass meine Mutter hier gerade etwas vollkommen missverstanden hat. Doch Juliane schaut nicht zu mir her. Obwohl ich sicher bin, dass sie mein Gehüstel gar nicht überhören kann.

Mein Vater beugt sich über den Tisch und tätschelt meine Hand. »Das sind nur die Nerven. Trink lieber einen Schluck, Kleine«, sagt er fürsorglich. Ich liebe meine Eltern.

»Liebe Gäste!«, erschallt da Monas Stimme. »Ich freue mich sehr, Sie heute zu unserem Frühjahrsfest anlässlich des zehnjährigen Jubiläums unserer Tanzschule begrüßen zu dürfen!«

Ihre Stimme bebt ein bisschen bei der Begrüßung. Und als sämtliche KursteilnehmerInnen beginnen zu applaudieren, zu pfeifen und auf den Boden zu stampfen, sieht es für einen Moment so aus, als könne auch die immer kontrollierte Mona die Fassung verlieren. Doch Lisa springt mit bewundernswerter Gelassenheit ein und erklärt kurz und schmissig den Ablauf des Festes.

Nach dem Eröffnungstanz eines Frauenpaares, das tatsächlich die kompletten zehn Jahre in dieser Tanzschule trainiert habe, folge die Vorführung eines professionellen Männertanzpaares.

Danach, so Lisa, beginne der Turnier-Wettkampf für die Anfänger und Anfängerinnen. Wir Mädels schauen uns mit Verschwörerinnenmiene an. Wir wissen nämlich, dass vor dem Turnier natürlich noch die kleine Überraschungseinlage unseres Kurses zu sehen sein wird.

Davon haben Lisa und Mona jetzt jedoch noch keine Ahnung. Nur die DJ ist eingeweiht.

»Hast du die richtige CD abgegeben?«, wispert Kati Juliane zu.

Die nickt angestrengt. Ist sie nur nervös vor unserem kleinen Auftritt, dessen Choreografie schließlich sie verzapft hat? Oder macht ihr auch das zu schaffen, was mir zu schaffen macht?

Ich versuche, ihren Blick aufzufangen, in der Hoffnung, das

blöde Missverständnis mit meiner Mutter und Ricarda irgendwie durch Blicke und Telepathie zu entkräften. Doch Juliane schaut mich einfach nicht an.

Festgenagelt an meinen Platz sitze ich hier und schaue dem Frauenpaar zu, das übers Parkett schwebt, elegant und federleicht zugleich. Zehn Jahre tanzen. Ja, das sieht man.

Die beiden erhalten einen gewaltigen Applaus und bedanken sich bei den beiden Tanzschulinhaberinnen mit einem riesigen Blumenstrauß »für die zehn groovigsten Jahre, die man sich nur denken kann«. Süß.

Das Männerpaar besticht nicht durch so viel Herz, aber dafür mit einer perfekten Choreografie, in der jeder Zentimeter sitzt.

Meiner Mutter steht wortwörtlich der Mund offen.

Mein Vater murmelt: »So ’ne Figur müsste man noch mal haben.«

Michaela kichert. Ich grinse sie an. Heike beobachtet das mit hochgezogenen Brauen.

»Ich finde wirklich, unser Auftritt dürfte nicht direkt nach so was stattfinden«, jammert Anke, während der Applaus für die beiden Männer aufbrandet.

»Genau«, stimmt Sandra ihr kläglich zu. »Die Leute werden denken, wir wollen sie verarschen.«

»Unsinn!«, sage ich halblaut und beuge mich über den Tisch.

Plötzlich sehen alle mich an.

Ich schlucke. »Ihr müsst nur daran denken, was Juliane uns gesagt hat, als wir zum ersten Mal geübt haben. Wenn wir wirklich tanzen wollen, müssen wir uns etwas trauen. Die Zuschauer müssen das Gefühl haben, wie entführen sie in ein nahes, fernes, unbekanntes, geheimnisvolles Land.«

»Oh, Tiffy, wie schön«, haucht meine Mutter gerührt, die genau wie die anderen gelauscht hat.

»Das hast du dir gemerkt«, murmelt Toni betroffen.

Juliane hält den Kopf gesenkt, sieht auf ihre Hände und sagt gar nichts. Ricarda räuspert sich leise.

»Bevor wir nun die Vorbereitungen für die ersten Wettkampfteilnehmer treffen, möchte ich erst die Teilnehmerinnen des Anfängerinnenkurses auf die Tanzfläche bitten«, erschallt da die Stimme der DJ von der Musikanlage her.

Mona und Lisa schauen sich verwundert um.

Wir Mädels tauschen rasch panische Blicke und geflüsterte Aufmunterungen. Dann stehen wir geschlossen auf und begeben uns auf die Tanzfläche.

Juliane übernimmt kurz von der DJ das Mikro.

»Liebe Gäste, diese kleine Vorführung ist auch für Sie gedacht. In erster Linie jedoch soll sie ein Geschenk sein an Mona und Lisa. Aller Anfang ist schwer. Aber Ihr macht ihn zu etwas Unvergesslichem.«

Könnte sein, dass ich gleich schmelze. Einfach in mich zusammensinke zu einer schwarz gekleideten Pfütze mit einem knallroten Hüfttuch. Juliane, die Wortjongleurin, übergibt grazil das Mikro und schreitet zu mir herüber.

Da stehen wir. Im ganzen Saal verteilt.

Die klatschfreudige Heike und die schöne Michaela. Die vorwitzige Kati und die scheue Jutta. Die beiden besten Freundinnen Natascha und Anke. Meine liebe Toni und ihre Sandra. Und Juliane und ich.

Leise erklingen die ersten Töne des Walzers. Wir beginnen alle mit dem gleichen Takt. Die klassische Walzereröffnung. Danach den Wischer durch die Ecke. Klappt bei allen, so weit ich das sehen kann. Und danach kümmert es mich kaum noch, ob sich tatsächlich alle an die komplette Choreo erinnern können.

Denn ich spüre, wie sich mit jedem Schritt ein Gefühl entfaltet, das ich so lange nicht gespürt habe. Es ist, als brächen aus meinem Rücken durchscheinende Flügel und trügen mich Runde um Runde, Schritt für Schritt. Da ist es wieder. Das Schweben, das ich damals so liebte. Und dann einfach vergessen habe.

Ich tanze. Mit Juliane. Juliane tanzt. Mit mir.

Mama, denke ich. Fliegen ist nichts dagegen! Und beschließe, ihr unbedingt davon zu erzählen. Direkt nachdem ich ihr erklärt habe, dass Ricarda nicht meine neue Freundin ist. Drei Minuten sind keine lange Zeit. Wenn du das Gefühl hast zu schweben, schon gar nicht. Als die letzten Takte verklungen und wir in unseren einstudierten Walzerposen erstarrt sind, bricht eine Welle der Begeisterung los.

Mona kommt auf die Tanzfläche gerannt und umarmt jede Einzelne von uns. Vielleicht hätte sie sich heute für wasserfeste Mascara entscheiden sollen? Egal!

Der Applaus nimmt gar kein Ende. Ich wette, es sind auch etliche wohlwollende Klatscher dabei. (Wie niedlich! Die Anfängerinnen haben sich was ausgedacht!) Aber ein paar haben wir sicher richtig beeindruckt. Zumindest die, die nicht allzu viel Ahnung haben.

Wir alle schnattern durcheinander, umarmen uns gegenseitig und behaupten, dass wir genau gesehen haben, dass die jeweils andere es ganz toll gemacht hat.

Als Juliane und ich in dem Kuddelmuddel schließlich wieder voreinander stehen, strahle ich immer noch. Sie lächelt. Doch ihre Augen blicken ernst.

»Das war … toll!«, sage ich.

»Es war mir eine Ehre«, erwidert sie.

»Juliane, wegen gerade …«, beginne ich.

Doch sie schüttelt rasch den Kopf.

»Oh, Kinder, jetzt geht's los! Kati und Jutta sind schon als zweites Paar dran. Nach einem Männerpaar aus dem anderen Anfängerkurs.« Anke hakt sich bei uns beiden ein und zieht uns mit zum Tisch.

»Große, du warst einfach wunderbar!«, dröhnt mein Vater, der plötzlich im Weg steht und mich fest an seine Brust drückt. »Deine Mutter hat ihr Make-up ruiniert«, flüstert er mir zu und kneift mich kurz in den Arm. Tatsächlich sieht meine Mutter ziemlich derangiert aus.

Sie lächelt mir verschwommen zu und rückt meinen Stuhl zurecht, während Juliane wieder auf ihrer anderen Seite Platz nimmt.

Kati reicht Jutta gerade die Hand, und sie stehen gemeinsam auf. Jutta ist so blass, dass ihre niedlichen Sommersprossen sich auf der hellen Haut derart hervorheben, als wollten sie bei der nächsten Gelegenheit den endgültigen Absprung wagen.

Juttas Mutter streicht ihrer Tochter über den Rücken. Ihr Vater nickt ihr aufmunternd zu.

»Toi, toi, toi!«, wispert Toni unseren beiden Mitstreiterinnen zu, und alle stimmen ein. Die beiden lächeln etwas schwächlich, und Kati führt Jutta zur Startposition in der Nähe der Tür. Unter dem Tisch greift meine Mutter nach meiner Hand.

»Oh, Tiffy, das war so …«, stammelt sie. Ich drücke ihre Finger. »Ich weiß nicht, was ich sagen soll.«

»Dann sag doch einfach gar nichts«, schlage ich amüsiert vor. Die Endorphine, die der Walzer freigesetzt hat, wirken offenbar immer noch.

»Es war so anrührend, dich tanzen zu sehen. Wie lange ist das her! Und es ist natürlich eine Sache, ein Kind mit Talent tanzen zu sehen, aber eine junge, talentierte Frau, mit so viel Sexappeal … wow!«

Ich muss lachen. »Juliane, hast du das gehört?«, versuche ich, sie ins Gespräch mit einzubeziehen. Doch Juliane hört gerade nicht. Hoffentlich nicht, denn meine Mutter fährt – wie sie glaubt in vertraulichem Flüsterton – fort: »Ich kann natürlich verstehen, dass du beim Wettkampf mit deiner Ricarda antreten willst, Tiffy.

Aber ich muss sagen, dass ich mir nach diesem ersten Eindruck gerade kaum vorstellen kann, dass du mit ihr besser harmonieren wirst als mit …« Sie wendet den Kopf, und ich befürchte für eine Sekunde, dass sie so etwas sagen könnte wie: ›Entschuldigung, meine Tochter ist zwar nicht in Sie verliebt, aber wie war noch mal Ihr Name?‹, doch dann schaut sie wieder zu mir.

»Juliane«, sage ich rasch und möglichst leise.

Auf der Tanzfläche kommt gerade das Männerpaar aus dem anderen Anfängerkurs vorbei. Beide in tadellos geschnittenen Anzügen und mit ebensolchen Frisuren. Sehr smart. Aber mit angespannten Gesichtern im Farbton von Puterhälsen.

»Du und Juliane, ihr seid wirklich ein ideales Tanzpaar«, erklärt meine Mutter. »Habe ich dir erzählt, dass Elsa auch einen zweiten Turnierpartner hatte? Bezog sich selbstverständlich nur aufs Tanzen. Hatte also sonst gar nichts zu bedeuten. Die beiden haben wirklich besser harmoniert als …«

»Mama, ich glaube, ich muss da mal ganz schnell was aufklären«, flüstere ich.

»Jetzt kommt die Wertung!«, mischt Ricarda sich von der anderen Seite ein.

Im Saal wird es so still, dass man die sprichwörtliche Stecknadel fallen hören würde.

Die Richterjury besteht aus zwei Frauen und einem Mann. Jeder von ihnen sagt kurz etwas zur Tanzleistung des Paares, das wir gesehen haben, und dann werden die Punkte vergeben. Sieben. Sechs. Sieben. Alle klatschen wie wild. Obwohl die meisten wahrscheinlich keine Ahnung haben, ob das in der Anfängerklasse eine gute Bewertung ist oder eher nicht.

Jetzt wird es aber richtig spannend. Kati und Jutta sind dran. Sie haben sich den Cha-Cha-Cha ausgesucht und schreiten extrem lateinamerikanisch auf die Tanzfläche. Beim Cha-Cha-Cha ist die Tanzhaltung runder, und die Blinddarmnarben halten ordentlich Abstand voneinander. Trotzdem gilt es zu beachten, den Kontakt zur Tanzpartnerin nicht abreißen zu lassen. Der gesamte Körper, manchmal auch der Blick soll zeigen, dass die beiden in beständigem Kontakt miteinander stehen. Ihre Körper sollen sich austauschen, als würden sie einander etwas erzählen. Was bei den vielen Drehungen und dem Seite-an-Seite-Tanzen im New Yorker gar nicht so einfach ist, und tatsächlich klappt es bei den beiden auch wirklich nicht so gut. Vielleicht ist Jutta zu nervös. Vielleicht fühlt Kati sich in den Lederschuhen doch noch nicht so zu Hause wie in ihren Sporttretern. Auf alle Fälle wirkt ihr Auftritt alles in allem ein bisschen holprig.

Die Bewertung fällt daher auch eher mager aus. Eine Sechs. Eine Vier. Und eine Fünf. Die beiden erhalten natürlich trotzdem einen riesigen Applaus, den sie sichtlich genießen. Als sie am Tisch ankommen, hat Jutta tatsächlich wieder etwas Farbe. Sie wird von ihren Eltern so fest umarmt, dass ich befürchte, sie könnten ihr etwas brechen. Aber sie lacht nur heiter und strahlt in die Runde.

Kati sieht ebenfalls sehr erleichtert aus. »Mädels, ich wusste gar nicht, wie aufgeregt ich war«, keucht sie und stützt sich auf Tonis Schultern auf.

Die legt den Kopf zurück und strahlt sie von unten herauf an. »Ihr wart toll! War richtig schön, euch zuzusehen!« Ach, die liebe, sozialkompetente Toni. Auch wenn Kati und Jutta punktemäßig nicht so abgeräumt haben, will sie ihnen was Nettes sagen. Wir sind alle so beschäftigt damit, empathisch zu sein, dass wir um ein Haar das nächste Paar aus dem anderen Anfängerkurs verpassen, würde mein Vater uns nicht darauf hinweisen.

Bei diesem Frauenpaar gibt es tatsächlich etwas zu sehen. Die beiden fetzen im Jive derart los, dass uns allen die Augen rausfallen.

»Das sind doch keine Anfängerinnen!«, empört sich Sandra,

die ihre Felle davonschwimmen sieht. Sie und Toni haben sich auch für diesen Tanz entschieden.

»Die beiden haben noch zusätzlich Einzelunterricht genommen«, weiß Juliane zu berichten. Dabei gibt sie sich jedoch große Mühe, nicht in meine Richtung zu sehen. Na, warte. Sobald unsere Mädels aus der Anfängerklasse durch sind, werde ich mir Juliane schnappen und mal schnell ein ernstes Wort mit ihr reden. Auch wenn sie gerade auf der Tanzfläche so getan hat, als wolle sie nichts dazu hören, weil es sie nichts angeht, bin ich sicher, dass ihre versteinerte Miene damit zu tun hat, dass sie Ricarda und mich in einer trauten Liebesbeziehung wähnt. Das Jive-Paar bekommt zweimal neun und einmal acht Punkte. Wahrscheinlich kaum zu toppen.

Von dem Pärchen, das danach startet, auf jeden Fall nicht. Die beiden stolpern im Langsamen Walzer übers Parkett und bekommen dreimal drei Punkte. Was ihnen aber überhaupt nicht peinlich zu sein scheint, denn sie strahlen beide um die Wette und lassen sich von ihren Kursfreundinnen auf die Schultern klopfen.

Dann sind Anke und Natascha dran. Die ich beinahe vergessen hatte, weil von der sonst so vorlauten und redefreudigen Anke kein Ton mehr zu vernehmen war. Sie haben auch noch ein paar Freundinnen (oder Frauen, deren Handynummer Anke irgendwann mal eingeheimst hat) mitgebracht, die lauthals johlen, als die beiden nun zur Startposition schreiten.

Meine Mutter zischt ungehalten und bedeutet ihnen mit dem Zeigefinger vor den Lippen das passende Verhalten für ein Tanzturnier. Die Mädels verstummen. Wenn meine Mutter ihren strengen Blick draufhat, ist einem nicht nach Widersprechen.

Anke und Natascha tanzen ebenfalls den Cha-Cha-Cha und stellen sich schon wesentlich geschickter an als Kati und Jutta. Hätte gar nicht gedacht, dass diese beiden Szenehasen derartigen Ehrgeiz entwickeln können – unabhängig davon, welche Telefonnummern sie an diesem Abend noch würden ergattern können. Toni sieht ihnen sehr angestrengt zu. Ihre Daumen sind wahrscheinlich vor lauter Drücken ganz blutleer.

»Sehr rassig«, behauptet eine der Tanzrichterinnen und gibt den beiden eine Neun. Von den beiden anderen erhalten sie eine Sieben und schweben danach nebeneinander vom Parkett, als würden sie nie etwas anderes tun. Wieder folgt ein Paar des anderen Kurses, das aber konkurrenzlos schlecht ist und deswegen von uns einen besonders herzlichen Applaus bekommt.

»Eure Gruppe ist viel besser!«, wispert meine Mutter mir zu, so laut, dass alle am Tisch es verstehen können.

»Mama, darum geht hier doch gar nicht«, gebe ich halblaut zurück. »Hier treten doch keine Kurse gegeneinander an. Überhaupt geht es viel mehr um den Spaß an der Sache.«

»Tatsächlich? Und was machen dann die Richter da vorn?«, gibt meine Mutter leicht schnippisch zurück.

»Ich finde ja auch nur, dass man so eine Polarisierung nicht unterstützen …«

»Tiffy?«, unterbricht mich Toni.

»Hm?«

»Deine Mutter hat aber doch recht. Wir sind besser als sie!«

Verhaltenes Kichern am Tisch. Ich schaue zu Juliane, die rasch den Blick abwendet.

»Wo sie recht hat, hat sie recht«, sagt Ricarda und legt eine Hand auf meinen Arm.

Ich nehme ihn ein wenig zur Seite. Doch da hat meine Mutter die Geste bereits aus dem Augenwinkel gesehen und lächelt mich bedeutungsschwanger an.

Als das nächste Paar aus dem anderen Kurs auch eine eher mittelprächtige Bewertung bekommt, nicken sich alle wissend zu. Alle außer Michaela und Heike. Die bereits an der Startposition stehen und auf ihren Einsatz warten.

»Eine wirklich schöne Frau«, flüstert meine Mutter mir zu, während sie Michaela intensiv mustert. »Bestimmt ist ihre Freundin ziemlich eifersüchtig, oder?«

»Heike ist nicht ihre Freundin«, erkläre ich ihr leise.

»Nicht?«, macht Mama.

Michaela und Heike tanzen eine Rumba. Als die ersten Töne erklingen, scheint es so, als würden die beiden zu anderen Menschen. Ihre Haltung. Ihre Blicke. Mir bleibt beim Zuschauen wirklich der Mund offen stehen. Man kann die Erotik zwischen den beiden förmlich knistern spüren. Jeder Schritt sitzt. Jede Drehung, mit der die beiden sich voneinander entfernen, quält die Zuschauer, jede Wendung aufeinander zu verlangt nach einem kollektiven Seufzen. Als die Musik endet, bricht ein tosender Beifall los.

»Nicht ihre Freundin?«, wiederholt meine Mutter noch einmal verdattert. Während ich mich wundere, dass ich einen derart lächerlichen Stolz empfinden kann – auf meine Mitstreiterinnen in einem Lesben-Single-Tanzkurs.

Natürlich werden die beiden an unserem Tisch wie zwei Heldinnen begrüßt, nachdem sie die bisher beste Wertung, zweimal die Neun, einmal die Zehn erhalten haben. Das Pärchen aus dem anderen Kurs, das als nächstes dran ist, kann einem leidtun. Sie tanzen zwar einen recht passablen Walzer, doch den Eindruck, den ihre Vorgängerinnen hinterlassen haben, können sie natürlich nicht toppen.

»Wir sehen jetzt das letzte Tanzpaar der Anfängerklasse«, verkündet Lisa per Mikro, während Toni und Sandra gemeinsam an der Startposition zittern.

Ich zittere auch. Stelle ich gerade fest.

Meine Mutter ergreift meinen Arm.

»Das ist übrigens Tonis Auserwählte«, hauche ich ihr ins Ohr. »Aber kommentier das jetzt bitte nicht. Das sollen nicht alle mitbekommen!«

Meine Mutter nickt geheimniskrämerisch und betrachtet meine beste Freundin und ihre Partnerin, die hoffentlich bald auch ihre Liebste ist, mit nachdenklichem Gesichtsausdruck. Toni hat sich von meiner Begeisterung für den Tango anstecken lassen. Was heißt, dass sie so richtig zeigen kann, wie sehr Sandra ihr am Herzen liegt …

Der Einsatz klappt super. Sie haben sich ein cooles Lied ausgesucht. Fast noch schöner als das Stück, auf das ich mit Ricarda tanzen werde. Doch irgendwas stimmt mit ihren Blinddarmnarben nicht. Ich sehe genauer hin. Wieso halten die beiden denn so einen seltsamen Abstand?

Sandra lehnt sich zwar hübsch zurück. Doch da die beiden sich gar nicht wirklich berühren, wirkt es eher steif als elegant. Toni verlässt zu oft ihren Tanzbereich. Ich beobachte sie besorgt. Dass sie beim Turnier wahrscheinlich im Mittelfeld landen werden, juckt mich nicht – Toni wahrscheinlich auch nicht. Doch was ich sehe, wird gewiss auch etwas für die private Seite ihrer Beziehung bedeuten.

Diese merkwürdige Distanz.

Diese Unruhe in ihren Bewegungen.

Diese … Disharmonie. Oje …

Und das mit einer Frau, mit der Toni doch mindestens schon mal im Kino war.

Alle klatschen wie wild, als die beiden ihren letzten Schritt getan haben und sich zum Publikum öffnen. Doch ich betrachte Tonis Gesicht. Angespannt sieht sie aus. Vielleicht auch enttäuscht?

Mein Magen krampft sich zusammen. Wenn ich eins nicht ertragen kann, dann sind es beste Freundinnen mit Liebeskummer. Als die beiden dort stehen und ihre Punkte (sechs, sieben, fünf) entgegennehmen, komme ich mir selbst plötzlich sehr schäbig vor. Über meine eigenen Gefühlsverstrickungen habe ich Tonis aufkeimende Liebe ganz aus den Augen verloren. Dass sie aber auch einfach nichts darüber erzählt!

»Liebe Gäste, liebe Teilnehmerinnen und Teilnehmer, das war ein spannender Einstieg in unser Turnier! Vielen Dank dafür!«, ertönt da Monas Stimme aus den Lautsprechern. »Für die spätere Preisverleihung werden nun die Plätze errechnet. In der Wettkampfpause gibt es aber natürlich so einiges zu sehen. Im kleinen Tanzsaal dürfen Sie unserer Tango-Argentino-Klasse bei der Einführung in diesen herrlichen Tanz zuschauen. In den Übungsräumen in der ersten Etage erwarten sie weitere Highlights. Das Turnier wird um achtzehn Uhr mit der Offenen Klasse fortgesetzt. Bis gleich!«

Es gibt noch mal einen wohlwollenden Applaus. Dann entsteht eine sogartige Massenbewegung in Richtung Getränkebar.

Ricarda nickt meiner Mutter und mir zu. »Ich geh dann mal zu meiner Tangoklasse. Vielleicht sehen wir uns dort wieder?«

»Ich komme bestimmt!«, verspricht meine Mutter. »Ein irrer Tanz! Ich fand schon immer, dass …«

Was sie Ricarda noch alles von dem, was sie schon immer fand, mitteilen will, bekomme ich nicht so recht mit.

Denn während sich die Tische zunehmend leeren, steht auch Juliane auf. Und es ist die Art und Weise, wie sie aufsteht, die mich stutzen lässt. Sie sieht so entschlossen aus. Und ernst. Ihre Schultern sind gestrafft. Ihr Gesicht verrät keine Regung. Als sie meinem Blick begegnet, lächelt sie mich an. Ich öffne den Mund, um sie zu fragen, ob wir uns vielleicht gemeinsam ein Getränk organisieren wollen. Das wäre die passende Gelegenheit, um sie endlich über dieses blöde Missverständnis aufzuklären.

Da fragt mich mein Vater: »Wo geht's denn zu den Toiletten?«

»Durchs Foyer, Papa«, antworte ich und deute mit der Hand hinüber. »Du gehst da vorn durch die Tür, dann geradeaus und dann ist es die zweite Tür rechts. Siehst du?« Er nickt und steht auf.

Das Ganze hat maximal zehn Sekunden gedauert – entscheidende zehn Sekunden. Von Juliane sehe ich nur noch die Rückseite. Die auch ausgesprochen hübsch ist – aber leider entfernt sie sich gerade quer durch den Saal.

»Dann bis gleich!«, winkt meine Mutter Ricarda zu, die sich auch auf den Weg macht.

Wir sehen ihnen gemeinsam hinterher. Das heißt, meine Mutter sieht Ricarda hinterher und ich Juliane. Aber das weiß Mama ja nicht.

»Sag mal, Tiffy, mag Ricarda eigentlich Kinder?«, fragt sie da.

»Was?« Ich schaue sie verdutzt an. »Ach so … ach, Mama, hör mal. Das hast du komplett missverstanden. Ricarda ist nicht meine Freundin. Ich tanze nur mit ihr im Wettkampf, sonst ist da nichts.«

»Ja, aber …« Mama blinzelt verwirrt und schaut wieder quer durch den Saal, in die Richtung, in die Ricarda gerade verschwunden ist. Und dann zu Toni am Ende des Tisches.

»Oh nein!«, brumme ich.

»Wie?«

»Hat Toni dir gegenüber etwas angedeutet, was mein Gefühlsleben angeht? Irgendwas, das mit meiner Tanzpartnerin zu tun hat?«

Meine Mutter macht ihr Dazu-sag-ich-kein-Wort-Spitzmaus-Gesicht.

»Mama?«, bohre ich.

»Ich war einfach so froh, dass wenigstens deine beste Freundin mal mit mir spricht …«, meutert meine Mutter.

»Mama, aber es ist doch ganz anders!«, falle ich ihr ins Wort.

»Wenn Toni nichts gesagt hätte, hätte ich von diesem ganzen herrlichen Tag hier gar nichts gewusst«, beklagt sie sich weiter.

»Toni hat ja auch die Wahrheit gesagt«, gestehe ich. »Aber es ist eben nicht Ricarda.«

Meine Mutter schaut mich konzentriert an. Ich kann sehen,

wie es hinter ihrer Stirn arbeitet. Dann breitet sich ein Strahlen auf ihrem Gesicht aus.

»Juliane? Du bist mit Juliane …?«

»Nein. Wir sind nicht zusammen«, erkläre ich und sehe mich um, ob auch niemand mithören kann.

»Aber du wärst es gerne?«

»Als ob das jemanden interessieren würde, was ich gern wäre«, murre ich.

»Mich interessiert es!«, behauptet meine Mutter starrköpfig.

»Das ändert aber nichts an den Tatsachen«, erwidere ich und ernte hochgezogene Augenbrauen.

»Willst du mir etwa erzählen, dass Juliane nicht interessiert ist?«

»Genau so ist es.«

»Unsinn!« Meine Mutter schüttelt den Kopf. »Ich brauche zwar seit Kurzem beim Lesen eine Brille. Aber ansonsten sehe ich noch ganz gut.«

Ich seufze. Da ist sie wieder, die sogenannte Kinderantennen-Miene. Sie ist mal wieder davon überzeugt, besser Bescheid zu wissen als ihre Tochter.

»Mama, glaub mir. Sie hat mir ganz deutlich gesagt, dass sie nicht möchte, dass sie hier in der Tanzschule noch mal …« Ich unterbreche mich. Zu viele Details sollte ich vielleicht doch nicht rausgeben. »Sie will keine Verwicklungen in der Tanzschule«, bringe ich es auf den Punkt.

»Sie will keine Verwicklungen?«, wiederholt meine Mutter empört. »Verwicklungen?«

»Pssst!«, mache ich und sehe mich wieder um. Aber zum Glück sind alle so beschäftigt, dass niemand herschaut.

»Und das lässt du einfach so stehen?«, motzt meine Mutter.

»Wie?«

»Ist das etwa meine Tochter, die mir schon mit zwölf Jahren die

Stirn geboten hat, um ihren blöden Fußball durchzusetzen?«, ereifert sich Mama, gerade in dem Augenblick, als mein Vater wieder dazukommt.

»Ihr redet doch etwa nicht über diese alte Geschichte?«, fragt Papa erschrocken.

»Jürgen«, sagt meine Mutter. »Misch dich nicht ein. Hol uns lieber was zu trinken. Ich sitze auf dem Trockenen.«

»Ich meine ja nur. Das ist doch jetzt so lange her. Und an einem Tag wie heute darf man doch nicht ...«

»Bevor du jetzt mit deinem pädagogischen Ansatz daherkommst, erzähl ich dir lieber, worüber deine Tochter und ich gerade gesprochen haben«, entscheidet meine Mutter, seine Frau, und wendet sich noch einmal kurz an mich: »Und was sitzt du noch hier herum? Mach, dass du sie wieder herbringst! Wir müssen ihr doch zumindest verklickern, dass deine alte Dame da etwas falsch verstanden hat.«

Das lasse ich mir nicht zweimal sagen. Ich springe auf und laufe durch den Saal. Sie hat recht. Meine Mutter, das muss ich leider zugeben, hat mal wieder recht. Wieso lasse ich es eigentlich einfach so stehen, wenn Juliane etwas von Verwicklungen faselt? Was haben Verwicklungen eigentlich mit echten Gefühlen zu tun? Mit Verlieben? Mit ... hundert Prozent?

Auf dem Weg zum Foyer treffe ich Toni, die dort lachend mit Kati, Jutta und deren Eltern zusammensteht. Ich nehme sie kurz zur Seite. »Hör mal, Juliane hat da vorhin wohl etwas missverstanden, was Ricarda und mich angeht ...«

»Ach, du Kacke!«

»Genau. Ich will das aufklären. Hast du sie gesehen?«

»Ich glaube, sie ist gerade zu den Umkleiden unterwegs gewesen«, sagt Toni und deutet mit dem Daumen hinter sich.

»Okay. Ich erzähl dir später alles«, erwidere ich, denn ich sehe ihr an der Nasenspitze an, dass sie vor Neugierde fast platzt.

Auch im Foyer stehen überall Gäste oder TanzschülerInnen herum, halten sich an ihren Getränken fest, betrachten die ausgestellten Bilder einer ansässigen Künstlerin und betreiben Konversation. Ich husche an ihnen vorbei zu den Umkleideräumen. Aus der Männerumkleide kommen gerade zwei sehr hübsche Schwule, die sich gegenseitig die Fliegen zurechtzupfen. In der Frauen-Umkleide hängen alle Garderobenständer voll mit Klamotten. Sodass ich erst gar nicht sehe, ob hier überhaupt jemand ist.

»Juliane?«, frage ich halblaut und spähe um einen Spint herum.

Und erstarre. Die beiden Frauen, die da eng umschlungen stehen, starren erschrocken zurück. Es sind Anke und ... Sandra! Und an ihrer Umarmung ist wirklich überhaupt gar nichts misszuverstehen. Ich pralle zurück.

»Boah, Anke, du solltest dich echt was schämen!«, entfährt es mir.

»Hm?«, macht Anke mit großen Augen.

»Schäm dich einfach!«, wiederhole ich mit Nachdruck. »Dass du einer deiner liebsten Freundinnen so was ...«

In diesem Moment wird die Tür wieder geöffnet. Schritte erklingen. Und eine sehr vertraute Stimme: »Tiffy? Bist du hier? Ich hab grad gehört, dass ...«

Um die Ecke biegt ... Toni.

Beim Anblick von Anke und Sandra, die sich immer noch innig umarmt halten, bleibt sie wie angewurzelt stehen. Au Backe. Das wird ein Drama. Ich trete vor Toni und berühre sie sanft am Arm. »Ehm, hör mal, das ist jetzt nicht wirklich, wonach es aussieht. Das heißt, es ist schon, wonach es aussieht, aber wir wollten nicht ... also, ich sowieso nicht ... aber Anke wollte auch nicht ... natürlich wollte Anke nicht ... Mensch, Anke, jetzt sag du doch auch mal was!«, fahre ich sie an.

Anke ist völlig verdattert. »Was will ich nicht?«, wiederholt sie mit großen Augen.

»Was soll das heißen, du willst nicht?«, erkundigt sich Sandra beunruhigt.

»Toni«, beginne ich erneut und lege den Arm um sie. Sie starrt immer noch zwischen Anke, Sandra und mir hin und her. »Ich weiß, das muss jetzt ein echter Schock für dich sein. Aber vielleicht ist es ja gut, dass du es jetzt schon erfährst. Ich meine, bevor du noch mehr investierst und so.«

»Tiffy, was quatscht du denn da eigentlich?«, fragt Anke mit gerunzelter Stirn.

Sandra zupft an ihrem Blusenärmel. »Was heißt das, dass du nicht willst? Was willst du nicht?«

»Ich weiß auch nicht«, antwortet Anke ihr mit einem besorgten Blick in meine Richtung. »Denn eigentlich will ich ja durchaus.«

»Du willst?«, strahlt Sandra sie an.

»Klar«, grinst Anke. »Und du?«

»Ich will auch!«, erklärt Sandra.

Leider vergessen die beiden sich dann vollkommen und beginnen erneut, sich bis zum Anschlag zu küssen.

»Oh, Toni«, jammere ich und drücke sie an mich. »Schau dir das doch nicht so an!«

Toni reckt den Kopf. »Anke und Sandra?«, murmelt sie verwundert. Sie wirkt jedoch nicht schockiert oder entsetzt oder schmerzverzerrt, sondern einfach nur erstaunt.

Vielleicht hat der Schock eine Bewusstseinsspaltung bewirkt? Gibt es so was?

»Ja, ich weiß, es muss furchtbar für dich sein. Aber weißt du, Sandra und du …«

»Was redest du denn da?«, bricht es da plötzlich aus Toni heraus. »Was hast du denn immer mit Sandra?«

»Na, aber du bist doch in sie verliebt!«, entfährt es mir leidenschaftlich.

Sandra ist multitaskingfähig und bekommt offenbar auch beim

Knutschen mit, was wir reden, denn ihr entfährt ein erschrockener Quietscher, während Anke sie noch fester umschlingt.

Toni selbst guckt kariert.

»Ich bin … was?«, fragt sie und sieht dabei verboten dumm aus.

»Verliebt?«, wiederhole ich langsam. »In Sandra?«

»Moment mal!«, mischt Anke sich ein.

»Wie kommst du denn auf diese verschrobene Idee?«, grunzt Toni und winkt zu Anke gewandt ab. »Sandra und ich tanzen nur miteinander. Wir sind nicht verliebt ineinander. Ich nicht in sie. Und wie die Dinge sich hier so darstellen, würde ich mal sagen, dass sie auch nicht in mich verliebt ist.« Sie grinst ihrer guten Freundin und ihrer Tanzpartnerin zu. Die grinsen beide zurück und knutschen weiter.

»Aber …«, stammele ich. »Aber du … du wolltest doch unbedingt den Kurs weitermachen, weil dir eine der anderen total gut gefallen hat. Du hast alle Anzeichen von Verliebtheit gezeigt. Und du hast nicht geleugnet, als ich es dir auf den Kopf zugesagt habe. Du hast mir nur nie gesagt, wer es ist. Und deswegen …«

»Deswegen dachtest du, dass es Sandra sein muss?«, amüsiert sich Toni. »Kann es vielleicht sein, dass du viel zu sehr mit deinen eigenen Gefühlen beschäftigt warst, um mitzubekommen, was rund um dich herum passiert?«

Ich senke verschämt den Kopf. Toni knufft mich in die Seite und drückt mich kurz an sich.

»Zugegeben, das hier habe ich auch nicht erwartet«, grinst sie. »Komm, wir lassen die beiden Turteltauben allein. Ich hab dir nämlich noch was anderes zu sagen.«

Damit schiebt sie mich energisch aus dem Raum. Draußen vor der Tür sagt sie leise: »Man munkelt, dass Juliane gerade das Fest verlassen hat. Sie ist gegangen, Tiffy!«

»Was?«, quietsche ich.

»Dachte mir schon, dass du nicht Bescheid weißt. Natascha hat es wohl irgendwo aufgeschnappt. Alle fragen sich schon, was da wohl los sein könnte.« Sie zieht vielsagend die Augenbrauen hoch. Da wird die Tür der Umkleide wieder geöffnet. Anke und Sandra kommen Hand in Hand heraus und drücken sich kichernd an uns vorbei.

»Und jetzt?«, jammere ich kläglich.

»Du kannst sie ja später anrufen?«, schlägt Toni vor.

»Bis dahin hasst sie mich bestimmt.«

»Unsinn!«

»Nein, wirklich, Toni. Du hättest mal sehen sollen, wie sie mich gerade angesehen hat. Sie war so … so …«

»Wundervoll?«, versucht es Toni.

»Ja«, hauche ich.

»Dann schnapp sie dir, Tiger!«, sagt meine beste Freundin, dreht sich mit einem Zwinkern um und ist verschwunden.

Das Leben ist wirklich verrückt. Genau in dem Augenblick, in dem ich mich mit den Tatsachen abfinden will, sagen mir alle, dass ich genau das nicht tun soll.

Und jetzt?

Soll ich wirklich warten, bis das Fest vorbei ist und dann entspannt heimfahren, um Juliane vom Sofa aus anzurufen?

Leider komme ich aber nicht dazu, länger darüber nachzudenken, denn Heike kommt aus dem Foyer in den kleinen Flur vor den Umkleiden geschossen, sieht mich und stürzt auf mich zu. Sie fasst meinen Arm. Recht fest, wie ich finde.

»Kann ich dich mal kurz unter vier Augen sprechen?«, bittet sie dringlich.

Ich werfe einen Blick ins Foyer.

»Okay, klar, wieso nicht.«

Wir gehen also in die Umkleide, von der ich ja nun zufällig weiß, dass sich dort gerade niemand mehr aufhält. Als Heike hinter uns dir Tür schließt, wird mir mulmig. Bitte, bitte nicht noch eine Eröffnung, mit der ich nicht gerechnet habe!

»Ich muss dir etwas sagen, Tiffy«, sagt Heike dann tatsächlich sehr offiziell.

»Ich weiß nicht, ob ich es hören will«, murmele ich.

»Bitte?«

»Nichts. Nichts. Um was geht es denn? Du machst ein Gesicht, als würde es dir … irgendwie schwerfallen.«

»Das tut es auch. Also … wie soll ich sagen. Es geht um dich und …« Sie bricht ab und ringt die Hände.

»Und?«, hake ich nach.

»Und Michaela.«

»Michaela?«, wiederhole ich verblüfft. Ich hatte mit allem gerechnet, aber damit nicht. »Es geht um mich und Michaela? Wie jetzt?«

»Na ja, ich hatte den Eindruck, dass du sie magst«, erklärt Heike.

»Natürlich mag ich sie. Ich mag dich auch.« Ist jetzt die ganze Welt durchgedreht? Hilfe! Was passiert hier?

Heike strafft die Schultern und sieht mich entschlossen an. »Ich muss dir aber sagen, dass sie nicht frei ist für dich. Wir sind nämlich ein Paar. Und zwar nicht erst seit dem Kurs, sondern schon vorher.«

»Tatsächlich?«, erwidere ich und betrachte sie nachdenklich.

»Ja, tatsächlich. Wir sind schon seit zehn Jahren zusammen. Und … na ja, es lief im letzten Jahr nicht mehr so gut. Wir hatten uns ein bisschen in unterschiedliche Richtungen entwickelt. Aber wir haben eine tolle Therapeutin gefunden, die uns sehr geholfen hat. Von ihr kam auch die Idee mit dem Tanzkurs.«

Ich blinzele. »Eure Therapiestunden waren nicht zufällig mittwochs, als wir die zusätzliche Übungsstunde hatten?«

»Stimmt. Woher …?« Heike ist verblüfft.

»Weißt du was? Das Ganze wundert mich nicht. Ich meine, es ist schon erstaunlich, dass ihr euch in einem Single-Tanzkurs anmeldet und offiziell so tut, als würdet ihr euch nicht kennen. Das wirkt schon ein bisschen verschroben, musst du zugeben. Aber dann haben wir ... dann habe ich euch zufällig in der Stadt gesehen, und da hatten wir ... hatte ich schon so eine Ahnung. Auch im Kurs fiel es mir immer öfter auf. Ja, ich hab mir so was schon gedacht.«

»Also, wir ...« Heike ist offenbar aus dem Konzept gebracht. »Es wundert dich nicht?«, wiederholt sie dann perplex. »Du hast es dir schon gedacht?«

»Ja«, bestärke ich schlicht.

»Dann ... dann willst du gar nichts von Michaela?«, platzt sie raus.

Ich sehe sie nur mit großen Augen an. Was soll ich dazu auch sagen?

»Nein«, antworte ich schließlich möglichst einfach. »Sie ist 'ne tolle Frau. Sehr hübsch, supernett und das alles. Aber nein, ich will nichts von Michaela.«

Schwer zu sagen, welche Gefühle sich innerhalb weniger Sekunden in Heike duellieren. Sieht verdammt nach Erleichterung, Unglaube und schwer zu unterdrückender Hysterie aus.

Bevor ich aber so richtig Angst kriegen kann, fällt sie mir spontan um den Hals und drückt mir einen fetten Kuss auf die Wange.

»Mensch, Tiffy, ich weiß gar nicht, was ich sagen soll. Ich bin einfach ...«

»Oh, Entschuldigung!«, sagt da eine Stimme an der Tür.

Es ist Mona, die dort steht und uns verwundert anschaut. »Störe ich?«

»Nicht die Bohne!«, ruft Heike, drückt mich noch einmal, lässt mich dann einfach stehen und rauscht an Mona vorbei.

Die sieht mich merkwürdig an.

»Frauen!«, lächele ich verlegen.

»Du scheinst recht begehrt zu sein«, grinst Mona verhalten.

»Oh … das … das war gerade vollkommen harmlos. Heike hat eine andere. Sie ist nämlich mit Michaela zusammen. Aber nicht erst seit dem Kurs. Die beiden haben den Kurs quasi als Paartherapie gebucht. Hat sie mir selbst gerade erzählt. Witzig, oder? Du solltest das nutzen, um Werbung zu machen!«

Mona sieht wirklich toll aus in diesem Wahnsinnskleid, das sie heute trägt, doch ihre verdatterte Miene passt nicht so recht dazu.

»Das ist ja verrückt«, murmelt sie und schüttelt leicht den Kopf. Und zu mir gewandt sagt sie: »Ich hab ja bestimmt schon einiges erlebt, seit wir die Tanzschule haben. Aber dass sich ein Paar inkognito in einen Single-Kurs einschleust, ist nicht zu toppen.«

Wieder schüttelt sie den Kopf und lacht dann.

»Offenbar scheint diese ungewöhnliche Therapie ja auch geholfen zu haben. So wie die beiden gerade getanzt haben, scheint wieder alles gut zu laufen zwischen ihnen«, grinse ich.

Mona wird wieder ernster und sieht mich nachdenklich an.

»Ja, gemeinsames Tanzen kann viel bewirken«, sagt sie bedeutungsschwanger.

Ich muss schlucken.

»Dann werd ich mal wieder …«, sage ich und schiebe mich an ihr vorbei.

»Tiffy?«, sagt Mona da hinter mir.

Ich drehe mich langsam um. »Hey, du hast dir meinen Namen gemerkt«, grinse ich.

Mona lächelt schief. »Was ich auch dir noch sagen wollte: Die Formation war großartig. Ihr habt das super gemacht. Vielen Dank dafür! Das war ein Highlight für Lisa und mich!«

»Ach, nicht der Rede wert«, wehre ich bescheiden ab, denn wenn mich nicht alles täuscht, will sie mir noch mehr sagen.

»Doch, wirklich. Ihr wart super. Besonders Juliane und du. Ihr seid ein traumhaftes Tanzpaar. Weißt du das?«

Ich nicke vorsichtig.

Damit sind wir offensichtlich beim Thema. »Darf ich dich etwas fragen? Wieso tanzt du beim Wettkampf nicht mit Juliane? Sie ist gar nicht gemeldet. Dabei ist sie eine unserer besten Tänzerinnen.«

»Oh, tja …«, stottere ich. »Das hat wohl eher private Gründe.«

»Haben die etwas mit Ricarda zu tun?«

Treffer! Versenkt.

Ein bisschen was hat Mona doch von diesem Prototyp der strengen Tanzlehrerin. Jedenfalls würde es mir nie im Leben einfallen, auf diese Frage nicht zu antworten.

»Nur am Rande. Natürlich wollte ich auch nicht, dass Ricarda sich gleich noch mal verletzt fühlt. Aber im Großen und Ganzen war es wohl eher ein dummes Missverständnis zwischen Juliane und mir …«

»Dass Ricarda sich verletzt fühlt?«, wiederholt Mona verwirrt. »Wieso sollte sie?«

»Na ja, wegen dieser alten Geschichte zwischen ihr und Juliane. Als Juliane ihr die Freundin ausgespannt hat und so. Ich meine, es ist lange her und sollte mittlerweile auch mal vergessen sein. Aber ich dachte …«

»Moment mal!« Mona hebt die Hand. »Was hast du gesagt?«

»Es ist lange her?«, wiederhole ich pflichtschuldig.

»Nein, davor. Du hast gesagt, dass Juliane Ricarda die Freundin ausgespannt hat.«

»Ja, das hab ich gesagt«, bestätige ich.

Mona sieht sehr ernst aus. So ernst, dass ich plötzlich begreife, was es bedeutet, wenn jemand sagt, ihm sei das Herz in die Hose gerutscht. Ich habe das Gefühl, dass all meine Organe sich kurz über dem Beckenboden sammeln.

»Woher hast du diese Geschichte?«, will sie wissen.

»Sie wird rumerzählt«, gebe ich kleinlaut zu und komme mir vor, als sei ich wieder dreizehn.

»Und weiß Ricarda das?«

»Klar.«

»Klar?« Auf Monas Stirn bildet sich eine steile Falte. »Sie weiß davon und hat diese Gerüchte nicht ... zerstreut?«

Ich stutze. Gerüchte? Zerstreuen?

»Ehrlich gesagt, nein. Sie wollte wohl nicht so ausführlich darüber sprechen, weil es immer noch ein sensibles Thema ist«, höre ich mich sagen.

Während ich Monas Gesicht beobachte, das immer wütender aussieht, steigt in mir mehr als nur eine Ahnung auf. An den versammelten inneren Organen vorbei quetscht sich die Gewissheit, eine wirklich hirnrissige Dummheit begangen zu haben.

Aber so knüppelhart wie ich glaube, kommt es nicht. Es kommt härter.

»In Wahrheit war es anders herum«, sagt Mona sehr ruhig.

»Bitte?«, fiepe ich. Obwohl ich sie gut verstanden habe.

Mona nickt bestätigend. »Als Juliane damals hierherkam, tanzte Ricarda mit Hilde. Die beiden waren ein Paar, aber das sollte keine wissen. Ricarda sagte immer, sie fände es unprofessionell, mit ihrer Tanzpartnerin angebandelt zu haben. Vielleicht hat sie sich aber auch eine größere Nachfrage bei ihren Privatstunden ausgerechnet, wenn die Mädels glaubten, sie sei Single. Daher hatte Juliane keine Ahnung. Ricarda kann sehr charmant sein, wie du vielleicht weißt. Juliane war neu hier. Da kam eins zum anderen. Als Hilde mitbekam, dass da etwas lief, gab es ein riesiges Drama. Natürlich war sofort Schluss. Sowohl zwischen Ricarda und Juliane als auch zwischen Ricarda und Hilde.«

»Oh nein«, hauche ich.

Mona schaut mich mitleidig an.

»Ich dachte mir, dass in diesem Anfängerinnenkurs irgendwas falsch läuft«, brummt sie wenig tanzlehrerinnenhaft. »Aber ich hatte keine Ahnung, wie schief. Ich denke, ich werde mal ein Wörtchen mit Ricarda reden.«

Es dauert ein paar Sekunden, bis ihre Worte zu mir durchgedrungen sind, so sehr haben mich diese Neuigkeiten überrumpelt. Juliane keine Herzensbrecherin, sondern eine mit gebrochenem Herzen? Juliane, die nicht noch einmal einen Konflikt in ihrer geliebten Tanzschule erleben will und die deswegen verzichtet auf …? Auf mich?

»Ich zuerst!«, platze ich heraus und greife entschlossen zur Klinke.

Mona grinst. »Ich glaube, sie ist noch im kleinen Tanzsaal.«

»Danke«, sage ich grimmig und setze mich bereits in Bewegung.

»Tiffy?«

Ich drehe mich noch einmal um.

»Gehe ich recht in der Annahme, dass ich eure Startnummer streichen kann?«

»Genau so ist es.«

Sie nickt mir lächelnd zu, und ich setze meinen Weg fort.

Ricarda. Na, warte.

Im kleinen Tanzsaal kommentiert Ricarda gerade für die Zuschauer die Vorführung des Tango-Argentino-Kurses.

Ich mische mich in ihrer Nähe unters Volk.

Alle schauen natürlich zu den Tänzerinnen, die wirklich eine atemberaubend schöne Show hinlegen. Doch ich sehe Ricarda an. Ihre schlanke Gestalt. Die sexy Figur. Die korrekt geschnittenen schwarzen Haare. Das charmante Lächeln. Während ich ihrer warmen Stimme zuhöre, mit der sie die Figuren des Tanzes für das Publikum erläutert, steigt in mir ein Gefühl hoch, das mich verdammt an *Der Exorzist* erinnert.

Da wendet Ricarda den Kopf und sieht mich dort stehen. Ihr spontanes Lächeln verschwindet rasch wieder, als sie in mein Gesicht blickt. Nur ein paar Takte noch, dann verklingt die traurige Musik und die Tänzerinnen verneigen sich. Huldvoll schreitet Ricarda zur Gruppe hinüber und nimmt bescheiden ihren Anteil am Applaus entgegen.

Ich koche.

Während Ricarda die Teilnehmerinnen ihres Kurses umarmt und für die gelungene Vorführung lobt, lege ich mir ein paar gepfefferte Sätze zurecht. Doch als sie dann endlich zu mir kommt, ist Ricarda die Erste von uns beiden, die etwas sagt: »Wenn wir gleich beim Wettkampf tanzen, musst du aber ein wenig anders gucken, Tiffy.«

Dazu lacht sie amüsiert. Obwohl ich sonst nicht der Typ für Handgreiflichkeiten bin, ballen sich automatisch meine Hände zu Fäusten.

»Ich kann gucken, wie ich will!«, schleudere ich ihr entgegen. Komplett unüberlegt. »Und tanzen werden wir ganz sicher nicht miteinander!«

Ricarda starrt mich mit weit aufgerissenen Augen überrascht an.

»Aber Tiffy, was …?«

»Nix ›aber Tiffy‹!«, blaffe ich. »Es hat sich ausgetiffyt. Wie kannst du nur so unverfroren sein und mir eine solche Lüge auftischen?«

Ricarda öffnet den Mund. Doch ich hebe die Hand. »Nein, warte! Ich glaube, ich will das gar nicht hören. Offenbar kannst du ja kaum etwas von dir geben, was tatsächlich der Wahrheit entspricht. Wie kann man mit so einem durchtrainierten Körper nur über derart wenig Rückgrat verfügen?!«

»Tiffy …«

Ich knurre.

Sie zuckt zusammen.

»Ich hätte ja gar nicht verlangt, dass du deine dreckige Wäsche hier in der Tanzschule wäschst. Aber zuzulassen, dass über jemand anderen derartige Geschichten erzählt werden und nichts, aber auch gar nichts dazu zu sagen, das ist ...«

»Ehm ... darf ich mal fragen, was du eigentlich ...?«, beginnt Ricarda wieder und klingt jetzt selbst etwas gereizt.

»Juliane«, erwidere ich schlicht.

Sie wird blass.

»Das!«, sage ich und deute auf ihr Gesicht. »Ist Antwort genug!«

Ich werfe mich herum und verlasse mit erhobenem Kopf den Saal.

Um direkt davor heftig mit Kati zusammenzustoßen.

»Hey, Tiffy, alles klar?«, fragt sie, während sie mich an den Schultern fasst und mir hilft, mein Gleichgewicht wiederzufinden.

»Allerdings!«, gebe ich atemlos zurück. »So klar war mir schon lange nichts mehr.«

Kati grinst. »Aha? Vielleicht weißt du dann ja auch, was mit Juliane los ist? Sie sagt mir grad, dass sie nach Hause fährt. Noch bevor das Turnier weitergeht. Ist was passiert?«, fragt sie.

Habe ich schon mal erwähnt, dass ich Kati unglaublich mag? Sie ist ein toller Mensch. Und attraktiv dazu. In erster Linie aber ist sie die Überbringerin von guten Botschaften. Die mag man generell gern.

»Wieso ›gerade‹? Wann hast du sie gesprochen?«, frage ich hektisch.

»Na, jetzt grad. Vor einer Minute. Sie ist eben rausgegangen.« Dann war sie also noch gar nicht fort! Vielleicht hat irgendjemand sie aufgehalten.

»Sie ist grad erst raus?«

»Sag ich doch! Wenn du läufst, erwischt du sie vielleicht noch.« Kati zwinkert mir zu. Ich halte mich nicht mit Erklärungen auf, sondern renne los. Irgendwo im Foyer stehen Lisa und Mona Seite an Seite und stecken die Köpfe zusammen. Bestimmt wird Lisa gerade mit den neuesten Infos versorgt.

»Mona, als ich gerade gesagt habe, dass du meine Startnummer mit Ricarda streichen sollst, habe ich gar nicht gefragt, ob denn noch eine zusätzliche Startnummer zu vergeben ist«, keuche ich, während ich an ihr vorbeischieße.

»Mit wem willst du denn starten?«, ruft Mona mir grinsend nach.

Ich grinse zurück und eile weiter. Draußen vor der Tür brauche ich einen Augenblick, um mich zu orientieren. Hektisch schaue ich die menschenleere Straße rauf und wieder runter. Ich will in die Einfahrt zum Parkplatz einbiegen, als ich sie am Ende der Straße entdecke. Sie hat gerade ihre Wagentür geöffnet und steigt ein.

»Juliane!«, rufe ich. Vielleicht ist es auch eher ein hysterisches Quietschen. Ja, wahrscheinlich ist es das. »Warte! Hey, warte doch!«

Doch entweder hört sie mich nicht. Oder sie will mich nicht hören. Jedenfalls lässt sie die Wagentür mit Schmackes zufallen. Tanzschuhe hin oder her, ich renne an den parkenden Autos vorbei so schnell ich kann. Ihr Wagen steuert aus der Parklücke.

»Juliane!«, kreische ich, nun endgültig komplett undamenhaft.

Doch sie schaut offenbar noch nicht mal in den Rückspiegel, in dem sie mich wild winken sehen könnte. Stattdessen beschleunigt sie den Wagen, biegt an der Ecke ab und ist verschwunden. Ich stehe da wie ein begossener Pudel und starre ihrem Auto hinterher. Das war sie dann wohl, meine Chance auf diesem Tanzturnier auch nur einen einzigen Schritt aufs Parkett zu setzen.

So ein Pech.

So ein Mist.

So ein Reinfall.

Ich stutze.

Ein Fall?

Womöglich sogar genau dieser Fall?

Rasch angele ich nach meinem Handy und ziehe es aus der Hosentasche. Gut, dass ich mich davon vorhin nicht trennen wollte.

»Für den Fall«, hat sie damals gesagt. Damals? Vor ein paar Wochen, wenigen Monaten. Als wir uns noch nicht kannten. Als wir noch gar nichts voneinander wussten. Und sie mir trotzdem verdammt noch mal ihre Nummer gegeben hat. Mit zitternden Fingern rufe ich das Telefonbuch auf. Unter »J« finde ich die Nummer. Grüne Taste. Freizeichen.

Bitte, Juliane, bitte hab dein Handy dabei! Bitte sei auch du so eine notorische Anruf-Annehmerin wie ich! Und bitte geh verbotenerweise während des Autofahrens dran!

»Hallo?«

»Gott sei Dank!«, entfährt es mir.

»Tiffy?«, fragt Juliane verwundert.

»Ja, ich bin's. Hör mal, das kann dich dreißig Euro kosten. Besser, du fährst mal kurz rechts ran«, rate ich ihr.

»Wo bist du?«, will sie verblüfft wissen.

»Ich steh auf der Straße vor der Tanzschule und schreie dir quasi hinterher. Also, ich meine … Du hast nicht gehört, dass ich gerufen habe, sondern bist einfach losgefahren. Und da dachte ich, dass das jetzt wahrscheinlich der Fall ist, für den du mir mal deine Nummer gegeben hast. Erinnerst du dich? Du hast doch gesagt …«

»Tiffy?«, unterbricht sie mich sanft. »Was willst du?«

»Mit dir tanzen. Was denn sonst?«

Juliane macht ein Geräusch als hätte sie sich verschluckt. Hoffentlich ist sie rechts rangefahren. Telefonieren und Husten gleichzeitig vertragen sich nicht mit Autofahren.

»Du willst mit mir tanzen?«, wiederholt sie verdattert, während ich höflich warte, bis sie sich erholt hat.

»Ja, in der Offenen Klasse. Mona gibt uns eine Startnummer. Wir tanzen Tango«, entscheide ich kurz entschlossen, obwohl ich das vorher auch noch nicht wusste.

»Soweit ich weiß, hast du diesen Tanz für jemand anderen reserviert.« Sie klingt ziemlich unterkühlt. Kein Wunder. Wenn ich daran denke, was ich ihr unterstellt habe – bereitwillig den allgemeinen Gerüchten glaubend! Da wird mir ganz flau.

»Juliane, ich weiß jetzt, wie das wirklich war vor zwei Jahren«, sage ich schnell. »Mona hat es mir gerade erklärt. Ich weiß, dass du keine Herzensbrecherin bist. Und einen niederen Charakter hast du auch ganz sicher nicht.«

»Oh, vielen Dank.«

»Ich war ja so blöd, Juliane. Ehrlich. Ich hätte einfach nicht hinhören sollen, als die Mädels diese dämliche Geschichte über dich erzählt haben. Aber ich war einfach neugierig. Nicht weil ich gern Klatsch höre oder so. Ich war neugierig auf dich. Weil ich dich gleich vom ersten Augenblick an … also, weil ich … ach, ist ja jetzt auch egal. Juliane? Bist du noch da?«

»Bin ich.«

»Du bist doch rechts rangefahren, oder? Das ist wirklich sicherer, weißt du?! Hast du doch gemacht, oder?«

»So ähnlich.«

»Jedenfalls hab ich mir doch angehört, was die anderen erzählt haben über diese Geschichte damals. Aber das Schlimmste war ja, dass Ricarda so getan hat, als sei auch alles tatsächlich so gewesen. Ich meine, sie hätte da doch ganz anders reagieren müssen, oder? Sie hätte doch sagen müssen, dass es komplett anders war in Wirklichkeit. Dass sie dich im Unklaren gelassen hat über ihre Beziehung zu ihrer Freundin. Davon abgesehen, dass sie dich erst gar nicht so hätte anmachen dürfen, wo sie doch selbst in einer Beziehung war. Aber zumindest sollte sie hinterher zu dem Quatsch stehen, den sie verzapft hat. Spätestens, wenn sie mitbekommt, dass alle glauben, dass du diejenige warst, die Scheiße gebaut hat, hätte sie es klarstellen müssen. Findest du nicht?«

»Wenn du das sagst.«

Ich lausche in den Hörer. »Sag mal, lachst du etwa?«

»Nicht die Spur«, antwortet sie.

»Doch. Doch, ich hör das doch. Du lachst dich grad kringelig über mich und darüber, wie ich hier herumhampel. Du hast ja auch recht. Ich meine, jede ist für sich selbst verantwortlich. Niemand hat mich gezwungen, mir den Unsinn anzuhören, und niemand hat mich genötigt, Ricarda zu glauben. Ich hätte dich fragen können, oder? Das denkst du jetzt bestimmt, richtig? Und deswegen lachst du dich kaputt über die kleine naive Tiffy, die zu dumm ist, um solche miesen Nummern zu durchschauen. Dabei hätte ich doch einfach wissen müssen, dass Ricardas Geschichte nicht stimmen konnte. Allein schon, wie du tanzt. Allein, was du uns übers Tanzen gesagt hast. Weißt du eigentlich, dass ich nie wieder tanzen wollte nach diesem ganzen Krampf früher?«

»Du hast es ein- oder zweimal erwähnt ...« Jetzt ist ganz deutlich ein Schmunzeln in ihrer Stimme zu erkennen. Doch davon lass ich mich nicht stoppen.

»Ich wollte wirklich nie wieder tanzen«, fahre ich fort. »Und stell dir vor, was mir alles entgangen wäre! Diese Leichtigkeit. Dieses Schweben. All das, was wir zusammen ...«

Während ich mir das Handy ans Ohr presse und die Straße entlangstarre, dorthin, wo sie verschwunden ist, wird mir plötzlich etwas klar. Dass ich ohne Juliane wahrscheinlich immer noch auf meine Tanzabstinenz bestehen würde. Nicht ahnend, was mir alles entgehen würde: die Melodien, die Rhythmen, die Einzigartigkeit dieser Bewegungen.

»Tiffy?«, fragt Juliane leise.

»Ich bin noch da«, antworte ich rasch. »Es ist nur … ich hab kapiert, dass mir das Tanzen sehr wichtig ist. Auch dieses Turnier ist mir sehr wichtig. Wenn du jetzt weiterfährst, nach Hause, dann …«

»Was dann?«, sagt eine Stimme hinter mir.

Ich fahre herum.

Da steht sie.

Ein paar Meter weiter parkt ihr Wagen mit Warnblinklicht in zweiter Reihe.

»Du solltest doch rechts ranfahren«, bringe ich mühsam heraus.

»Hab ich doch gemacht«, erwidert sie grinsend. »Aber vorher habe ich gedreht und bin zurückgekommen.«

»Ich bin total happy, dass meine Mutter da ist«, sage ich, auch für mich überraschend.

Juliane schmunzelt. »Sie wäre bestimmt enttäuscht, wenn du nicht tanzen würdest, oder?«

»Sie wird sowieso weinen«, befürchte ich. »Auch wenn wir antreten.«

»Aber dann sollten wir ihr zumindest einen guten Grund liefern. Findest du nicht?«, meint Juliane.

Ich hole erleichtert tief Luft. »Das finde ich auf alle Fälle. Und es ist auch völlig egal, was mit dem Nilpferd ist. Ich verspreche, ich werd nicht weiter daran denken.«

»Was für ein Nilpferd?«, will sie verwundert wissen.

Ich winke ab.

»Komm jetzt. Sonst verpassen wir noch unseren Auftritt. Darf ich bitten?« Galant halte ich ihr die Hand hin.

Als wir das Gebäude betreten, stehen dort im Foyer, mit Sektgläsern bewaffnet, meine Mutter und Toni. Meine Mutter winkt mir mit weit aufgerissenen Augen zu.

»Oh, Tiffy, da bist du ja. Was ist denn bloß los? Deine Startnummer ist gerade von der Tafel entfernt worden.«

»Oh, mach dir keine Sorgen. Es wird gleich eine neue hingehängt. Ich starte mit einer anderen Partnerin«, sage ich und zwinkere ihr zu. Sie wirft Juliane einen raschen Blick zu und strahlt mich an. Toni fallen fast die Augen aus dem Kopf.

»Dann sollten wir aber mal reingehen. Gerade gab es schon eine Durchsage, dass es gleich weitergeht!«, drängelt Mama.

»Wo ist Papa denn?«, will ich wissen.

Sie grinst. »Er ist schon so lange nicht mehr unter so vielen attraktiven Frauen gewesen. Und ich kann hier ja völlig entspannt sein und muss nicht ständig mein Beinchen heben. Soll er sich ruhig ein bisschen umschauen.«

Wir wenden uns also alle dem großen Saal zu. Toni nutzt die Gelegenheit, sich in Beste-Freundinnen-Manier bei mir einzuhaken und zu flüstern: »Was geht hier ab, Tiffy? Sag's mir sofort, sonst platze ich!«

»Ricarda ist 'ne linke Bazille«, raune ich zurück. »Das hab ich aus allererster Quelle – von Mona selbst!«

»Linke Bazille? Wieso das denn jetzt? Und Juliane? Was ist mit …?«, zischt sie.

»Das erklär ich dir alles später. Juliane und ich tanzen jedenfalls gleich den Tango in der Offenen Klasse. Lass mal schnell auf die Tafel gucken.«

Juliane, neben meiner Mutter, ist bereits vor uns dort und wendet sich zu mir um.

»Wir gehen als Letzte an den Start«, sagt sie mit einer Stimme, die zwischen Verwunderung und Unglaube schwankt.

»Ein gutes Zeichen!«, behauptet meine Mutter und bugsiert uns zu unserem Tisch. »Ach, Juliane, setz du dich doch bitte hier auf meinen Stuhl neben Tiffy, ja? Ich glaube, von deinem aus könnte ich besser sehen.« Mama, du bist obercool!

»Wir stehen tatsächlich gemeinsam auf der Tafel«, wiederholt Juliane noch mal, bevor wir uns setzen.

Ich lächele ihr zu. »Und niemand von denen, die vor uns tanzen werden, hat auch nur einen blassen Schimmer, dass wir nicht ein einziges Mal geübt haben.«

Juliane verzieht den Mund zu einer kleinen Grimasse. »Wir machen es einfach wie immer: Du sagst, wo es langgeht und ich folge.«

Autsch.

»Darüber sollten wir uns noch mal unterhalten, wenn …«

»Pssst!«, zischt es vom Nachbartisch.

Ich versuche, still zu sitzen und den anderen zuzusehen. Aber in mir tollen einfach zu viele Gedanken herum. Meine Eltern auf dem Fest. Das dumme Missverständnis rund um Ricarda. Anke und Sandra. Heike und Michaela. Monas kleine exklusive Infoveranstaltung in der Garderobe. Ricardas Gesicht, als ich ihr ihre Lügerei auf den Kopf zugesagt habe. Apropos …

Während auf der Tanzfläche ein nervöses Paar nach dem anderen sein Bestes gibt – was in der Regel tatsächlich erschreckend gut ist und meiner Mutter »Ahs« und »Ohs« entlockt –, sehe ich mich immer wieder im Saal um. Doch Ricarda ist nirgends zu sehen. Ob meine Ansage gerade einen derartigen Effekt gehabt hat, dass sie das Fest sang- und klanglos verlassen hat?

»Wo ist deine Tanzpartnerin?«, wispert mir Sandra von der anderen Tischseite aus zu und deutet auf den leeren Stuhl an meiner linken Seite.

»Hier«, antworte ich und deute auf Juliane.

Sandra verformt sich zu einem lebendigen Fragezeichen und beginnt sofort, mit Anke zu tuscheln, was jedoch schon bald in zärtliches Schnäbeln übergeht. Ich blinzele irritiert. So viele Wochen war ich davon überzeugt, in Bälde so ein Bild mit Sandra und Toni zu sehen zu bekommen, dass es mir so nun völlig verdreht vorkommt. Toni macht das offenbar jedoch gar nichts aus. Sie grinst nur, als sie meinen Blick bemerkt.

Bleibt nur die Frage, wenn es nicht Sandra war, wegen der Toni unbedingt im Tanzkurs bleiben wollte … wer war es dann? Mit wem ist sie neulich ins Kino abgezwitschert, als wir unseren Mädelsabend abhalten wollten?

Doch lange kann ich mich bei dieser Frage nicht aufhalten. Schließlich ist es doch so, dass Juliane – die Dank der Umsichtigkeit meiner Mutter hier neben mir sitzt – dieses Fest in ihrer geliebten Tanzschule verlassen wollte. Und meine Vermutung ist durchaus berechtig, dass sie deswegen gehen wollte, weil sie glauben musste, dass Ricarda und ich nicht nur miteinander tanzen, sondern auch anderweitig liiert sind. Juliane war quasi schon auf dem Weg fort. Doch sie ist zurückgekommen. Und zwar lachend. Und zwar nachdem ich ihr gesagt habe, dass Ricarda und ich nicht nur kein Paar sind, sondern dass wir nun auch sicher nicht mehr miteinander tanzen werden. Weil ich nämlich mit ihr, Juliane, tanzen will. Meine Güte, ist das so kompliziert, oder kommt es mir nur bei all dieser Aufregung heute so vor?

Überhaupt nicht kompliziert erscheint mir inzwischen die Tatsache, hier in aller Ruhe neben ihr zu sitzen. Da Juliane natürlich wie alle anderen, außer mir natürlich, dem jeweils tanzenden Paar zusieht, kann ich sie wunderbar betrachten. Die dunklen Haarsträhnen, die ihr weich bis auf den Rücken fallen. Ihr hübsches Profil mit dem schmalen Kinn und der geraden Nase. Die geschwungenen Brauen über den verstörend goldbraunen Augen. Die seidig wirkende Haut. Tiffy, stopp!

Ich hole tief Luft.

Juliane wendet den Kopf und sieht mich mit geröteten Wangen an.

»Die waren super, oder?«, haucht sie beeindruckt.

Ich betrachte das Frauenpaar in den Fracks, die sie bestimmt aus einem Kostümverleih haben, und nicke. Schließlich kann ich doch nicht zugeben, dass ich keinen einzigen Schritt dieses Tangos gesehen, sondern stattdessen Juliane bewundert habe.

»Nach dem nächsten Paar sind wir dann dran«, sagt Juliane. »Wollen wir schon mal rübergehen?«

Ich nicke wieder. Wir stehen gemeinsam auf. Am Tisch richten sich alle Blicke auf uns.

»Toi, toi, toi!«, wünscht Mama mit fest gedrückten Daumen.

»Ihr macht das!«, weiß Toni.

»Und danach erzählt ihr uns, wieso ihr die ganze Zeit geheim gehalten habt, dass ihr zusammen antretet«, bittet Natascha.

Juliane ergreift meine Hand und zieht mich mit sich. Sie nimmt wirklich meine Hand. Und lässt sie nicht mehr los. Die schüchterne, extrem zurückhaltende, peinlich auf Abstand zu mir bedachte Juliane hält meine Hand. Falls Mona, die mit vor Aufregung geröteten Wangen an der Startposition steht, das bemerkt, lässt sie sich in ihrer diskreten Art nichts anmerken.

»Fühlt ihr euch gut, ihr zwei?«, flüstert sie uns zu.

Juliane und ich sehen uns kurz an und nicken dann beide. Mona lächelt.

»Okay, dann viel Glück und viel Erfolg. Tiffy, denk immer dran ... Blinddarmnarbe ...«

»... an Blinddarmnarbe!«, vervollständige ich. Und habe kaum Zeit, noch Luft zu holen, bevor unsere Namen durchs Mikro verkündet werden und wir gemeinsam auf die Tanzfläche schreiten.

»Ich wollte dir eigentlich auch noch was sagen«, raunt Juliane mir zu, während wir den Begrüßungsapplaus des Publikums abwarten.

»Oh ja, klar ...«, erwidere ich ebenso und lächele in die Runde der erwartungsvollen Gesichter. »Aber sollten wir das nicht lieber später ...?«

»Du hast recht.«

Wir gehen in Tanzhaltung.

Die ersten Takte erklingen.

Juliane und ich setzen gleichzeitig ein, als hätten wir diese

Choreografie schon hundertmal gemeinsam geübt. Ich weiß, dass dieser Tango nicht nur uns ergreift. Das Publikum, die anderen Tänzerinnen und Tänzer, sie alle spüren die Kraft dieser Musik. Die Elastizität. Und wo wir gerade dabei sind, auch die Elektrizität. Zwischen Juliane und mir knistert es nämlich gehörig. Wir sind miteinander verbunden, obwohl wir beide die Köpfe streng nach links gewandt halten und Juliane ihren Oberkörper nach hinten beugt. Doch die Musik, Töne und Stimmen, macht aus uns eins. Wir verschmelzen miteinander. Ich kann jede ihrer Bewegungen spüren.

»Ich schwebe«, hauche ich.

»Ich auch«, flüstert Juliane zurück.

Der chinesische Gong lässt es mächtig krachen. Und das ist der Augenblick, in dem ich meinen linken Fuß ein bisschen zu sehr nach innen setze. Nur eine kleine Spur. Aber diese wenigen Zentimeter reichen in der Linksdrehung aus, um Julianes rechtem Fuß im Weg zu sein.

Sie strauchelt. Ich stolpere. Wir klammern uns für eine, zwei, drei Sekunden fassungslos aneinander und fliegen dann gemeinsam.

Aufs Parkett.

Ein Raunen geht durch die Zuschauermenge.

Ich kann meine Mutter »Tiffy! Oh, mein Gott!« rufen hören.

Wir rappeln uns wieder hoch, stehen kurz verwirrt voreinander.

Doch dann lächelt Juliane mich an und reicht mir ihre Hand. Die ich ergreife, während meine andere sich sanft auf ihren Rücken legt.

Für einen kleinen Moment, der sogar noch schöner ist als das gemeinsame Schweben vorher, schauen wir uns in die Augen. Dann setze ich erneut ein, und sie folgt mühelos.

Bis zu dem Augenblick, in dem die Musik schließlich verklingt, klappt alles ganz reibungslos … oder vielleicht sollte ich besser tadellos sagen? Denn ganz ohne Reibung geht es hier wirklich nicht vonstatten. Der einsetzende Applaus kommt mir gigantisch vor. Vielleicht klatschen alle auch einfach so viel lauter als bei den anderen, weil sie uns neben dem Lob auch ein bisschen Trost spenden wollen, den die Richter nach unserem kleinen Salto natürlich nicht in Punkten ausdrücken dürfen.

Wir erhalten eine Sieben und zwei Sechsen. Hinfallen ist einfach 'ne blöde Nummer.

Trotzdem klingt der Applaus nicht ab.

Und ich lasse Julianes Hand nicht los, bis wir an unserem Tisch ankommen. Mona versucht, sich übers Mikro Gehör zu verschaffen und kündigt eine kleine Pause von dreißig Minuten und die anschließende Preisverleihung an.

Unsere Tanzkursmädels sind alle aufgesprungen und klatschen wie wild, umarmen uns innig, als seien wir die Heldinnen der Nation. Meine Mutter weint. Papa ist derart gerührt, dass er sich unentwegt räuspern muss. Gut, dass wenigstens meine Eltern alle Erwartungen erfüllen.

»Mama, jetzt sei doch nicht so peinlich. So furchtbar ist es doch nicht, dass wir uns langgemacht haben. Gewinnen ist nicht alles, oder?«, versuche ich sie durch ein paar ruppige Worte aufzurütteln.

»Ach, Tiffy! Darum geht es doch gar nicht!«, schluchzt meine Mutter. »Es ist nur … ihr habt so wunderschön miteinander ausgesehen! Das war ein Traum, ein echter Traum!«

Es ist ihr vollkommen egal, dass sie ihr Make-up endgültig ruiniert.

»Boah, ich muss pinkeln … diese Aufregung! Bin gleich zurück!« Natascha huscht davon.

»Ihr habt eine viel höhere Bewertung verdient«, mosert Kati. »Der kleine Stunt sah doch hübsch aus.«

»Finde ich auch!«, stimmt Jutta ungewohnt durchsetzungsbereit zu.

»Regeln sind nun mal Regeln«, sage ich und zucke mit den Schultern. Die schlechte Bewertung juckt mich nicht die Bohne. Weil unterm Tisch nämlich Juliane immer noch meine Hand hält und ich ehrlich gesagt momentan an überhaupt gar nichts anderes denken kann. Die anderen diskutieren jedoch noch hin und her, ob sie die Richterbewertung angemessen (natürlich nicht!) finden und welche Punktzahl (dreimal die Neun mindestens!) sie Juliane und mir geben würden.

»Und gleich bei der Preisverleihung wird's noch mal spannend«, freut sich mein Vater mitten in der Menge der schnatternden Meute. Während meine Mutter ihren Handspiegel aus der Tasche kramt und nach einem Blick hinein rasch hinter Natascha her zum Damenklo flieht.

»Na, so spannend ist es ja nicht. Wir wissen zumindest, dass wir Gewinnerinnen unter uns haben!«, sagt Juliane und sieht zu Heike und Michaela.

Alle schauen die beiden an. Die hübsche Michaela und Heike blicken einander an. Dann stehen sie beide auf. Auch ihre Hände sind ineinander verschränkt.

»Wir möchten euch gern etwas sagen …«, beginnt Heike und sieht verschämt auf den Tisch.

»Wir beide sind nämlich …«, setzt Michaela fort.

»Total ineinander verschossen!«, grölt Toni, und alle anderen lachen laut auf. Einschließlich meines Vaters.

»Ja, aber …«, setzt Michaela noch mal an.

»Das ist doch spätestens nach eurer Rumba sowieso allen klar«, versichert Sandra und blinzelt liebevoll zu Anke.

»Lang lebe der Single-Kurs!«, ruft Kati und hebt ihr Glas.

»Aber …«, macht Heike noch einen Versuch.

»Für manche Dinge ist jetzt gerade wohl keine Zeit«, grinse

ich und proste ihr mit meiner Cola zu. Michaela und Heike kapitulieren, greifen ebenfalls zu ihren Gläsern und schließen sich dem allgemeinen Zuprosten an.

»Wofür gerade auch keine Zeit war …«, sagt Juliane da leise dicht an meinem Ohr.

Und als ich mich ihr zuwende, befindet sich ihr komplettes Gesicht sehr nah vor meinem.

Doch in diesem Moment segelt Natascha an den Tisch. Prustend stützt sie sich ab und sieht kichernd in die Runde.

»Ihr glaubt nicht, was gerade passiert ist!«, verkündet sie. »Wir haben ja alle geglaubt, Ricarda hätte den Peinlichkeitsabflieger nach Hause gemacht. Hat sie aber nicht! In Wirklichkeit hat sie das ganze Turnier über in der Garderobe gelegen …« Sie hält inne, schaut uns der Reihe nach an. »Aber nicht allein!«

»Mit wem denn?«, fragt ausgerechnet mein Vater. Ich starre ihn fassungslos an. Doch die anderen sind viel zu gespannt, um sich über Papas Neugierde zu wundern.

»Kennt ihr diese kleine niedliche Rothaarige aus ihrem Tango-Argentino-Kurs? Yvette oder so heißt sie. Das war vielleicht peinlich, als gerade die ersten Tänzerinnen zum Umziehen in die Garderobe kamen und die beiden auf ihren Klamotten fanden …«, freut sich Natascha. Eine Welle der schwer zu bremsenden Erheiterung läuft den Tisch entlang.

»Deine Mutter ist gerade bei ihnen, Tiffy, und hilft ihnen, ihre überall verstreuten Sachen wiederzufinden. Kann es sein, dass sie ziemlich gut ist im Standpaukehalten?!«

Alle gackern. Mein Vater zieht den Kopf ein.

»Ich glaube, ich geh mal besser und versuche Schadensbegrenzung, bevor Mama da ihre Kompetenzen überschreitet«, brumme ich an Juliane gewandt und stehe auf.

Sie folgt mir bereitwillig und zuckt nur mit den Achseln, als ich sie fragend anschaue.

»Vielleicht gibt's ja noch was zu sehen. Ich finde, ich hätte eine kleine Entschädigung verdient«, sagt sie.

Also gehen wir Seite an Seite durch den Saal, als mir wieder einfällt, was sie gerade vor unserem Tanz gesagt hat.

»Du wolltest mir doch noch etwas sagen«, erinnere ich sie und drücke mich entschuldigend lächelnd an einem älteren Ehepaar vorbei, das mit zwei Schwulen im Smoking dort steht.

Juliane hält inne.

Ich sehe sie verwundert an.

»Richtig!«, sagt sie und sieht mich konzentriert an, während sie direkt vor mir steht. Verrückt, dass es mich so nervös macht, wenn wir so nah voreinander stehen. Immerhin berühren wir uns beim Tanzen wesentlich mehr.

»Richtig«, wiederholt sie. »Ich wollte dir noch etwas sagen. Und zwar: Ich finde deine Naturlocken total niedlich und süß und würde gern wissen, ob sie genauso weich und zausig sind, wie sie aussehen.«

Verlegen greife ich mit der Hand in mein Haar. »Niedlich, süß und weich lasse ich als Kompliment durchgehen. Aber zausig …?«, überlege ich.

Als Antwort beugt Juliane sich noch ein kleines Stückchen weiter vor und küsst mich. Hier im großen Saal. Umringt von Hunderten fremder Menschen und gewaltigen Spiegelwänden. Mitten auf dem Parkett.

Ehrlich. Ich hätte nie gedacht, dass man hier noch etwas Schöneres machen kann als zu tanzen.

Epilog

»Ich fürchte mich vor dem, was ich getan habe,
was ich wirklich bin.«
(Dirty Dancing)

Meine Antwort: »Baby, das musst du nicht!
Denn was wir wirklich sind, das ist grandios!«

Noch vor ein paar Monaten hätte ich schallend gelacht, wenn mir jemand geweissagt hätte, dass ich heute wieder tanzen werde. Gelacht hätte ich, aber mich auch ein bisschen gegruselt. Denn die Vorstellung allein, wieder regelmäßig über ein Parkett in einem verspiegelten Saal zu schweben, hätte mich schwer beunruhigt. Ich hätte mir nicht vorstellen können, dass es irgendwelche Umstände geben könnte, die mich zu diesem undenkbaren Schritt veranlassen könnten.

Doch wenn ich jetzt an die Tanzkursmädels denke – die schüchternde Jutta und die burschikose Kati, das Undercoverpaar Heike und Michaela, die verknallte Sandra, die genauso verknallte Anke, die klatschvergnügte Natascha und meine liebe Toni –, dann würde allein schon ihre Gesellschaft ausreichen, um mich an den Sonntagabenden in die Tanzschule zu locken.

Natürlich ist es auch die Musik, der Klang, zu dem wir uns im Gleichtakt bewegen. Monas ruhige, amüsierte Stimme, wenn sie durch den Saal geht und uns korrigiert, uns neue Figuren beibringt und über unsere Fehler schmunzelt. Aber am schwersten wiegt in dieser Kette der guten Argumente das Paar goldbrauner Augen, das mir vom Eingang des Parkplatzes entgegenstrahlt.

»Übertreibt ihr es nicht etwas?«, grinst Toni, die in ihren weichen Lederslippern neben mir das Bürogebäude verlässt. »Jeden Tag vom Job abgeholt zu werden, muss doch ermüdend sein.«

Ich knuffe sie in die Seite und winke Juliane lächelnd zu.

»Ist doch erst das vierte Mal«, raune ich.

»Und morgen ist die Woche voll«, entgegnet Toni verschmitzt und winkt ebenfalls. »Hi, Juliane!«

Doch als wir beinahe bei dieser wunderschönen, umwerfenden Frau angekommen sind, öffnet sich an einem am Straßenrand parkenden Wagen die Fahrertür und ein paar Beine in Jeans erscheinen. An den Füßen ausgelatschte, coole Sportschuhe.

»Kati!«, entfährt es mir.

Es ist tatsächlich unsere Tanz-Kati, die da plötzlich neben dem Wagen steht und zu uns rübergrinst. Sie kommt die paar Schritte herüber, und wahrscheinlich würde ich nur halb so verboten glotzen, würde sie nicht eine rote Rose in der Hand halten. Eine einzelne rote Rose, die sie, etwas verschämt und breit über die zartrosa Wangen lächelnd, Toni hinhält.

»Ich hoffe, du hältst Rosen nicht für überholt?«, sagt sie.

Toni lächelt errötend zurück und schnuppert verzückt an der samtigen Blüte.

Mir bleibt der Mund offen stehen.

Juliane stupst mich freundlich an. »Hallo? Jemand zu Hause?«, raunt sie. »Das war doch wohl klar, oder?«

Bevor ich antworte kann, dreht sich die gewaltige Eingangstür zur Firma hinter uns noch einmal, und Jörg Bromhöfer verlässt das Gebäude.

Er sieht uns hier stehen, zögert kurz, nimmt dann jedoch Kurs auf uns.

Als er näher kommt, sehe ich, dass er in der Hand ein paar DVDs hält.

»Na, was geht ab?«, fragt Jörg uns und sieht besonders mich auffordernd an.

»Mädelsabend«, kontert Toni mit bedauerndem Augenaufschlag und schwenkt ihre Rose unter der Nase hin und her.

Jörg sieht sie einen Moment lang nachdenklich an. Dann drückt er den Rücken durch und stahlt. »Wisst ihr was? Man soll immer mal was Neues ausprobieren! Und ich kann euch ja nicht schon wieder hängen lassen. Ich bin dabei!«

Kontaktanzeigen und andere Versuchungen – Im Labyrinth der Liebe geht's munter zu

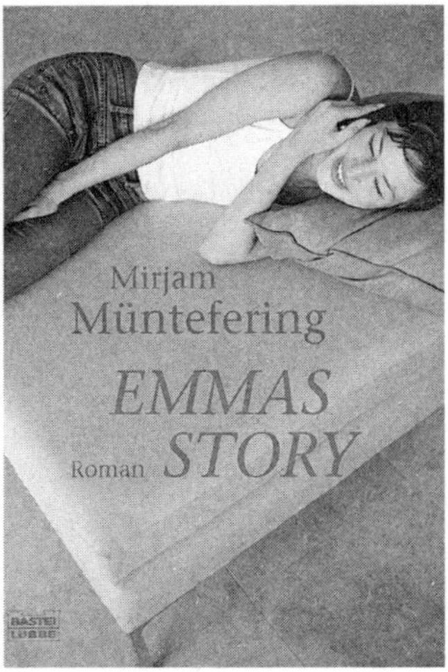

Mirjam Müntefering
EMMAS STORY
Roman
304 Seiten
ISBN 978-3-404-15480-7

Emma hat eine langjährige Beziehung hinter sich und ist hoffnungslos in ihre Chat-Bekanntschaft Frauke verliebt. Leider ist die jedoch schon vergeben. Statt sich nach neuen Möglichkeiten umzusehen, pflegt sie ein eher ungewöhnliches Hobby: Sie besichtigt jedes Wochenende Wohnungen – obwohl sie eigentlich gar nicht umziehen will. Dabei trifft sie Lu wieder, ihre verhasste Schulkameradin und Nachbarin aus der Jugendzeit. Als Emma sich schließlich auf eine witzige Kontaktanzeige im In-Blättchen der Stadt meldet, ahnt sie nicht, was dieser Schritt nach sich ziehen wird …

Bastei Lübbe Taschenbuch

Kinderwunsch, aber bitte ohne Mann ...

Mirjam Müntefering
JETZT ZU DRITT
Roman
320 Seiten
ISBN 978-3-404-15663-4

Michelin und Angela sind seit einem Jahr ein glückliches Paar. Der Altersunterschied zwischen ihnen störte bisher niemanden – doch das ändert sich, als Michelin offenbart, was ihr in ihrem Leben noch fehlt: ein Baby! Angela, bereits mit einer erwachsenen Tochter geschlagen, sträubt sich mit Händen und Füßen gegen diesen Plan. Auch die Freundinnen aus der Szene begegnen dem Kinderwunsch mit sehr gemischten Gefühlen. Und schließlich stellt sich ja auch die Frage: Wie soll das gehen, mit dem Kind – wenn kein Mann im Spiel ist?

Bastei Lübbe Taschenbuch